mtb

Sophie Jordan

Foreplay – Vorspiel zum Glück

Roman

Aus dem Amerikanischen von
Gisela Schmitt

mtb

MIRA® TASCHENBUCH
Band 25831
1. Auflage: Mai 2015

MIRA® TASCHENBÜCHER
erscheinen in der HarperCollins Germany GmbH,
Valentinskamp 24, 20354 Hamburg
Geschäftsführer: Thomas Beckmann

Deutsche Erstveröffentlichung

Titel der nordamerikanischen Originalausgabe:
Foreplay

erschienen bei: William Morrow, New York

Published by arrangement with William Morrow,
an imprint of HarperCollins Publishers, LLC.

Konzeption/Reihengestaltung: fredebold&partner gmbh, Köln
Umschlaggestaltung: pecher und soiron, Köln
Redaktion: Mareike Müller
Titelabbildung: Getty Images, München; pecher und soiron, Köln
Autorenfoto: © Country Park Portraits
Satz: GGP Media GmbH, Pößneck
Druck und Bindearbeiten: CPI books GmbH, Leck – Germany
Printed in Germany
Dieses Buch wurde auf FSC®-zertifiziertem Papier gedruckt.
ISBN 978-3-95649-172-6

www.mira-taschenbuch.de

Werden Sie Fan von MIRA Taschenbuch auf Facebook!

Für Maura und May, meine Champions

1. KAPITEL

Mein Leben lang wusste ich immer, was ich wollte. Oder besser: was ich nicht wollte. Ich wollte nicht, dass die Albträume, die mich plagten, jemals erneut Wirklichkeit wurden. Ich wollte nicht mehr in die Vergangenheit zurückkehren. Nicht mehr in Angst leben. Und mich nicht mehr permanent fragen, ob der Boden unter meinen Füßen nachgeben würde. Das alles wollte ich nicht mehr – so viel wusste ich, seit ich zwölf war.

Doch seltsamerweise holt dich das, vor dem du wegrennst, immer wieder ein. Wenn du nur einmal nicht aufpasst, ist es plötzlich zurück und tippt dir auf die Schulter, damit du dich umdrehst.

Manchmal geht es nicht anders. Du bleibst stehen. Und drehst dich um.

Und dann kannst du nur fallen und aufs Beste hoffen. Und darauf, dass du noch ganz bist, wenn alles vorbei ist.

Dicke Qualmwolken stiegen aus der Motorhaube meines Autos auf wie ein grauer Nebel in der dunklen Nacht. Frustriert schlug ich aufs Lenkrad, fluchte und fuhr rechts ran. Ein rascher Blick auf die Anzeige bestätigte mir, dass der Temperaturanzeiger sich im roten Bereich befand.

„Scheiße! Scheiße! Scheiße!" Wütend stellte ich den Motor aus, in der Hoffnung, dass ich so eine weitere Überhitzung des Wagens vermeiden könnte.

Ich nahm mein Smartphone aus dem Getränkehalter und stieg aus. Es war eine klare frische Herbstnacht. Vorsichtshalber beschloss ich, in sicherer Entfernung zu warten. Ich hatte zwar keine Ahnung von Autos, allerdings hatte ich in vielen Filmen gesehen, wie Fahrzeuge explodierten, kurz nachdem

Rauch aus dem Motor gedrungen war. Deswegen wollte ich lieber nichts riskieren.

Ich schaute auf das Handydisplay. Dreiundzwanzig Uhr fünfunddreißig. Noch nicht allzu spät. Ich könnte die Campbells anrufen. Sie würden mich abholen und in mein Studentenwohnheim bringen. Allerdings müsste ich meinen Wagen hier stehen lassen und mich am nächsten Tag darum kümmern, und da hatte ich schon eine Menge um die Ohren. Also konnte ich das auch gleich erledigen.

Ich schaute mich um. Bis auf die zirpenden Grillen und den in den Ästen raschelnden Wind war es still. Niemand war unterwegs. Die Campbells wohnten etwas außerhalb der Stadt. Ich passte auf ihre Kinder auf. Es war immer schön bei ihnen, eine nette Abwechslung zur Hektik der Stadt. Ihr altes Farmhaus fühlte sich wie ein richtiges Heim an, das voller Leben und gemütlich war, ganz traditionell eingerichtet mit alten Holzfußböden und einem Steinkamin, in dem um diese Jahreszeit immer ein Feuer brannte. Es erinnerte mich an die Bilder des amerikanisch-patriotischen Malers Norman Rockwell. Die Familie führte genauso ein Leben, wie ich es mir einmal für mich wünschte.

Aber hier auf dieser Landstraße kam ich mir gerade einsam und verlassen vor. Ich hatte bloß eine Bluse an und rieb mir fröstelnd die Arme. Ich hätte besser noch einen Pullover mitgenommen. Obwohl es erst Anfang Oktober war, wurde es schon langsam kalt.

Missmutig betrachtete ich mein qualmendes Auto. Ich musste einen Abschleppwagen rufen. Seufzend begann ich, mit meinem Smartphone nach Abschleppdiensten in der Gegend zu suchen. Da blitzten in der Ferne die Scheinwerfer eines Wagens auf, und ich überlegte, was ich tun sollte. Unwillkürlich war da der Impuls, mich zu verstecken. Ein typischer Instinkt von mir.

Das alles erinnerte doch sehr an einen Horrorfilm. Ein Mädchen, mitten in der Nacht, ganz allein auf einer verwaisten Landstraße. Schon einmal war ich der Star in meinem ganz persönlichen Horrorfilm gewesen. Eine Wiederholung brauchte ich nicht.

Ich verschwand von der Fahrbahn und stellte mich hinter mein Auto. Also versteckte ich mich nicht wirklich, aber immerhin stand ich nicht schutzlos mitten auf der Straße und qualifizierte mich damit als leichtes Opfer. Ich versuchte, mich auf das Display meines Handys zu konzentrieren und ganz gelassen zu wirken. Als ob der Fahrer mich oder den Rauch aus meinem Wagen nicht sehen würde, wenn ich ihn ignorierte. Ohne den Kopf zu heben, bemerkte ich, dass das andere Auto langsamer wurde und schließlich mit laufendem Motor anhielt.

Natürlich. Seufzend blickte ich auf und erwartete halb, meinen potenziellen Mörder zu erblicken. Oder meinen Retter. Letzteres war natürlich wesentlich wahrscheinlicher, doch eigentlich ließ die ganze Situation in meiner Vorstellung nur Worst-Case-Szenarien zu.

Es war ein Jeep. So ein Modell ohne Dach, nur mit Überrollbügel. Die Scheinwerfer beleuchteten den schwarzen Asphalt.

„Alles in Ordnung?“ Die tiefe Stimme eines Typs. Sein Gesicht war zum größten Teil im Dunkeln, nur die Instrumentenanzeige warf ein leichtes Schimmern auf seine Züge. Aber das reichte mir, um zu erkennen, dass er nicht besonders alt war. Nicht viel älter als ich selbst. Maximal Mitte zwanzig.

Die überwiegende Mehrzahl der Serienkiller sind junge weiße Männer. Dieser Gedanke schoss mir in den Sinn – was verständlicherweise wenig zu meiner Beruhigung beitrug.

„Ja, danke“, antwortete ich kurz. Meine Stimme hallte laut in der klaren Nachtluft wider. Ich schwenkte mein Smartphone, als würde das alles erklären. „Es ist schon jemand unterwegs." Ich hielt den Atem an, abwartend, und hoffte, der Fremde würde meine Lüge schlucken und weiterfahren.

Doch er rührte sich nicht. Seine Hand lag auf dem Schaltknüppel. Er schaute die Straße entlang und sah sich um. Wollte er sich vergewissern, dass wir wirklich mutterseelenallein waren? Wie gut seine Chancen standen, um mich zu ermorden?

Ich wünschte, ich hätte Pfefferspray dabei. Oder einen schwarzen Gürtel in Kung-Fu. Irgendwas. Egal was. Die Finger meiner linken Hand krallten sich um meinen Autoschlüssel. Ich fühlte die geriffelte Spitze. Die konnte ich ihm ins Gesicht rammen, falls nötig. Oder in die Augen. Ja. Ich würde auf die Augen zielen.

Er beugte sich rüber zum Beifahrersitz, weg aus dem schwachen Schein der Instrumentenanzeige, sodass er noch tiefer im Schatten verschwand. „Ich kann einen Blick unter die Motorhaube werfen", bot der Unbekannte an.

Ich schüttelte den Kopf. „Nein, wirklich. Ist schon in Ordnung."

Die Augen, in die ich eben noch meinen Schlüssel stoßen wollte, fixierten mich. Im dichten Qualm war es unmöglich zu sagen, welche Farbe sie hatten, aber ganz sicher waren sie hell. Blau oder grün. „Ich weiß, Sie fürchten sich ..."

„Nein. Ich hab keine Angst", platzte es viel zu schnell aus mir heraus.

Er lehnte sich im Sitz zurück, erneut wurde sein Gesicht in schwaches Licht getaucht. „Ich hätte kein gutes Gefühl, Sie hier unverrichteter Dinge zurückzulassen." Seine Stimme verursachte mir eine Gänsehaut. „Es ist gruselig hier."

Ich sah mich um. Die dunkle Nacht legte sich wie ein erdrückender Schatten auf mich. „Ach was", behauptete ich, allerdings klang meine Stimme dünn und wenig überzeugend.

„Schon kapiert. Ich bin ein Fremder, und Sie würden sich wohler fühlen, wenn ich weiterfahren würde. Aber ich fände es nicht so toll, wenn meine Mutter oder meine Schwester hier nachts allein festsitzen würden."

Ich schaute ihn einen Moment lang an und versuchte ihn einzuschätzen, seinen Charakter einzuordnen. Danach warf ich einen Blick auf meinen immer noch qualmenden Wagen. „Okay. Danke!" Das „Danke!" kam einen ganzen Atemzug später, zögerlich. Ich hoffte sehr, dass ich nicht in den Morgennachrichten auftauchen würde.

Falls er vorhatte, mir etwas anzutun, würde er es tun. Zumindest würde er es probieren, ganz egal, ob ich ihn bat, nach meinem Auto zu sehen, oder nicht. Das war zumindest meine Logik, während er seinen Jeep vor meinem Wagen abstellte. Die Fahrertür ging auf, und er stieg aus, eine Taschenlampe haltend.

Seine Schritte knirschten auf dem losen Asphalt, der Schein seiner Lampe fing das Qualmen meines Motors ein. Nach allem, was ich erkennen konnte, blickte er mich nicht einmal an. Er schritt direkt zu meinem Wagen, öffnete die Motorhaube und verschwand darunter.

Mit vor der Brust verschränkten Armen trat ich vorsichtig näher, auf die Straße, sodass ich erkennen konnte, was er machte. Er rüttelte an verschiedenen Teilen im Motorraum, Gott weiß was. Ich verstand von Autos so viel wie von Origami-Techniken.

Ich beschloss, ihn mir genauer anzuschauen. Etwas blitzte auf, ich kniff die Augen zusammen. Seine rechte Augenbraue war gepierct.

Plötzlich ein zweiter Scheinwerferkegel in der Nacht. Mein selbst ernannter Mechaniker duckte sich unter der Motorhaube hervor und richtete sich auf. Er befand sich jetzt zwischen mir und der Straße, die Hände in die Hüften gestemmt.

Als sich das fremde Fahrzeug näherte, konnte ich zum ersten Mal einen richtigen Blick auf sein Gesicht erhaschen – und mir stockte der Atem.

Das erbarmungslos helle Licht der Scheinwerfer hätte jeden Makel sofort sichtbar gemacht – doch da waren keine Makel. Der Typ sah einfach super aus. Markantes Kinn, blaue Augen, dichte dunkle Brauen. Das Piercing war nicht sehr auffällig, nur ein kleines Stückchen Silber. Seine Haare waren vermutlich dunkelblond, das war nicht genau zu sagen bei dieser Beleuchtung, und kurz geschnitten. Emerson würde ihn als „zum Abschlecken" bezeichnen.

Auch das andere Auto hielt jetzt an, und als das Fenster heruntergelassen wurde, wandte ich meine Aufmerksamkeit von meinem attraktiven Helfer ab. Dieser beugte sich vor, damit er ins Wageninnere schauen konnte.

„Oh, hey. Mr Graham. Mrs Graham." Er winkte ihnen kurz zu.

„Ärger mit dem Auto?", fragte der Fahrer mittleren Alters. Der Fond des Wagens wurde durch ein iPad leicht erhellt. Da saß ein Teenager, den Blick starr auf den Bildschirm gerichtet und Tasten drückend. Er oder sie schien nicht mitbekommen haben, dass sie gestoppt hatte.

„Zum Abschlecken" nickte und deutete auf mich. „Ich habe angehalten, um es mir mal anzuschauen. Ich glaube, ich weiß, wo das Problem liegt."

Die Frau auf dem Beifahrersitz lächelte mich an. „Keine Sorge, Liebes. Sie sind in guten Händen."

Erleichtert nickte ich ihr zu. „Danke."

Als die Familie weiterfuhr, blickten mein Helfer und ich uns an, und mir wurde bewusst, wie dicht ich auf einmal neben ihm stand. Nachdem ich nun ein bisschen beruhigt war, überfielen mich völlig überraschend ganz andere Emotionen. Als Erstes eine Befangenheit. Rasch strich ich mir eine Strähne meines nicht zu bändigenden Haars hinters Ohr, dann begann ich, nervös von einem Fuß auf den anderen zu treten.

„Nachbarn“, erklärte er und deutete auf die Landstraße.

„Leben Sie hier draußen?“

„Ja.“ Er steckte eine Hand in die Hosentasche. Dadurch schob sich sein Hemdsärmel nach oben und entblößte ein Tattoo, das sich vom Handgelenk den Arm hinaufschlängelte. Auch wenn er keine unmittelbare Bedrohung darstellte, war das ganz sicher nicht der normale Junge von nebenan.

„Ich war Babysitten bei den Campbells. Kennen Sie die vielleicht auch?“

Er lief wieder zu meinem Wagen. „Die wohnen in derselben Straße wie ich.“

Ich folgte ihm. „Glauben Sie, dass Sie es reparieren können?“ Ich war jetzt neben ihm und betrachtete den Motor, als hätte ich eine Ahnung, wovon ich redete. Nervös spielte ich an meiner Bluse herum. „Das wäre nämlich toll. Ich weiß, es ist eine olle Mühle, doch ich habe den Wagen schon so lange.“ Und ich konnte mir zurzeit kein neues Auto leisten.

Er drehte den Kopf zu mir. „Olle Mühle?“ Er grinste.

Ich zuckte zusammen. Na super. Musste ich immer damit angeben, dass ich unter Menschen aufgewachsen war, die vor der Erfindung des Fernsehers geboren worden waren?

„Das bedeutet ‚altes Auto‘.“

„Ich weiß, was das bedeutet. Ich habe das nur noch nie jemanden außer meiner Großmutter sagen hören.“

„Ja. Genau daher hab ich das Wort.“ Von meiner Grandma und all den anderen Bewohnern in der Chesterfield-Seniorenwohnanlage.

Er wandte sich ab und ging zu seinem Jeep. Ich fummelte weiter an meinen Ärmeln herum und bemerkte, dass er mit einer Flasche Wasser zurückkam.

„Sieht mir nach einem undichten Kühlerschlauch aus."
„Ist das schlimm?"
Er schraubte die Flasche auf und goss den Inhalt in die Motorhaube meines Wagens. „Das wird den Motor abkühlen. Jetzt müsste er wieder laufen, zumindest für eine Weile. Haben Sie es noch weit?"
„Knapp zwanzig Minuten."
„Das dürften Sie schaffen. Aber fahren Sie auf keinen Fall weiter, sonst überhitzt er wieder. Und morgen bringen Sie ihn am besten direkt in die Werkstatt und lassen den Schlauch ersetzen."
Meine Atmung normalisierte sich. „Das klingt nicht allzu schlimm."
„Sollte nicht mehr als ein paar Hundert kosten."
Ich stöhnte innerlich auf. Dann wäre ich völlig blank. Wahrscheinlich musste ich ein paar Sonderschichten in der Tagesstätte einlegen oder öfter Babysitten. Na ja. Beim Babysitten konnte ich wenigstens lernen, sobald die Kinder im Bett waren.
Er klappte die Motorhaube wieder zu.
„Vielen Dank." Ich schob die Hände in die Taschen. „Jetzt muss ich den Abschleppdienst nicht rufen."
„Also kommt doch niemand?" Erneut grinste er. Offensichtlich fand er mich amüsant.
„Nein." Ich hob die Schultern. „Das hab ich eben nur erfunden."
„Schon in Ordnung. War eine schwierige Situation für Sie. Mir ist klar, dass ich gefährlich wirke."
Ich betrachtete sein Gesicht. *Gefährlich?* Vermutlich hatte er es als Witz gemeint, doch ganz unrecht hatte er nicht. Die Tattoos und das Piercing verliehen ihm schon eine gewisse Aura von Gefahr. Dabei sah er super aus. Wie der böse Vampir aus den Kinofilmen, auf den alle Mädchen scharf waren.

Der Vampir, der nicht wusste, ob er das Mädchen beißen oder lieber küssen sollte. Mir war immer die sterbliche Variante Mann lieber gewesen, deswegen konnte ich auch nie nachvollziehen, wieso die Heldin sich nie für ihn entschied. Ich mochte diese Typen mit dem mysteriösen sexy Getue nicht. *Du magst ja niemanden.* Ich versuchte, die Stimme in meinem Kopf zu ignorieren. Wenn mir der Richtige über den Weg liefe, würde sich das ändern.

„Gefährlich? Würde ich nicht sagen."

Leise lachte er. „Natürlich nicht."

Einen Moment lang schwiegen wir. Ich musterte ihn von oben bis unten. Das bequem wirkende T-Shirt und die abgewetzte Jeans waren nichts Besonderes. So was trugen auch die Jungs auf dem Campus. Aber dennoch war er keiner von ihnen. Das, was an ihm gefährlich war, war vielleicht sein Äußeres. Einem Typ wie ihm verfielen die Frauen reihenweise. Plötzlich war meine Brust wie zugeschnürt.

„Also, noch mal danke." Ich winkte ihm halbherzig zu und setzte mich wieder in mein Auto. Er wartete ab. Bis ich den Motor gestartet hatte. Zum Glück rauchte nichts mehr.

Während ich davonfuhr, riskierte ich einen Blick in den Rückspiegel. Wäre Emerson bei mir gewesen, hätte sie sich garantiert seine Telefonnummer geben lassen.

Ich richtete die Augen wieder auf die Straße vor mir und empfand eine ungewöhnliche Freude darüber, dass sie nicht bei mir war.

2. *KAPITEL*

Ich schob die Tür mit der Schulter auf, weil ich eine Riesentüte Popcorn in der einen und eine Flasche Grapefruitlimonade in der anderen Hand hatte. Im Zimmer meiner Mitbewohnerinnen sank ich auf Georgias Drehstuhl. Wie immer war Emersons Stuhl voller Klamotten.

ABBA dröhnte laut durchs Zimmer – das hörte Emerson immer, wenn sie sich zum Ausgehen fertig machte. Sobald ich diese Musik durch die dünnen Wände hörte, war klar, dass die Vorbereitungen liefen.

Ich stellte die Flasche auf ihrem Schreibtisch inmitten des Durcheinanders von Notebooks und Büchern ab, schaufelte mir eine Handvoll Popcorn in den Mund und sah zu, wie sie sich in einen engen Minirock zwängte. Das irre schwarzweiße Zickzackmuster sah toll aus bei ihrer Figur. Ich stellte mir kurz vor, selbst so etwas zu tragen, und zuckte zusammen. Kein schönes Bild. Ich war eben nicht bloß um die einsfünfzig groß und wog auch nicht nur fünfundvierzig Kilo.

„Wo gehst du heute Abend hin?"

„Ins Mulvaney's."

„Nicht gerade deine Stammbar."

„Das Freemont's ist neuerdings voll von blöden Verbindungshühnern."

„Ich dachte, das wäre genau dein Ding."

„Letztes Jahr vielleicht. Doch das hab ich hinter mir gelassen. Dieses Jahr bin ich eher …" Sie betrachtete sich im Spiegel, der an der Tür hing. „… an Männern interessiert, würde ich sagen. Keine kleinen Jungs mehr für mich." Sie grinste mich an. „Willst du nicht mitkommen?"

Ich schüttelte den Kopf. „Ich habe morgen Vorlesung."

„Ja. Um halb zehn." Sie schüttelte angewidert den Kopf. „Ich bitte dich. Meine fängt um acht an."

„Aber vermutlich ohne dich."

Sie zwinkerte mir zu. „Der Prof führt keine Anwesenheitsliste. Ich hol mir die Unterlagen von jemand anderem."

Vermutlich von einem unglückseligen männlichen Erstsemester, der vor Ehrfurcht erstarrte, sobald Emerson ihn ansprach. Wahrscheinlich würde er ihr sogar eine Niere spenden, wenn sie ihn darum bäte.

In diesem Moment betrat Georgia das Zimmer, in ihren Bademantel gewickelt und den Kulturbeutel in der Hand. „Hey, Pepper. Kommst du gleich mit?"

Meine Hand erstarrte in der Popcornschachtel. „Du gehst auch?" Das war sehr außergewöhnlich. Georgia verbrachte die Abende normalerweise mit ihrem Freund.

Sie nickte. „Ja. Harris muss für einen wichtigen Test morgen lernen, also dachte ich mir, warum nicht? Das Mulvaney's ist ziemlich cool. Besser als das Freemont's."

Emerson bedachte mich mit einem „Hab ich dir's nicht gesagt?"-Blick. „Ganz sicher, dass du hierbleiben willst?", fragte sie noch einmal und schlüpfte in ein türkisfarbenes Top. Es sah sexy aus. Auf einer Seite war es schulterfrei und schmiegte sich wie eine zweite Haut an sie. So ein Kleidungsstück würde ich niemals tragen.

„Die wilden Nächte überlasse ich euch."

Verächtlich schnaubte Emerson. „Ich weiß nicht, wie wild die Nächte mit Georgia werden. Sie ist ja praktisch eine verheiratete Frau."

„Bin ich nicht!" Georgia riss sich das feuchte Handtuch vom Kopf und schmiss es nach Emerson.

Emerson grinste und nahm sich von meinem Popcorn. Sie warf sich eine Handvoll in den Mund und leckte ihre fettigen Finger ab, während sie mich anschaute. „Eigentlich solltest du diejenige sein, die um die Häuser zieht."

„Ja, das solltest du wirklich tun", sprang Georgia ihr zur

Seite. „Du bist Single. Fang endlich an zu leben. Hab Spaß! Flirte mal ein bisschen!"

„Schon gut." Ich schüttelte den Kopf. „Ich kriege meinen Kick schon durch eure Erzählungen, das reicht mir.

„Jetzt mal im Ernst. Das ist doch nur wegen Hunter, oder?", sagte Emerson anklagend, wobei sie vor dem Spiegel ihr kurzes dunkles Haar stylte. Sie frisierte die Strähnen so, dass sie in verschiedenen Winkeln abstanden und ihr ein verwegenes, unbezähmbares Aussehen verliehen. Sie sah aus wie eine coole Elfe.

Ich zuckte die Achseln. Es war kein Geheimnis, dass mein Herz Hunter Montgomery gehörte. Ich war seit meinem zwölften Lebensjahr in ihn verliebt.

Nebenan klingelte mein Handy. Ich gab Emerson meine Popcorntüte und verschwand durch die Verbindungstür.

Plumpsend landete ich auf dem Bett und schnappte mir mein Smartphone. „Hey, Lila."

„Hör zu, Pepper. Das wirst du mir nie glauben."

Ich musste lächeln, sowie ich die Stimme meiner besten Freundin hörte. Sie studierte in Kalifornien, auf der anderen Seite des Landes, doch immer wenn wir telefonierten, kam es mir vor, als hätten wir uns erst gestern gesehen. „Was ist passiert?"

„Ich habe gerade mit meinem Bruder gesprochen."

Bei der Erwähnung von Hunter zog sich mein Herz zusammen. Es war kein Geheimnis, dass ich in ihn verknallt war. Es war verrückt, doch seinetwegen hatte ich mich hier in Dartford beworben. Es war ein gutes College. Als die kleine Stimme in meinem Kopf mich daran erinnerte, dass es bessere Colleges im Land gab, ignorierte ich sie. „Und?", fragte ich.

„Er und Paige haben Schluss gemacht."

Ich umklammerte das Handy. „Ist das dein Ernst?" Hunter hatte Paige im zweiten Studienjahr kennengelernt, und seitdem waren die beiden unzertrennlich gewesen. Ich hatte schon befürchtet, dass sie die zukünftige Mrs Montgomery werden würde. „Und wieso?"

„Kein Ahnung. Er hat was davon erzählt, dass sie sich auch mal wieder mit anderen Leuten treffen sollten. Angeblich war es eine einvernehmliche Trennung, doch wen interessiert das? Tatsache ist, dass mein Bruder zum ersten Mal seit zwei Jahren wieder Single ist. Das ist deine Chance."

Es war meine Chance!

Ein paar Sekunden lang war ich wie betäubt vor Aufregung, dann überfiel mich Panik. Hunter war frei. Endlich. Auf diesen Augenblick hatte ich so lange gewartet, und jetzt traf es mich völlig unvorbereitet. Wie sollte ich ihn auf mich aufmerksam machen? Was Hunter anging, war ich nämlich nur die beste Freundin seiner kleinen Schwester. Mehr nicht.

„Oh, ich muss los!", verkündete Lila. „Ich hab jetzt Probe, aber wir reden später, ja?"

„Ja." Ich nickte, als könnte sie mich sehen. „Ich ruf dich an."

Danach saß ich lange auf meinem Bett, das Telefon schlaff in der Hand. Aus dem Nebenzimmer hörte ich Emerson und Georgia laut lachen, gemischt mit den Klängen von „Dancing Queen". Wie krass! Endlich war das passiert, was ich mir so lange gewünscht hatte. Und jetzt wusste ich nicht, was ich machen sollte.

Emerson kam rein und ließ sich auf meinen Stuhl fallen. „Hey. Ich mampf dir noch dein komplettes Popcorn weg." Sie wedelte mit der Tüte vor meiner Nase herum. Ihr Lächeln erlosch, sowie sie meinen Gesichtsausdruck bemerkte. „Was ist denn los?"

„Sie haben Schluss gemacht", murmelte ich und tippte nervös mit den Fingern gegen meine Lippen.

„Was? Wer?"

„Er ist wieder Single. Hunter ist Single." Ich schüttelte den Kopf, als könnte ich es immer noch nicht fassen.

Emerson riss die Augen auf. „Georgia, komm her! Schnell!"

Georgia erschien in der Tür, sie rubbelte sich immer noch die Haare trocken. „Was ist los?"

„Hunter ist wieder Single", erklärte Emerson.

„Ist nicht wahr! Paige ist passé?"

Ich nickte.

„Na bitte. Das ist deine Chance." Emerson ließ sich neben mir auf die Matratze sinken. „Was ist der Plan?"

Ich blinzelte und hielt hilflos die Hand hoch. „Es gibt keinen Plan." Der Plan war, dass er sich in mich verlieben sollte. Das war mein Traum. So funktionierte das immer in den Liebesromanen. Irgendwie. Das war es, was geschehen musste. Ich hatte keine Ahnung, *wie* es dazu kam. Sondern nur, dass es dazu kam.

„Was soll ich tun?" Ich schaute die beiden ratlos an. „Rüber zu seiner Wohnung fahren, an seine Tür klopfen und ihm meine Liebe gestehen?"

Georgia schüttelte den Kopf. „Nein."

„Finde ich auch. Das ist viel zu direkt." Emerson nickte, als wäre das ein ernst zu nehmender Vorschlag gewesen. „Nicht geheimnisvoll genug. Männer müssen jagen."

Georgia verdrehte die Augen und schnaubte. „Und das kommt ausgerechnet von dir."

Beleidigt blickte Emerson sie an. „Hey, ich weiß einfach, wie das Spiel läuft. Wenn ich will, dass sie mich jagen, lasse ich sie."

Und genau das war's. Ich hatte nicht den blassesten Schimmer, wie das Spiel läuft. Ich wusste nicht, wie man einen Typen rumkriegt. Ich flirtete nicht. Ich ging nicht aus. Ich machte nicht mit irgendwelchen Jungs rum wie die anderen.

Ich vergrub den Kopf in den Händen. Warum hatte ich bloß nie früher darüber nachgedacht? Hätte ich nur ein bisschen mehr Erfahrung, hätte ich Hunter leicht für mich gewinnen können. Momentan musste ich annehmen, dass ich ziemlich schlecht küsste. Zumindest hatte das Franco Martinelli in der zehnten Klasse überall rumerzählt, nachdem wir mal hinter der Cafeteria rumgemacht hatten. Falls man einen Kuss und einen kurzen Grapscher unter meinen Pullover „rummachen" nennen konnte. Denn ich hatte seine Hand sofort weggeschoben.

„Ich habe keine Ahnung, wie das geht", musste ich zugeben. „Wie soll ich es schaffen, dass Hunter mich bemerkt? Seit der Highschool habe ich ja nicht mal mehr geknutscht!" Ich hielt einen Finger hoch und schaute meine Freundinnen verzweifelt an. „Und da auch nur mit einem. Ich habe nur einmal in meinem Leben geknutscht."

Meine beiden Mitbewohnerinnen starrten mich an.

„Nur einen?", fragte Georgia nach dem gefühlt weltlängsten peinlichen Schweigen.

„Tragisch." Emerson schüttelte den Kopf, als hätte ich ihr gerade eine besonders schlimme Statistik über den Hunger in der Welt vorgelesen. Dann schnippte sie mit den Fingern und lächelte fröhlich. „Doch das lässt sich alles ändern."

Ich runzelte die Stirn.

„Wie meinst du das?"

„Alles, was du brauchst, ist ein bisschen Erfahrung."

Ich riss die Augen auf. Emerson hatte das so beiläufig gesagt – und für sie war es das vermutlich auch. Sie hatte ja auch keinen Mangel an Selbstvertrauen und keinen Mangel an Bewunderern.

„Du kommst heute Abend mit", verkündete Georgia und tauschte einen Blick mit Emerson. Sie nickten einander zu.

„Ganz genau. Du begleitest uns, und du wirst jemanden küssen." Emerson stand auf und sah mich an, die Hände in die Hüften gestemmt. „Jemand, der sexy ist und der weiß, was er tut."

„Was?" Ich blinzelte. „Ich kann doch nicht einfach irgendjemanden …"

„Nicht irgendjemanden. Du brauchst einen Profi."

Ich ließ die Mundwinkel hängen, und es dauerte eine Weile, bis ich meine Stimme wiederfand. „Einen Callboy?"

Emerson schubste mich. „Red keinen Quatsch, Pepper! Natürlich nicht! Nur einen Typen, der sich einen Ruf als guter Küsser erworben hat. Jemand, der dir … das Vorspiel beibringt."

Zweifelnd starrte ich sie an. „Wer denn?"

„Na ja. Ich hatte ihn eigentlich für heute Abend auf meiner eigenen Liste, aber es geht ja um die gute Sache. Du kannst ihn haben."

„Wen haben?"

„Der Barkeeper aus dem Mulvaney's. Annie von unserem Stockwerk hat letzte Woche mit ihm rumgemacht, Carrie auch. Sie haben beide erzählt, bei dem Typ kriegt man ein feuchtes Höschen."

Georgia nickte ernst. „In meinem Philosophie-Kurs haben auch ein paar Mädchen so von ihm gesprochen."

„Und was soll das heißen? Ich soll also ins Mulvaney's spazieren, Kurs auf diese männliche Barkeeper-Schlampe nehmen und sagen: ‚Los, knutsch heute Abend mal mit mir!'?"

„Nein, du Dummchen. Du musst ihn anlocken. Er ist ein Mann. Er wird anbeißen. Und bei der Stange bleiben." Emerson wackelte mit ihren Augenbrauen. „Wortspiel beabsichtigt."

„Hör auf!" Lachend schmiss ich ein Kissen nach ihr. „Das kann ich doch nicht tun!"

„Aber klar! Komm erst mal mit heute Abend!“, versuchte Georgia mich zu überreden. „Du musst ja nichts machen, worauf du keine Lust hast. Kein Druck.“

Ich blickte sie an. Diesen behämmerten Plan hätte ich von Emerson erwartet, nicht von Georgia. Sie war die Brave, stets praktisch und konservativ.

„Aber“, Emerson hob warnend den Finger, „wenn wir den Barkeeper auschecken und dir gefällt, was du siehst, kannst du ihn ja wenigstens begrüßen. Daran ist doch nichts auszusetzen, oder?“

Unbehaglich zuckte ich mit den Schultern. „Nein. Vermutlich nicht.“ Ich starrte meine beiden Freundinnen an und spürte schon, dass ich unter ihrem Druck einknicken würde. „Na gut. Ihr habt gewonnen. Aber ich verspreche nicht, dass ich mich mit jemandem einlasse.“

Emerson sprang auf und klatschte in die Hände. „Super! Aber sei einfach offen für alles!“

Ich nickte. Das war in Ordnung. Immerhin konnte ich mir auf diese Weise mal anschauen, wie alle anderen das machten. Solche Bars eigneten sich hervorragend zur Fleischbeschau. Vielleicht würde ich ein paar Verhaltensregeln mitkriegen. Ich konnte herausfinden, worauf Typen ansprangen. Das konnten ja wohl nicht nur Hotpants und monströse Brüste sein

Ich hatte als Hauptfach Psychologie belegt. Die menschliche Natur zu studieren gehörte dazu. Heute Abend musste ich mir nur vorstellen, dass das Mulvaney's – im bildlichen Sinn – eine große Petrischale war. Ich musste nur beobachten und daraus lernen, wie man das als Wissenschaftler so tat. Und dabei würde ich eventuell sogar ein bisschen Spaß haben. Lernen muss ja nicht immer langweilig sein!

3. KAPITEL

Es gab ein paar Dinge – na gut, ziemlich viele Dinge –, die mir auf ewig ein Rätsel bleiben würden. Zum Beispiel der genaue Aufenthaltsort meiner Mutter, ob ich lieber Schinken oder Salami auf der Pizza mochte und was genau ich nach dem Studium mit meinem Abschluss in Psychologie anfangen wollte.

Doch über eine Sache war ich mir sehr deutlich im Klaren: dass ich Teil der Familie Montgomery sein wollte. Ich wollte Hunter Montgomery heiraten.

Ich wollte zu der Familie gehören, die mir so viel Trost gespendet hatte während meiner Kindheit. Denn die Montgomerys waren genauso, wie eine Familie sein sollte. Liebevoll. Füreinander da. Immer aßen sie gemeinsam zu Abend und erzählten sich, wie ihr Tag gewesen war. Sie spielten zusammen Monopoly und veranstalteten Poolpartys. Sie wohnten nicht einfach zusammen, sie teilten ihr Leben miteinander. Bei ihnen fand ich all das, was ich niemals gehabt hatte.

Bevor ich zu meiner Grandma gekommen war, hatte mein Leben aus einer Ansammlung von Motelzimmern bestanden. Irgendwo in den Tiefen meines Gedächtnisses hatte sich das Bild von einem Haus mit einer Autoreifenschaukel hinten im Garten eingebrannt. Damals lebte mein Vater noch. Ich erinnerte mich an ihn, wie er beim Barbecue am Grill stand, viele Leute um ihn herum. Es war der vierte Juli, der amerikanische Nationalfeiertag. Es gab ein Feuerwerk, und meine Finger waren vom Stieleis total klebrig. Aber das war alles, was ich hatte – die einzige Erinnerung an eine Zeit, die nicht übertönt war von Moms Weinen, weil irgendein Kerl sie schlug, während ich im Bad oder in einem Schrank kauerte, wo ich mich versteckt hatte.

Die Montgomerys besuchten gemeinsam den Gottesdienst. Sie verschickten Weihnachtskarten, auf denen die ganze Familie abgebildet war, samt Hund, und vor dem riesigen Christbaum posierte. Seit Lila mich zum ersten Mal mit zu sich nach Hause genommen hatte, in der siebten Klasse, und ich erfahren hatte, wie ihr Leben aussah – und seit ich Hunter das erste Mal getroffen hatte –, wusste ich, dass ich eine von ihnen sein wollte.

„Ganz sicher, dass du dich nicht doch noch umziehen willst? Ich kann dir ja was von mir leihen."

Emersons Vorschlag riss mich aus meinen Gedanken. „Nicht mal mein großer Zeh würde in deine Jeans passen!"

Sie verdrehte die Augen, als wir gemeinsam über den Parkplatz liefen.

Das Mulvaney's war eine richtige Institution. Sowohl Studenten als auch „normale" Leute besuchten den Laden, was allerdings nicht hieß, dass ich schon einmal einen Fuß über die Schwelle gesetzt hatte. Bars an sich, der Alkoholdunst, die lauten, betrunkenen Stimmen – das alles erinnerte mich zu sehr an meine Mutter. Emerson und Georgia hatten mich einmal ins Freemont's mitgeschleppt, doch ich war nur mitgekommen, weil es Emersons Geburtstag gewesen war.

Es existierten zwei Eingänge. Wir benutzten den hinteren und quetschten uns durch eine Menschenmenge, die beim Essensschalter wartete. Es roch nach Frittiertem.

Emerson deutete auf die Tafel über der Theke. „Um ein Uhr morgens gibt es nichts Besseres als die frittierten Makkaronikäsebällchen. Die müssen wir uns unbedingt holen, bevor wir nach Hause gehen."

Ich nickte und war versucht zu fragen, warum wir sie uns nicht jetzt schon holten, allerdings warf mir Georgia einen warnenden Blick zu. Sie hakte sich bei mir unter und bugsierte mich eine Holzrampe hinauf, die in den Hauptraum der Bar führte. Ein langer Tresen erstreckte sich über die gesamte linke Seite des Ladens. Drinnen war es voll. Weil die Tische alle besetzt waren, standen knapp hundert Personen mit ihren Getränken in der Hand herum und unterhielten sich schreiend, um die laute Musik zu übertönen, die aus den Lautsprechern plärrte.

Wir griffen uns bei den Händen und quetschen uns hintereinander durch die Menschenmasse. Ich war in der Mitte gelandet. Ganz sicher hatten das Emerson und Georgia vorher ausgeklügelt. Während wir uns vorbeischoben, probierten mehrere Typen, uns anzuquatschen. Emerson grinste und begrüßte einige von ihnen.

„Hey, Rotschopf", rief einer mir zu und drängelte sich zwischen mich und Emerson. Ich blickte nach unten. Der Typ reichte mir gerade mal bis ans Kinn.

Ich wollte gerade ein schüchternes Hallo stammeln, da stoppte Emerson plötzlich und sah ihn an. „Rotschopf? Ist das dein Ernst? Wie originell, Loser! Komm weiter, Pepper." Rasch fasste sie mich am Handgelenk und zog mich weiter. „Siehst du. Wir sind noch keine fünf Minuten hier, und schon wirst du angesprochen."

Ich verdrehte die Augen.

„Solche Typen sind aber nicht unser Ziel, keine Sorge. Die Nacht ist noch jung. Wir haben genügend Zeit zu finden, wonach wir suchen." Sie deutete auf die Bar. „Hol uns doch einen Pitcher. Ich organisier uns in der Zwischenzeit einen Tisch."

Ich reckte meinen Hals. „Wie willst du denn hier einen Tisch finden?"

Etwas beleidigt schaute mich Emerson an. „Oh, das schaffen wir schon. Überlass das nur mir."

„Hier." Georgia drückte mir Geld in die Hand. „Die erste Runde bezahle ich."

„Die einzige Runde. Danach brauchen wir uns die Drinks

nicht mehr selbst zu kaufen.“ Emerson schüttelte den Kopf, als müssten wir beide noch viel lernen. Dann bedeutete sie mir, an die Theke zu gehen. „Und wenn du da bist, guck dir mal Du-weißt-schon-wen an.“

Ich beobachtete, wie die beiden in der Masse verschwanden, und wusste genau, dass sie mich nur losgeschickt hatten, die Getränke zu besorgen, damit ich den Barkeeper unter die Lupe nehmen konnte. Ich arbeitete mich durch die Menge und kämpfte mich durch bis zu ein paar kichernden Mädchen, die offensichtlich am Tresen anstanden.

„Ja, das ist er“, sagte eine gefärbte Blondine zu ihrer Freundin. „Lydia hat gemeint, er wäre heiß, aber … Oh. Mein. Gott! Das ist ja wohl untertrieben!“

Ihre Freundin fächerte sich Luft zu. „Wenn er mit Lydia rumgemacht hat, wird er sich bei uns fühlen, als hätte er den Jackpot geknackt.“

Wer sprach denn so über sich selbst? Ich konnte nicht anders, doch ich musste lachen. Schnell hielt ich mir die Hand vor den Mund.

Die Dunkelhaarige der beiden drehte sich zu mir um. Rasch ließ ich meine Finger sinken und bemühte mich, die Unschuldige zu spielen. Ich reckte den Hals und tat so, als würde ich, statt fremde Gespräche zu belauschen, nur ungeduldig darauf warten, endlich bestellen zu können.

Die Blondine schlug ihr auf den Arm. „Du bist echt schlimm, Gina.“

Gina wandte ihre Aufmerksamkeit wieder ihrer Begleitung zu. „Jedenfalls hoffe ich, dass ich heute Nacht bei ihm zum Zuge komme. Er gehört mir.“ Sie wedelte mit einem Zehndollarschein, um die Aufmerksamkeit des Barkeepers zu erhaschen.

Ich schüttelte den Kopf und bereute die unzähligen Male, in denen ich über Emersons Schamlosigkeit geurteilt hatte.

Verglichen mit diesen beiden war sie eine brave Pfadfinderin. Ganz sicher ging es bei den beiden um meinen Barkeeper. *Hallo?* Hatte ich gerade „mein Barkeeper“ gesagt? Oh Mann. Wie es schien, konnte diesen Typen jede Frau haben, die durch die Tür des Mulvaney's trat.

Ich rief mir ins Gedächtnis, dass ich mich heute Abend mit niemandem einlassen wollte, aber erst recht nicht mit einem Typen, der offensichtlich den Ruf genoss, seine DNA mit der gesamten weiblichen Bevölkerung von Dartford auszutauschen. Nein danke. Das konnte ich mir nicht vorstellen. Jemand, der wahllos mit jeder rummachte! Ich hatte auch meine Ansprüche. Auf keinen Fall würde ich mit so einem herumknutschen. Selbst wenn es darum ging, die nötige Erfahrung für Hunter zu sammeln.

Und dann erblickte ich ihn.

Mir blieb die Luft weg. Er trat vor Gina und ihre Freundin und stützte sich auf den Tresen. Ich hörte seine Stimme, leise, tief, männlich. „Was kriegt ihr?“

Mit aufgerissenen Augen starrte ich ihn an. Zwischen den beiden Frauen hindurch konnte ich ihn erkennen. Mir rauschte das Blut in den Ohren, denn plötzlich war wieder gestern Abend, und ich befand mich auf einer einsamen Landstraße neben meinem qualmenden Auto. Das war er! Die kurz geschnittenen dunkelblonden Haare. Der große schlanke Körper, der sich vor knapp vierundzwanzig Stunden über meine Motorhaube gebeugt hatte. Jetzt sah ich ihn deutlich, allerdings hatte ich mich schon nicht bei meiner ersten Einschätzung geirrt. Der Typ war einfach sensationell. Sein Kinn war markant und männlich. Seine Züge wirkten wie aus Marmor gemeißelt. Ein leichter Dreitagebart und Augen so blau, dass sie schon fast silbern glänzten.

Offensichtlich war er nur ein paar Jahre älter als ich. Aber er strahlte etwas anderes aus. Erfahrung. Selbstsicherheit. Er trug ein verschlissenes T-Shirt mit dem Schriftzug „Mulvaney's", das seine beeindruckenden Brustmuskeln betonte. Ich fragte mich, ob sein Shirt sich so weich anfühlte, wie es aussah. Und seine Brust so hart …

Die beiden vor mir kicherten jetzt wie Siebtklässlerinnen. Sie blickten ihn ebenfalls verzückt an. Es war, als hätte mir jemand in den Magen geboxt. Das war mein Retter. Mein Barkeeper. Die männliche Schlampe aus dem Mulvaney's. Alles derselbe.

„Was kann ich euch bringen?", wollte er wissen.

„Was schmeckt denn am besten?" Gina lehnte sich über die Theke, damit er in ihren Ausschnitt gucken konnte.

Er ratterte die verschiedenen Biersorten vom Fass herunter, wie er es vermutlich schon hundert Mal zuvor getan hatte, und ließ dabei den Blick über die Länge der Bar schweifen. Er checkte die Leute ab.

„Hmmm. Was trinkst du denn am liebsten?", fragte Gina.

Er schüttelte den Kopf und schaute sie an. „Ich komm noch mal wieder, wenn ihr euch entschieden habt." Dann wandte er sich an mich. „Was kriegst du?"

Ich öffnete den Mund, ganz überrascht, dass er auf einmal mich ansprach und die beiden einfach stehen ließ. Dabei hatten sie doch mit ihm geflirtet!

Plötzlich kniff er die Augen zusammen. Er schien mich zu erkennen. „Hey. Du bist hier." Er nickte mir zu. „Was macht der Wagen?"

Noch bevor ich etwas erwidern konnte, warf Gina mir einen bösen Blick zu und drehte sich dann wieder zu ihm. Sie wedelte ihm mit ihrem Geld vor der Nase herum. „Entschuldigung?! Wir sind zuerst dran."

Seufzend blickte er die beiden an, seine Miene eine Mischung aus Verärgerung und Langeweile. „Dann bestellt auch."

Gina warf ihr dunkles Haar über die Schulter. „Vergiss es. Der Service hier ist scheiße. Wir gehen woandershin." Und damit schob sie sich an mir vorbei.

Er würdigte sie keines Blickes. Stattdessen schaute er mich an, zuckte mit den Schultern und schenkte mir ein Lächeln, bei dem sich mein Magen zusammenzog. Ich trat an die Theke und versuchte, selbstbewusst zu wirken. Als würde ich mich immer in Bars rumtreiben.

Er legte die Hände auf den Rand des Tresens und beugte sich leicht nach vorn. „Was möchtest du trinken?" Zu mir war er eindeutig freundlicher als zu den beiden anderen Frauen, und mein Gesicht wurde ganz heiß. Ganz sicher lag das nur daran, dass wir uns sozusagen kannten, aber dennoch fühlte ich mich in diesem Moment, als wäre ich etwas Besonderes.

Ich senkte den Blick und betrachtete seine Arme. Diese Muskeln. Das Tattoo, das unter dem Ärmel hervorlugte und sich über seinen gebräunten Bizeps und Oberarm bis zum Handgelenk schlängelte. Es sah aus wie ein fein gefiederter Flügel. Gerne hätte ich es mir näher betrachtet, doch mir war klar, dass er mich bereits ungeduldig anschaute, weil ich seine Frage noch nicht beantwortet hatte.

„Ähm … Einen Pitcher Sam Adams." Ich wusste, dass Emerson gern Bier aus kleinen unabhängigen Brauereien trank.

„Ausweis?"

„Oh." Ich fummelte nach dem gefälschten Dokument, das mir Emerson letztes Jahr gemacht hatte, um mich mit ins Freemont's zu schleppen.

Er betrachtete es und sah mich an. Ein Lächeln umspielte seine Lippen. „Vierundzwanzig?"

Ich nickte. Mein Gesicht änderte seine Temperatur von warm auf kochend.

„Dann hast du wohl ein Babyface." Er wartete keine Antwort ab, sondern verschwand, immer noch lächelnd.

Ich starrte seinem breiten Rücken hinterher. Das eng anliegende T-Shirt betonte die einzelnen Muskelpartien. Er trug wieder eine ausgewaschene Jeans, und sein Anblick von hinten war fast so schön wie von vorn. Plötzlich fand ich es unerträglich heiß in diesem Laden.

Er stellte den gefüllten Pitcher und einen Stapel Gläser vor mich auf den Tresen.

„Danke." Ich reichte ihm das Geld. Er nahm es und schritt zur Kasse.

Während er weg war, dachte ich fieberhaft darüber nach, was ich noch zu ihm sagen könnte. Etwas Geistreiches, Aufforderndes. Etwas, um damit das Gespräch in die Länge zu ziehen. Ich gestattete mir nicht, darüber zu grübeln, warum ich auf einmal diesen Wunsch hatte. Und wieso ich auf einmal nichts mehr dagegen hatte, mit ihm zu reden. Oder besser gesagt: mit ihm zu flirten. *Flirten!*

Doch bei dieser Vorstellung schnürte sich mir die Kehle zu. Wie machte Emerson das nur? Bei ihr sah Flirten immer so einfach aus.

Er kehrte mit meinem Wechselgeld zurück. „Danke", murmelte ich und steckte es in den Trinkgeldbehälter.

„Pass auf dich auf."

Ich blickte noch mal zu ihm, doch er war schon wieder weg und kümmerte sich um den nächsten Gast. Ich zögerte, schaute ihm hinterher. Kopfschüttelnd ermahnte ich mich selbst, nicht so blöd zu glotzen. Ich klemmte mir die Gläser unter den Arm und kämpfte mich, den Pitcher mit beiden Händen festhaltend, wieder durch die Menschenmasse. Aber leider rempelte mich schon nach zwei Schritten jemand an. Mir flog in hohem Bogen der Pitcher aus den Fingern. Das Bier spritzte in alle Himmelsrichtungen. Leute schrien auf und wischten sich verärgert ihre Klamotten ab, die nass geworden waren.

„Sorry!“, entschuldigte ich mich, sowie ich die wütenden Gesichter bemerkte. Ich war dankbar, dass zumindest ich selbst nichts abbekommen hatte.

Schnell bückte ich mich und hob den Plastik-Pitcher auf. Genau in diesem Moment begann es in meiner Hosentasche zu vibrieren.

Ich zog mein Handy aus der Tasche und las die Nachricht.

Emerson: Haben einen Tisch gefunden. Stehst du noch an? Hast du ihn gesehen?

Ich verdrehte die Augen, klemmte mir den leeren Pitcher unter den Arm und schrieb zurück. *Ja. Ja.*

Seufzend drängte ich mich zurück an die Theke und stellte den Pitcher auf den Tresen. Suchend blickte ich mich nach dem Barkeeper um. Im Moment bediente er Leute weiter unten und beugte sich dabei über die Theke, um sie besser verstehen zu können. Ich wartete, bis er meinen Blick spürte – und erwiderte. Er nickte mir zu. Ich nickte zurück.

Wieder vibrierte mein Telefon. Ich las.

Emerson: Du brauchst ewig. Ich hoffe, du machst schon mit ihm rum, weil es so lange dauert.

Ich schnaubte und wollte ihr gerade zurückschreiben, da tauchte er vor mir auf. Er deutete mit dem Kopf auf den Pitcher. „Das ging aber schnell.“

„Ja.“ Hastig steckte ich mein Handy weg, als befürchtete ich, er könnte die SMS lesen. Ich lächelte matt. „Bin nur einen halben Meter weit gekommen.“

„Aha.“ Er nickte verständnisvoll und legte wieder die Hände auf den Tresen. Dadurch straffte sich sein T-Shirt und offenbarte seine muskulösen Schultern. „Ich verrate dir ein Geheimnis. Brave Mädchen leben in diesem Laden gefährlich.“

Ich starrte ihn kurz an und bemühte mich, seine Worte zu begreifen. Ich befeuchtete meine Lippen mit der Zunge und suchte nach den verbliebenen Resten meiner weiblichen Instinkte. „Vielleicht bin ich gar nicht so brav.“

Er lachte. Das Geräusch verursachte mir einen wohligen Schauer. Ich errötete. Zögernd begann ich zu grinsen, unsicher, ob sein Lachen wohlwollend oder gemein gemeint war.

„Süße, dir steht ‚braves Mädchen‘ auf die Stirn geschrieben.“

Bei dem „Süße“ fingen Schmetterlinge in meinem Bauch an zu tanzen. Bis ich begriff, was er gesagt hatte. *Dir steht ‚braves Mädchen‘ auf die Stirn geschrieben.* Ich runzelte die Stirn. Brave Mädchen kriegten keine Typen ab. Mir fiel Hunters Exfreundin ein. Niemand würde sie als brav bezeichnen. Sie war sexy, hatte langes blondes Haar und trug Designerkleidung, die ihre tolle Figur betonte. Schick. Nicht das Mädchen von nebenan. Nicht wie ich.

„Wenn du dich da mal nicht irrst“, erwiderte ich.

„Ist klar.“ Er nickte, betrachtete mich, und plötzlich wünschte ich, ich hätte doch etwas anderes angezogen als diesen langweiligen Sweater. „Kann natürlich sein.“

Ich schloss den Mund, weil ich nicht mit ihm diskutieren wollte. Er hielt mich für brav, nur weil ich so aussah. Mit meinen Worten würde ich seine Meinung nicht ändern können. Das war klar.

Er tippte sich auf den Ellbogen. „Du musst deine Ellbogen benutzen, um hier durchzukommen.“

Dann füllte er einen zweiten Pitcher und stellte ihn vor mich. Ich kramte in meinem Miniportemonnaie, das vor meiner Brust baumelte, nach Geld.

Er strich sich mit der Hand durchs Haar. „Schon okay."

„Echt? Danke."

Er deutete auf die Menschenmenge. „Vergiss nicht, die Ellbogen einzusetzen, braves Mädchen."

Mit diesem Tipp wandte er sich dem nächsten Gast zu.

Wieder stand ich einfach nur da und blickte ihm hinterher, wobei ich unsere Unterhaltung Revue passieren ließ. *Braves Mädchen*. Na super. Das war ich also für ihn. Kein Name. Einfach nur das. Jemand schubste mich, um sich vorbeizudrängeln. Ich drehte mich um und probierte ein zweites Mal, mich durch das Gedränge zu schieben, und diesmal benutzte ich meine Ellbogen. Ich kassierte ein paar böse Blicke, doch es funktionierte.

„Pepper, wir sind hier!" Emerson winkte mir von einem Tisch aus zu. Zwei Typen saßen bei ihr und Georgia, und irgendetwas verriet mir, dass die beiden zuerst da gewesen waren. Auf dem Tisch befand sich ein halb voller Pitcher. Emerson und Georgia tranken offensichtlich aus den Gläsern ihrer Tischnachbarn.

„Jungs, das ist Pepper." Sie schlug dem Typen neben ihr auf den Arm. „Troy, sei ein Gentleman. Gib ihr deinen Platz."

„Ich heiße Travis." Aber er erhob sich und überließ mir seinen Stuhl.

Ich setzte mich hin und stellte den Pitcher ab.

„Also dann." Emerson rutschte näher zu mir. „Wie sexy ist er?"

Ich goss mir ein Glas ein und gönnte mir einen großen Schluck. Das brauchte ich jetzt, obwohl ich eigentlich kein Fan von diesem Zeug war. Schließlich antwortete ich: „Sexy."

„Hast du mit ihm gesprochen?“

Ich zuckte die Achseln und behielt aus irgendeinem Grund für mich, dass er der Typ war, der mir am Abend zuvor mit meinem Wagen geholfen hatte. Am Ende hätte ich noch allen erklären müssen, warum er mich gerade „braves Mädchen“ genannt hatte. Wieder fuhr ich bei dem Gedanken daran zusammen. Da hätte er mich gleich „unerwünscht“ oder „Lepra“ taufen können.

„Na ja, ich habe Bier bestellt“, erwiderte ich.

„Ist das alles? Na ja. Es schwimmen viele Fische im Meer.“ Emerson zeigte auf die Menge. „Wir finden schon jemanden, mit dem du Erfahrungen sammeln kannst?“

Ich checkte die Leute ab, inklusive der Kerle an unserem Tisch. Der, der mir seinen Stuhl abgetreten hatte, hockte jetzt auf einem Motorradhelm. Er betrachtete Emerson hingebungsvoll, als wollte er unbedingt in unsere Unterhaltung verwickelt werden. Sein Freund bemühte sich in der Zwischenzeit um Georgia. Ich konnte mir kein aussichtsloseres Unterfangen vorstellen. Wahrscheinlich hatte sie ihm auch schon gesagt, dass sie einen Freund hatte. So war Georgia. Sie verarschte die Typen nicht.

„Erfahrungen sammeln?“, fragte Travis. „Da kann ich helfen.“

„Ganz ruhig, Kleiner.“ Emerson tätschelte ihm den Arm, und ich begriff, was sie ihm sagen wollte. *Du bist nicht das, wonach wir suchen.*

„Ich meinte gar nicht mich. Ich meinte den Campus Kink Club.“

„Kink Club?“ Ich blinzelte.

„Ja. Darüber reden doch gerade alle.“

„Moment mal. Hast du Kink Club gesagt?“ Emerson hielt die Hand hoch. „Es kann nicht sein, dass alle darüber reden. Denn ich habe noch nichts davon gehört.“

„Kommt man nur auf Einladung rein. Und die Mitglieder sind handverlesen."

Sie neigte den Kopf und entgegnete spitz: „Ich habe noch nie davon gehört."

Ich grinste. Emerson schaute mich an. Rasch hielt ich mir die Hand vor den Mund, um zu verbergen, wie amüsiert ich war. Offensichtlich war sie gefrustet, weil sie gerade erst von diesem Club erfuhr.

„Was ist ein Kink Club?", fragte Georgia, und die Worte klangen ein bisschen seltsam in ihrem Alabama-Akzent.

Travis' Freund übernahm. „Das ist ein Club für Leute, die auf was anderes stehen als auf das übliche Einerlei." Er zeichnete mit dem Finger etwas in die Luft, als würde das etwas erklären.

„Leute, die nicht auf das übliche Einerlei stehen", wiederholte ich und blickte in die Runde. „Nicht sehr hilfreich." Vor allem wenn man bedenkt, dass ich gar nicht wusste, was das Übliche war.

„Das Mädchen, das gegenüber von mir wohnt, ist dort Mitglied", fügte Travis hinzu. „Sie hat mir davon erzählt."

„Ach ja?" Emersons Augen funkelten interessiert. „Worauf steht sie denn so?"

Travis musterte uns drei. „Auf euch drei würde sie wohl stehen."

„Sie ist lesbisch?" Emerson war wenig beeindruckt. „Was ist daran so anders?"

„Ich sagte, auf euch drei würde sie wohl stehen."

Wir schwiegen sprachlos. Dann machte Emerson „Ah!", und Georgia nickte begreifend. Ich war immer noch planlos.

Travis lachte über meine Mimik. „Auf euch drei zusammen, meine ich. Gleichzeitig."

„Oh." Meine Wangen brannten.

Travis lachte. „Dein Gesicht ist unbezahlbar!"

„Der Kink Club. Aha.“ Nachdenklich schaute mich Emerson an. „Da würdest du sicher ein oder zwei Dinge lernen, wenn du …“

„Vergiss es“, unterbrach ich sie. „Es ist eine Sache, mit dem Barkeeper zu flirten und …“ Ich sah zu den beiden Typen, die mir aufmerksam zuhörten, und plötzlich war ich peinlich berührt. Aber ich fuhr fort. „… von mir aus auch mehr. Ich muss ja nicht gleich hemmungslos werden.“

Travis schlug auf den Tisch und lachte erneut. Er deutete auf mich. „Wo habt ihr die denn aufgegabelt? Der steht ja auf die Stirn geschrieben, dass sie noch nie flachgelegt wurde!“

„Aber du, oder was?“, zischte Georgia ihn an.

Emerson kickte ihm den Helm unter dem Hintern weg, sodass er auf den Boden plumpste. Sie machte mit dem Kopf eine entsprechende Geste. „Verpiss dich.“

Travis stand auf und klopfte seine Kleidung ab. „Sorry. War nur ein Witz.“ Er blickte seinen Kumpel an. „Komm schon, Mann.“

Die beiden verschwanden. Einen Moment lang saßen wir drei schweigend da.

„Hör nicht auf den Arsch“, murmelte Emerson schließlich.

Ich zuckte mit den Schultern, als würde es mir nichts ausmachen. Was sollte es mich auch stören, was irgendein Idiot von mir dachte? Doch sein Urteil passte zu der Meinung des Barkeepers über mich. „Braves Mädchen“ plus „noch nie flachgelegt worden“ gehörten offensichtlich eindeutig zusammen.

Mir selbst machte es nichts aus, dass ich noch Jungfrau war. Mich störte einfach, dass ich für das andere Geschlecht anscheinend total unsichtbar war. Wie sollte mich da Hunter bemerken? Ich musste erst mal sichtbar werden.

Ich trank einen Schluck und schaute mich um, beobachtete die Menge. Überall entdeckte ich wahre Schönheiten, die lachten und redeten und mit geschmeidigen Bewegungen ihr Haar nach hinten warfen. Ich hatte mich noch nie so ausgeschlossen gefühlt wie in diesem Moment. Jede von ihnen hatte bei Hunter bessere Chancen als ich. Nur weil sie alle keine Angst davor hatten, sich das zu nehmen, was sie wollten. Und weil sie alle wussten, was man sagen musste, wie man sich verhielt, wie man zu sein hatte, wenn man mit einem Typen zusammen war. Sie brauchten keinen Kink Club, um zu lernen. Sie hatten es auch so herausgefunden, und das wollte ich auch.

Ich sah wieder zu meinen Freundinnen. Ich hatte einen Entschluss gefasst. „In Ordnung."

Emerson neigte den Kopf. „In Ordnung was?"

„Lasst uns das durchziehen", verkündete ich. „Ab jetzt halte ich mich an jeden eurer Ratschläge. Ich werde flirten und die Klamotten tragen, die ihr für mich aussucht."

Emerson setzte sich aufrecht hin. „Ist das dein Ernst?"

Zweifelnd sah mich Georgia an. „Ganz sicher, Pepper?"

Ich nickte und nippte am Bier. Und verzog wegen des bitteren Geschmacks den Mund. „Ja. Das Vorspiel. Ich will es lernen." Ich musste es lernen.

Emerson klatschte in die Hände und blickte sich um. „Wunderbar! Okay. Mal schauen. Wen wollen wir denn …?"

„Nein!" Ich hielt den Finger hoch. „Ich will nichts mit einem Kerl anfangen, der total dicht ist und wahrscheinlich auch nicht besser küsst als ich." Ich holte tief Luft. „Ich will den Barkeeper."

Emerson grinste. „Alles klar. Dann der Barkeeper."

4. KAPITEL

An diesem Abend passierte nichts mehr.

Es ist nämlich leider ein Unterschied, ob man beschließt, sich einen Typen zu angeln und mit ihm rumzumachen – und ob es tatsächlich dazu kommt. Ich hatte ja bereits mitgekriegt, wie er zwei Frauen stehen gelassen hatte, die sich ihm allzu offensichtlich aufgedrängt hatten. Anscheinend war dieser Barkeeper doch wählerischer, als es die Gerüchteküche vermuten ließ. Ich wollte jedenfalls nicht von ihm abserviert werden. Denn dann hätte ich nie wieder eine Chance bei ihm, und aus irgendwelchen Gründen hatte ich ihn jetzt schon für mich auserkoren. Vielleicht weil er mir mit meinem Wagen geholfen hatte. Wer wünschte sich nicht einen Ritter in der glänzenden Rüstung? Oder lag es etwa daran, dass er mich „braves Mädchen" genannt und ich entschieden hatte, gar nicht brav zu sein? Vielleicht wollte ich ja, dass er seine Worte bereute.

Wir beschlossen, es für diesen Abend gut sein zu lassen und an einem anderen Tag mit einem besseren Plan zurückzukehren. Oder zumindest einem besseren Outfit.

Ich stand am nächsten Morgen sogar rechtzeitig auf, damit ich meine Vorlesung besuchen konnte. Durch die Verbindungstur hörte ich Emerson schnarchen. Sie hatte es heute Morgen also nicht geschafft. Die stets zuverlässige Georgia war allerdings schon weg.

Ich schleppte mich über den Campus und erfreute mich an den Blättern, die sich schon bunt verfärbten. Die klare Luft hier in New England fand ich herrlich. Es war noch nicht richtig Herbst, und dennoch leuchteten die Blätter bereits in allen Nuancen von Orange, Rot und Gelb. Meine Wangen wurden ganz kalt. Wenn ich demnächst über Thanksgiving nach Hause nach Pennsylvania fuhr, musste ich dringend ein paar warme Pullover von dort mitnehmen.

Ich saß in meinem Botanik-Kurs und machte mir Notizen auf den Unterlagen, die der Dozent zu Anfang des Semesters verteilt hatte. Nach der Stunde packte ich schnell zusammen und versuchte, vor den anderen aus dem Raum zu huschen.

Ich wollte ins Java Hut. Normalerweise holte ich mir immer vor dem Unterricht einen Milchkaffee, aber heute Morgen war einfach nicht genügend Zeit gewesen. Als ich endlich den Coffeeshop betrat, brauchte ich dringend meine Koffeinspritze. Ich stellte mich an. Vor mir plapperte eine Gruppe Studentinnen, die alle in den Farben ihrer Verbindung gekleidet waren – gleiche Sweatshirts und Velourlederhosen –, über ihre Wochenendpläne.

Mein Handy vibrierte. Ich holte es aus der Tasche und las die Nachricht.

Emerson: Einen großen Caramel Latte, extraheiß bitte.

Offensichtlich war sie aufgewacht. Grinsend schrieb ich zurück.

Ich: Was krieg ich dafür?
Emerson: Ich brezel dich so auf, dass es dir gleich zwei scharfe Barkeeper besorgen wird.

Ich lachte und antwortete.

Ich: Wieso macht mir das Angst???
Emerson: Weil du Angst hast, gut auszusehen und zu bekommen, was du willst.
Ich: Stimmt nicht.
Emerson: Stimmt wohl.

„Hallo Pepper!“ Die Worte schienen mich mit einem zarten Atemhauch auf die Wange zu küssen.

Ich wirbelte herum, und mein Blick traf auf das Ziel meiner jahrelangen Begierde. Mein Herz zog sich zusammen.

„Hey, Hunter.“ Klang meine Stimme auf einmal seltsam? Ich musterte ihn. Das kunstvoll verwuschelte kastanienbraune Haar. Die sanften braunen Augen. Die Grübchen.

Er drückte mich an sich und umarmte mich. Es war eine herzliche brüderliche Umarmung. Wie immer, wenn wir uns begegneten. Danach trat er einen Schritt zurück und deutete mit dem Kopf auf mein Telefon. „Liest du was Lustiges?“

Ich schob das Smartphone in die Tasche. „Nein. War nur eine SMS von Emerson.“

„Aha.“ Er berührte mich am Arm. „Wie geht's dir?“

„Gut.“ Ich nickte ihn etwas zu eifrig an und spürte, wie ich rot wurde. Immer war es so, wenn ich ihn traf. Irgendwie komisch. Unangenehm. Also, zumindest empfand ich es so. Er war natürlich immer ganz locker und entspannt, während ich sofort wieder die Zwölfjährige war, die ihn anhimmelte, weil er immer so nett zu mir war.

Er sah mich einen Moment lang erwartungsvoll an, deswegen fügte ich rasch hinzu: „Und du? Bist jetzt im letzten Semester?“

Ich widerstand der Versuchung, meine Augen vor Scham qualvoll blinzelnd zu schließen. Offensichtlich konnte ich nicht in ganzen Sätzen mit ihm sprechen.

„Ja. Ich muss mich langsam um Bewerbungen kümmern und mir überlegen, was ich eigentlich machen will.“

„Wow. Super, Hunter.“

„Ich hoffe nur, dass ich irgendwo unterkomme, weißt du?“

„Oh, da bin ich mir sicher“, platzte ich heraus.

Er bedeutete mir, in der Schlange aufzurücken. Die Verbindungsstudentinnen bestellten jetzt.

Er zuckte die Achseln. „Die Konkurrenz ist groß, und überall sind die Plätze begrenzt. Wahrscheinlich läuft es am Ende auf ein Medizinstudium in Uruguay heraus."

Er lachte, und ich fiel erleichtert ein. Sicher hatte er das als Witz gemeint. Hunter war in der Schule Jahrgangsbester gewesen. Für mich bestand kein Zweifel daran, dass er sich die Universität aussuchen konnte, an der er Medizin studieren würde.

„Ich habe gestern mit Lila telefoniert."

„Ja. Sie sind schon in der heißen Probenphase für ihre Aufführung in den Semesterferien."

Worte sammelten sich in meiner Kehle und fanden überraschend ihren Weg nach draußen. „Ich habe gehört, zwischen dir und Paige ist es aus."

„Ja", meinte er langsam und rieb sich den Nacken. Es passierte vielleicht zum ersten Mal, dass auch ihm etwas unangenehm war. Sofort bereute ich, das Thema angeschnitten zu haben.

„Was kann ich für dich tun?", fragte mich die Bedienung hinter dem Tresen. Ich wandte meine Aufmerksamkeit ihr zu. Dann fragte sie Hunter: „Und was bekommst du?"

Ich machte eine abwehrende Handbewegung. „Nein. Wir sind nicht zusammen."

„Nein, schon gut, Pepper", erwiderte er. „Ich übernehme das." Er holte sein Portemonnaie heraus. „Kaffee, Medium."

„Danke", murmelte ich, während wir uns an die Seite stellten und auf unsere Getränke warteten. Hunter deutete auf ein paar freie Sessel. „Wollen wir uns setzen?"

„Gern." Ich nickte und ließ mich auf einem Sessel nieder, wobei ich meine Tasche neben mir auf dem Boden absetzte.

„Dann hat meine Schwester also nichts Besseres zu tun gehabt, als die Neuigkeit sofort zu verbreiten."

Ich schüttelte den Kopf. „Entschuldige. Ich wolle nicht …"

„Pepper, alles gut. Ich mache nur Spaß. Du gehörst zur Familie. Es war doch klar, dass Lila es dir erzählt." Seine Lippen zuckten. „Und allen anderen Menschen in der nördlichen Hemisphäre."

Ich gehörte zur Familie. Na großartig. Ich war also wie eine Schwester für ihn. Unsere Bestellung war fertig, und als man unsere Namen rief, erhob er sich vor mir und kehrte mit den drei Bechern zurück.

„Wahrscheinlich hast du nicht lang Zeit", vermutete er und nahm wieder Platz. „Sonst wird das Getränk von deiner Freundin kalt."

„Ich habe es extraheiß bestellt, und der Becher hat einen Deckel. Das ist kein Problem." Und außerdem würde Emerson ihren Caramel Latte für mich opfern, wenn sie erfuhr, dass ich ganz allein mit Hunter gesprochen hatte.

„Wie dem auch sei. Es stimmt. Wir haben beschlossen, uns auch mal wieder mit anderen Leuten zu treffen. Ich bin sowieso bald weg für mein Medizinstudium, und Paige hat noch ein Jahr hier. Es war die richtige Entscheidung. Ich meine, die Vorstellung, ohne sie zu leben … hat mich nicht gerade umgebracht, verstehst du? Und genau diese Frage hatte ich mir gestellt: Kann ich ohne sie auskommen?" Er zuckte mit den Schultern. „Und ich habe gemerkt: Es geht."

„Dass jemand das so nüchtern formuliert, habe ich noch nie gehört."

Er fuhr zusammen. „Klingt wohl ziemlich gefühllos."

„Nein", beruhigte ich ihn rasch. „Es ist einfach fair. Euch beiden gegenüber."

Er nickte und trank einen Schluck aus seinem Becher.

„Also", meinte ich und betete, dass ich nicht allzu offensichtlich klingen würde, „hältst du eher nichts von Fernbeziehungen?" Immerhin würde ich noch zwei Jahre hierbleiben, falls ich meinen Abschluss in der Regelstudienzeit schaffte.

Ich hoffte, dass die Richtige – also ich – Hunter davon überzeugen konnte, dass selbst die Herausforderung einer Fernbeziehung es wert sein konnte.

„Keine Ahnung. Ich glaube schon, dass ich das könnte. Das spielte bei der Trennung keine Rolle."

Ich lächelte, erleichtert darüber, dass er nichts in die Frage hineininterpretiert hatte. Offensichtlich hatte er nicht mitgekriegt, dass es mir dabei um mich selbst gegangen war.

Er schenkte mir sein umwerfendes Lächeln. Das war es, was mich am meisten an ihm verzauberte. Er hatte so viele Talente und könnte allein deshalb arrogant und aufgeblasen sein, aber er war einfach nur supernett. „Doch damit so was funktioniert, muss es echt passen. Dann muss es wirklich eine ganz besondere Frau sein, verstehst du?"

Ich nickte dumpf, während eine unsichtbare Faust mein Herz umklammerte. Ein Fünkchen Hoffnung keimte in mir auf. Die Hoffnung, dass er eines Tages mich als diese ganz besondere Frau wahrnehmen würde.

„Klar." Ich trank vorsichtig einen Schluck von meinem heißen Milchkaffee. „Ich verstehe."

Er lehnte sich zurück. „Genug von mir. Was ist mit dir? Bist du mit jemandem zusammen?" Er blinzelte. „Jemand, den ich mir mal anschauen sollte, damit er dich gut behandelt?"

Mein Gesicht brannte. Ich richtete den Blick schnell auf meinen Kaffeebecher und fing an, mit dem Deckel zu spielen. „Nicht nötig."

War es gut oder schlecht, dass er den Beschützer spielen wollte? Wenn sein Motiv eher egoistisch als selbstlos war, war es gut. Aber leider passte er auf mich wohl eher in der gleichen Art auf, wie er auf seine Schwester aufpasste. Es war entzückend, allerdings unterstrich es bloß, dass er das zwischen uns als etwas rein Platonisches betrachtete. Aber ich wollte, nein, ich sehnte mich danach, dass er mich als Frau wahrnahm. Als die, die er beschützen wollte, weil er sie für sich selbst haben wollte.

„Aber da ist sowieso niemand“, erklärte ich.

„Okay. Doch wenn du jemanden kennenlernst, Pepper, schau zu, dass er dich gut behandelt. Denn das hast du verdient.“ Er schaute mich mit sanftem Blick an – aber nicht so, wie ich es mir gewünscht hätte. Denn er sah nicht mich. Seine samtbraunen Augen nahmen diesen zärtlichen Schimmer nicht meinetwegen an.

Er sah die zwölfjährige Pepper vor sich. Und vermutlich den Riesenmist, der mein Leben gewesen war – meine Vergangenheit. Vater tot, Mutter abgehauen. Und ich selbst, aufgewachsen bei meiner Großmutter in der Seniorenwohnanlage, meilenweit entfernt von dem idyllischen Familienleben, das die Montgomerys führten. Hunter hatte einfach Mitleid mit mir. Immer noch.

„Ich schätze, ich sollte Emerson jetzt mal ihren Kaffee bringen.“ Plötzlich war meine Kehle wie zugeschnürt. Ich stand auf, hängte mir meine Tasche um und griff mir den Becher vom Tisch. Hunter begleitete mich zur Tür und hielt sie mir auf.

Draußen umarmte er mich kurz und vorsichtig, wegen der Kaffeebecher. „Es war schön, mal wieder mit dir zu plaudern. Bis dann mal, Pepper.“

„Ja. Fand ich auch.“ Mein fröhliches Lächeln verschwand in dem Moment, als er sich umdrehte. Ich beobachtete, wie er über den Bürgersteig davonging und in die Menge der Studierenden eintauchte.

Ich stand da und blockierte den Eingang des Coffeeshops, bis ich ihn nicht mehr sehen konnte. Bis er verschwunden war.

Die ganze Verzweiflung, all die Emotionen von gestern Abend kamen wieder hoch. Und zwar mit voller Wucht. Ich wusste, was ich zu tun hatte. Wenn ich wollte, dass er mich anders anschaute, ohne Mitleid, musste ich mich verändern.

5. KAPITEL

„Da ist er." Emerson schüttelte den Kopf. „Ich kann nicht glauben, dass ich ihn dir überlasse. Er ist so verdammt süß." Sie gab mir einen ermunternden Schubs und wackelte mit einer ihrer sorgfältig gezupften Augenbrauen. „Jetzt mach schon, sonst schlag ich dich. Es gibt kein Zurück mehr."

Ich stand ein paar Meter vor der Bar, halb verdeckt hinter Emerson, und beobachtete unauffällig den heißen Barkeeper. Ihre Worte konnten mich nicht aus der Fassung bringen. „Weißt du, man muss auch sein Interesse an mir berücksichtigen – beziehungsweise sein nicht vorhandenes Interesse an mir."

Sie blickte mich an. „Machst du Witze? Du siehst super aus heute. Viel besser als diese total aufgetakelten Hühner, die vor ihm hin- und herstolzieren. Du hast etwas, das sie nicht haben."

„Ach ja?"

Sie nickte. „Ja. Du hast …" Sie suchte nach dem richtigen Wort. „… so etwas Frisches an dir."

Ich zuckte zusammen. Es klang so, als hätte sie mich „braves Mädchen" genannt. Offensichtlich konnte ich dieser Beschreibung nicht entkommen.

Der Barkeeper (ich musste endlich seinen Namen herausfinden) trug diesmal ein anderes Mulvaney's-T-Shirt. Es war ein graues Baumwollshirt, und der Name des Ladens war in blauen Lettern auf die Brust gedruckt. Kurz blitzte vor mir das Bild auf, wie ich selbst dieses T-Shirt anhatte und sonst nichts, eingehüllt in seinen Duft. Eingehüllt von ihm. Aber wahrscheinlich hatte jedes weibliche Wesen, das ihn anschaute, diese Fantasie – und ein paar Fantasien mehr, die ich mir nicht unbedingt vorstellen wollte. In diesem Moment fühlte ich mich so überhaupt nicht anders als die anderen, dabei musste ich aus der Masse dieser Frauen herausstechen. Doch ich war nicht wirklich überzeugt davon, dass meine „Frische" reichen würde.

Er war so heiß, wie ich ihn in Erinnerung hatte. Sogar noch besser. Ein Körper, wie für die Sünde geschaffen. Sein Gesicht war zu männlich, um wirklich schön zu sein, allerdings ließ mich sein Anblick ganz schwach werden.

„Es gibt kein Zurück", wiederholte ich fest entschlossen. Das verhinderte, dass ich mich umdrehte und aus der Bar rannte.

Heute Abend waren wir nur zu zweit, Georgia war mit Harris unterwegs.

„Okay", verkündete Emerson. „Ich glaube, wir haben ihn lange genug ausgekundschaftet. Zugriff!"

Ihre Worte verursachten bei mir eine leichte Panik. „Es ist so voll …"

„Hier ist es jeden Abend voll. Außer natürlich du willst ihm an einem Montagabend auflauern. Falls er dann überhaupt arbeitet."

Ich schüttelte den Kopf. Die Sache konnte nicht länger warten.

„Also los dann. Du solltest dich toll fühlen. Du siehst super aus!"

Ich blickte an mir herunter. Die Jeans, die ich anhatte, gehörte Georgia. Sie war mir etwas zu eng, doch Emerson behauptete, das müsste so sein. *Du hast eine perfekte Figur. Du darfst sie ruhig zeigen.* Auch die Bluse war von Georgia. Verschiedene Schattierungen von Gelb und Orange, gerüscht und im Bohemian-Style. Emerson behauptete, dass sie super zu meinem Haar passte. Ich hatte es locker im Nacken zusammengebunden, und immer wenn ich es auf einer Seite zurückschob, glitt es auf der anderen Seite wieder nach vorn. Auch das müsste so sein, behauptete Emerson.

Als wir uns näher an dem Tresen heranbewegten, schob Emerson mich nach vorn. Nur drei Personen arbeiteten hinter der Theke, und wir hielten Kurs auf den Bereich, in dem er bediente.

Ich beobachtete, wie er Bier in einen Pitcher füllte, und bewunderte seinen muskulösen Bizeps. Er hob den Blick und ließ ihn über die Bar schweifen, so wie er es am Tag vorher auch getan hatte. Er checkte die Menge ab. Hielt er Ausschau nach Typen, die Ärger machen könnten? Kurz streifte der Blick seiner blassblauen Augen mich, und schließlich erkannte er mich.

Er grinste schief. „Hey, das ist ja das brave Mädchen wieder. Wie geht's?"

„Braves Mädchen?", zischte Emerson in mein Ohr. „Ich verstehe. Du hast mir also nicht alles von gestern Abend erzählt. Er hat dir schon einen Kosenamen gegeben!"

Ich versetzte ihr einen Stoß mit dem Ellbogen und war unsicher, was ich auf seine Begrüßung erwidern sollte. Darum lächelte ich bloß und sagte: „Hi."

Er stellte den Pitcher ab, kassierte und wandte sich mir zu. „Was darf ich dir bringen?"

Ich orderte zwei Bier, und er sah Emerson an. „Ausweis?"

Sie kramte in ihrer Handtasche und holte ihren gefälschten Führerschein raus. Als ich wieder aufblickte, bemerkte ich, dass er mich anschaute. Rasch guckte er weg, warf einen kurzen Blick auf Emersons Ausweis und holte uns dann unsere Getränke.

„Der Typ ist so sexy", flüsterte Emerson mir zu, während er die Biere aus dem hinteren Kühlschrank herausnahm. „Und er hat dich angesehen. Ist dir das aufgefallen?"

Ungläubig schüttelte ich den Kopf, doch mein Herz hämmerte wie verrückt.

„Gib ihm deine Nummer."

Ich starrte sie an. „Was? Einfach so?"

„Du wirst ja merken, ob er interessiert ist oder nicht. Vielleicht ruft er an, vielleicht nicht. Ganz egal, was geschieht, du musst die Sache durchziehen. Entweder mit ihm oder mit jemand anderem, der aufgeschlossener ist."

Ich biss mir auf die Lippe und überlegte. Das Problem war, dass ich mich für ihn entschieden hatte. Er sollte mein Testobjekt sein – und sonst keiner. Wenn er nicht ansprang, hatte ich keine Lust, es weiter zu probieren. Das wollte ich nicht. Wohin sollte das auch führen?

Seufzend wühlte Emerson in ihrer Tasche.

„Was hast du vor?", wollte ich wissen und blickte in seine Richtung. Er war auf dem Weg zurück zu uns.

Sie schüttelte nur den Kopf, holte einen Eyeliner-Stift heraus und schnappte sich eine Serviette von dem Stapel, der auf dem Tresen lag. In Lichtgeschwindigkeit kritzelte sie meinen Namen und meine Telefonnummer darauf.

Ich riss die Augen auf. „Nein! Hör auf!" Ich streckte die Hand nach ihr aus, aber sie drehte sich weg und stellte sich mit ausgestrecktem Arm auf die Zehenspitzen.

„Bitte sehr", rief sie, während sich meine Finger um ihr Handgelenk schlossen.

„Nicht, Em!"

Zu spät. Ich schaute zu, wie er mit seinen langen Männerfingern die Serviette griff. Mein Blick folgte seiner Hand, während er mit der anderen die Biere vor uns absetzte. Mir wurde übel.

Wie aus der Ferne hörte ich Emersons Stimme neben mir. „Das ist *ihre* Nummer."

Ihre. Das war ich. Die mit dem knallroten Gesicht.

Er betrachtete die Serviette, danach mich. Seine blauen Augen fixierten mich regelrecht. Er warf mir die Serviette zu. „Willst du, dass ich deine Nummer habe?"

Er wartete mit ausdrucksloser Miene. Jetzt war ich dran. Ich hatte keine Ahnung, ob er meine Handynummer haben wollte. Er fragte danach, was *ich* wollte.

Ich stammelte: „Ähm … na ja … Ja klar. Von mir aus!"

Wie schlecht! Ich kam mir vor wie eine Dreizehnjährige. Meine Wangen glühten.

„Sie hätte gern, dass du ihre Nummer hast", behauptete Emerson neben mir.

Mein Gesicht wurde noch heißer, falls das überhaupt möglich war. Er beugte sich zu mir, stützte die Ellbogen auf den Tresen und schaute mich direkt an. „Gibst *du* sie mir?"

Mein „Von mir aus!" hatte ihm offensichtlich nicht gereicht.

Ich rang nach Luft und spürte, wie ich dumpf nickte. Emerson stupste mich diskret in die Seite. „Ja", hörte ich mich schließlich antworten.

Er richtete sich auf. Ohne noch ein weiteres Wort zu sagen, ließ er die Serviette in seine Hosentasche verschwinden, nahm das Geld, das Emerson ihm für unsere Getränke hingelegt hatte, und wandte sich dem nächsten Gast zu.

Mit einer Hand auf meinem Arm zog Emerson mich fort. Ich riskierte einen letzten Blick auf die Bar und suchte nach ihm in der Menge der vielen Köpfe, die vor dem Tresen auf ihre Bestellung warteten. Da war er. Er zapfte, hielt den Hahn heruntergedrückt. Aber er achtete nicht auf das, was er tat. Er schaute mich an.

„Der ist total scharf auf dich."

Ich warf Emerson einen wütenden Blick zu, während ich einen Schluck aus meiner Flasche trank. Ich hatte ganz vergessen, dass Bier mir nicht schmeckte. Ich war viel zu sauer. „Ich kann echt nicht fassen, dass du mich so bloßgestellt hast!" Ich musste mich zwingen, Emerson anzusehen und nicht die ganze Zeit zu ihm hinüberzustarren.

„Wir mussten die Sache in Gang bringen. Es wäre doch nichts passiert, wenn du einfach bezahlt hättest und weggegangen wärst."

Ich kniff die Augenbrauen zusammen und lehnte mich an den Billardtisch. Ich wollte nicht eingestehen, dass sie recht hatte. Ich glaubte auch nicht, dass er mich anrufen würde. Immerhin hatte er meine Nummer eingesteckt. Oder war das am Ende reine Höflichkeit gewesen? Vielleicht wollte er meine Gefühle nicht verletzen? Inzwischen hatte er die Serviette womöglich schon weggeworfen.

„Mein Gott." Ich rieb mir die Stirn, wo sich ein leichter Kopfschmerz anbahnte.

Emerson klopfte mir auf den Rücken. „Ich weiß. Es ist schwer, ein Mädchen zu sein, das eben noch in ihrem sicheren Wohnheimzimmer war und plötzlich mit sexy Typen sprechen muss."

Der Typ neben Emerson rempelte sie mit der Hüfte an. „Wahnsinn, dein Stoß."

Sie drehte sich um, mit dem Billardqueue in der Hand. Als sie sich vorbeugte, um den nächsten vorzubereiten, zog sie eine Menge Blicke auf sich. Sie streckte den Hintern in die Luft, den bewundernden Kerlen entgegen – vor allem den beiden, die uns eingeladen hatten, eine Runde Billard mit ihnen zu spielen.

Sie versenkte den Ball treffsicher mit einem „Wusch" in einer Tasche.

„Super!" Ryan – oder Bryan? – klatschte sie ab und verweilte mit seiner Hand länger auf ihrer als nötig.

Emerson schien das nicht zu stören. Er war süß. Ich wusste, dass sie genauso dachte. Das erkannte ich daran, wie sie ihren Kopf neigte, wenn sie lachte.

Leider schien ihr Freund mich für sich auserkoren zu haben, und den fand ich gar nicht süß. Vielleicht war er es sogar, doch er interessierte mich einfach nicht. Es gab nur einen Typen hier, der mich interessierte, und vor dem hatte ich mich gerade zum Idioten gemacht. Ich hatte „Von mir aus!“ gesagt, als er mich fragte, ob ich ihm meine Nummer geben wolle. Nicht gerade die selbstsichere Femme fatale, die ich sein wollte. Es war besser, wenn ich jetzt nach Hause abhaute.

„Ganz sicher, dass du keine Lust hast?“ Der Typ hielt mir einen Queue hin. Ich versuchte, mich zu entspannen. Immerhin konnte meine Telefonnummer schon längst im Müll gelandet sein. Ob ich wollte oder nicht, ich musste nach Alternativen Ausschau halten, wenn ich gewisse Erfahrungen sammeln wollte. Aber das war leichter gesagt als getan. Aus welchem Grund auch immer, der Barkeeper war der Einzige, von dem ich mir vorstellen konnte, ihn zu küssen und zu berühren, ohne dass mir übel wurde.

Der Kerl, der vor mir stand, sah gar nicht so schlecht aus. Er hatte hübsche gleichmäßige Züge. Er war vielleicht ein bisschen dicklich. Wahrscheinlich kam das von zu viel Bier und nächtlichen Burrito-Fressgelagen. Aber er war ja noch jung. Wahrscheinlich würde er in zehn Jahren sechzig Pfund zu viel drauf haben.

„Ja. Außerdem habt ihr ja schon angefangen.“

Er lächelte, schien allerdings ein wenig enttäuscht zu sein.

In der kommenden Stunde saß ich auf einem Barhocker und sah zu, wie Emerson und Ryan/Bryan sich näherkamen. Sie lachten und plauderten und berührten sich bei jeder Gelegenheit, wenn sie den Billardtisch umrundeten. Ich machte Small Talk mit seinem Kumpel. Er blieb dicht an meiner Seite, obwohl er mitspielte, redete auf mich ein und trank ein Bier nach dem anderen. Hoffentlich war er nicht mit dem Auto da.

Gegen dreiundzwanzig Uhr wurde es leerer.

„In den Verbindungshäusern gehen jetzt die fetten Partys ab“, erklärte Scott – wie ich inzwischen erfahren hatte –, als ich mich laut darüber wunderte, wieso auf einmal alle verschwanden.

Ich nickte, dennoch konnte ich mir einen Blick zur Bar nicht verkneifen. Ich konnte einfach nicht widerstehen. Nachdem so viele aufgebrochen waren, hatte ich freie Sicht.

Nur noch ein Barkeeper war da, doch er war es nicht. Meiner war nirgends zu entdecken. Machte er Pause? Oder hatte er Feierabend? Wenn er gegangen war, hätte er ja was sagen können. Also, wenn er gewollt hätte. Spätestens jetzt war ich sicher, dass die Serviette mit meiner Telefonnummer irgendwo zerknüllt auf dem Boden lag. In meinen Augen brannten Tränen, und ich blinzelte sie wütend weg.

Ich holte tief Luft und befahl mir, mich nicht so zu quälen. Schließlich war er nicht mein endgültiges Zielobjekt – das war Hunter. Ich konnte mir jederzeit jemand anderen suchen, von dem ich die nötige Hilfe erhielt.

„Möchtest du noch was trinken?“, fragte mich Scott in diesem Moment. Ihm war aufgefallen, dass ich zur Bar rüber geschaut hatte.

Ich richtete meine Aufmerksamkeit zurück auf den Billardtisch. Ryan/Bryan hielt Emerson im Arm und brachte ihr eine neue Stoßtechnik bei. Ich verdrehte die Augen.

„Nein, ich brauche nichts mehr. Danke.“

„Sollen wir weiterziehen?“, wollte Ryan/Bryan wissen, trat einen Schritt zurück und schaute erst Emerson, dann mich und Scott an. Und dann wieder Emerson.

Wir vier sollten zusammen gehen? Ich ahnte schon, worauf das hinauslief. Emerson würde irgendwo in einer dunklen Ecke mit Ryan/Bryan rummachen, und ich würde mit Scott dumm herumstehen. Nein danke.

Emerson und ich sahen uns an und kommunizierten schweigend. Sie nickte beinahe unmerklich. Ich wollte abhauen, allerdings nicht mit diesem Typen. Das war das Gute an Emerson. Sie hatte zwar eine sehr aktive Libido, aber unsere Freundschaft musste nie darunter leiden.

Ich rutschte von meinem Hocker. „Ich muss mal auf die Toilette."

Das sollte ihr genug Zeit verschaffen, um sich zu verabschieden und mit Ryan/Bryan Telefonnummern auszutauschen. Oder auch nicht. Bei Emerson konnte man das nie genau sagen. Manchmal, wenn ich glaubte, sie würde voll auf einen Kerl abfahren, ließ sie ihn ohne jeden Grund einfach fallen. Einmal machte sie mit einem nach dem dritten Date Schluss, weil er nach einem gemeinsamen Essen im Restaurant nach einem Doggy Bag fragte. Sie behauptete, es wäre ihr zu intim, wenn jemand so was tat. Wahrscheinlich störte es sie nicht, dass diese Begründung nur für sie selbst nachvollziehbar war. Meine persönliche Meinung war, dass sie in Wirklichkeit Angst davor hatte, sich ernsthaft auf jemanden einzulassen. Aber was wusste ich schon? Ich hatte in meinem ganzen Leben erst einmal einen Jungen geküsst.

Ich durchquerte den Raum bis zu dem schmalen Gang, der zu den Toiletten führte. Es gab jeweils nur eine Kabine, und normalerweise war die Schlange ewig lang. Doch nicht heute Abend, nicht um diese Uhrzeit. Ich betrat die Kabine und schloss ab. Als ich mich im Spiegel sah, zuckte ich zusammen. Meine Frisur war wie immer völlig außer Kontrolle. Ich probierte, die rötlichen Wellen etwas zu bändigen. Vielleicht sollte ich mal wieder zum Friseur gehen. Und mir Stufen schneiden lassen.

Kurz darauf wusch ich mir die Hände und öffnete die schwere Eichentür. Sofort entdeckte ich Scott, der draußen wartete. Erst dachte ich, er stünde für die Herrentoilette an, aber die Art und Weise, wie er mich anschaute, ließ mich erahnen, dass er auf mich gewartet hatte.

„Hey." Er stieß sich von der Wand ab.

„Hey“, murmelte ich und trat auf den Korridor. Ich wünschte, es wäre heller. Das schummrige Licht verlieh dem Ganzen eine zu intime Atmosphäre.

Er stellte sich mir in den Weg. „Warum kommst du zusammen mit Em nicht noch mit zu uns?“

Ich schüttelte den Kopf. „Ich muss morgen früh raus.“ Was natürlich nicht stimmte. Ich musste erst um elf Uhr meine Schicht in der Tagesstätte antreten, doch das brauchte er nicht zu wissen.

„Jetzt komm schon.“ Er schritt auf mich zu.

Ich prallte mit dem Rücken an die Wand, sodass die Bilderrahmen und Nummernschilder, die sie schmückten, klapperten. Als er immer näher kam, hielt ich abwehrend die Hände hoch. „Ähm, was hast …?“

Da sprang er nach vorn und presste seinen Mund auf meine Lippen. Ich erstarrte. Seine säuerlich schmeckende Zunge zwängte sich in meinen Mund, und ich dachte, ich müsste ersticken. Keine Ahnung, ob er den Kuss so genoss und deshalb nicht merkte, dass es mir überhaupt nicht so ging, oder ob es ihm egal war. Vielleicht war er auch zu betrunken. Oder er glaubte, ich würde meine Meinung andern, wenn er noch länger auf mich einküsste. Ganz egal, jedenfalls klebten seine Lippen auf meinen, und es fühlte sich ekliger und feuchter an als bei meinem letzten Kuss. *Verdammt.* Man sollte doch meinen, dass sich die Dinge seit der zehnten Klasse verbessert hätten.

Ich quetschte meine Hand zwischen uns und ballte die Finger zu einer Faust. Danach boxte ich ihm auf die Schulter. Er reagierte überhaupt nicht. Panik stieg in mir auf. Aber ich versuchte, ruhig zu bleiben. Wir waren hier an einem öffentlichen Ort. Was konnte schon passieren, wenn ich nicht wollte? Abgesehen von einem furchtbaren Kuss, der scheußlich nach Bier schmeckte und niemals zu enden schien.

Ich hieb fester mit meiner freien Hand auf seine Schulter. Er umklammerte mich so fest, dass ich meinen anderen Arm nicht befreien konnte.

Und dann war er weg. Ganz plötzlich.

Ich sank gegen die Wand und bemerkte matt, dass die Ecke eines besonders zerbeulten Nummernschilds mir den Hals aufgekratzt hatte. Komisch, dass mir das jetzt erst auffiel. Ich wischte mir mit dem Handrücken den Mund ab, als könnte ich damit den unerwünschten Kuss verschwinden lassen, und richtete mich auf, um zu sehen, was geschehen war.

Scott lag auf dem Boden, und jemand stand vor ihm. Er hatte ihn am Hemd gepackt. Es dauerte eine Sekunde, bis ich den Rücken meines Barkeepers erkannte – und kapierte, dass er es gewesen war, der mich gerettet und Scott außer Gefecht gesetzt hatte. Schon wieder hatte er mir geholfen.

Ich rannte zu ihm und spähte über seine Schulter, damit ich Scotts Gesicht betrachten konnte. Ich erschrak. Er blutete, vor allem aus dem Mund. Man sah seine weißen Zähne gar nicht mehr. Ich griff den Barkeeper am Arm, als er ihm gerade einen zweiten Schlag verpassen wollte.

„Halt! Das reicht!"

Er blickte mich an, mit wild entschlossener Miene, gar nicht so ausdruckslos wie sonst. Sein Kiefer war angespannt, in seiner Wange zuckte ein Muskel. Ich weiß nicht, wie lange er mich mit funkelnden Augen anstarrte. Jedenfalls erschien es mir wie eine Ewigkeit, bis er etwas sagte, bis seine tiefe Stimme mich durchfuhr. „Bist du in Ordnung?"

Ich nickte. „Alles gut." Ich deutete auf Scott. „Du kannst ihn gehen lassen."

Scott blubberte etwas. Ich verstand nicht, was er uns mitteilen wollte. Es war auch mehr Schluchzen als Sprechen.

Ich spürte feste Muskeln unter meinen Fingern und stellte fest, dass ich den Oberarm des Barkeepers immer noch festhielt. Trotzdem ließ ich nicht los. Noch nicht. Ich betrachtete seinen Arm, als müsste ich mich davon vergewissern, dass ich wirklich seine Haut berührte. Meine Hand lag auf seinem Tattoo, und ich bildete mir ein, dass die tätowierten Stellen sich wärmer anfühlten. Abwesend streichelte ich über den Flügel, und dabei zog sich in mir alles zusammen. Ich ließ meine Finger sinken.

Er wandte den Blick von mir ab und schaute Scott an. Dann hob er die andere Hand hoch, und Scott spannte sich an, als erwartete er einen weiteren Schlag. Doch der Barkeeper deutete nur zum Ende des Gangs. „Raus aus meiner Bar."

Scott nickte vehement. Sein Gesicht war ein Trümmerfeld. Es tat schon weh, ihn nur anzuschauen. Scott kam auf die Beine und murmelte: „Ich hol nur noch kurz meinen Freund."

Sott war schon fast weg, da brüllte der Barkeeper ihm noch etwas hinterher. Es war ihm egal, dass die anderen Gäste es hörten. „Ich will dich hier nie wieder sehen!"

Nickend verschwand er.

Allein mit meinem Retter holte ich tief Luft. Doch meine Lunge schien plötzlich zu klein, zu eng. „Vielen Dank."

Er blickte mich an. „Ich habe mitgekriegt, wie er dich verfolgt hat."

Ich neigte den Kopf. „Hast du mich beobachtet?"

„Ich habe dich vorbeigehen sehen."

Also ja. Er hatte mich beobachtet.

Wir schwiegen. Ich rieb mir die Hände an den Oberschenkeln. „Tja. Noch mal danke. Ich hoffe, du bekommst keinen Ärger mit deinem Boss deswegen. Falls ich für dich aussagen soll oder so was …"

„Das krieg ich schon hin."

Nickend lief ich an ihm vorbei, machte drei Schritte und blieb stehen. Dann drehte ich mich um, strich mir die Haare aus dem Gesicht. „Wie heißt du eigentlich?"

Es war doch absurd, ihn dauernd nur „der Barkeeper" zu nennen. Ich wollte nicht heute Nacht in meinem Bett im Wohnheim liegen und an ihn denken – denn das würde ich tun –, ohne seinen Namen zu wissen.

„Reece." Er schaute mich an, aber sah durch mich hindurch. Er lächelte nicht, wirkte teilnahmslos.

„Hi." Ich befeuchtete meine Lippen „Ich bin Pepper."

„Ich weiß."

Ich nickte stumpf. Die Serviette. Natürlich. Matt lächelnd verschwand ich in der Bar.

Ich hatte den Billardtisch noch nicht erreicht, da tauchte Emerson neben mir auf und starrte mich mit großen Augen an. „Was ist denn mit diesem Scott passiert? Der sah aus, als wäre er von einem Truck überrollt worden. Und ist hier quasi rausgerannt!"

Ich hakte mich bei ihr unter und steuerte mit ihr auf den Ausgang zu. „Der Barkeeper ist passiert."

„Was?" Ihre Wangen wurden ganz rot. „Wurde er etwa eifersüchtig und … hat ihn geschlagen?"

„Es war eher so, dass Scott versucht hat, mir das Gesicht wegzusaugen, unter meinem Protest natürlich, und Reece eingeschritten ist."

„Reece?", wiederholte sie.

„Ja. Stell dir vor. Er hat einen Namen."

Sie schüttelte den Kopf und warf mir einen bewundernden Blick zu, während wir das Mulvaney's verließen. „Du hast schon mehr als sein Interesse, Pep."

Ich schnaubte. „Ach Quatsch. Er hat nur seinen Job erledigt."

Entgeistert musterte sie mich. „Hallo? Er ist Barkeeper? Wieso sollte er einem Typen eine reinhauen?"

„Er darf es nicht zulassen, dass ein Gast in seinem Laden vor den Toiletten belästigt wird."

Sie machte ein skeptisches Gesicht, als wir den Weg zum Parkplatz einschlugen. „Du checkst es einfach nicht. Du willst es auch nicht kapieren. Glaub mir. Er wird anrufen."

Ich war nicht so naiv, wie Emerson immer behauptete. Er hätte mich aufhalten können eben, hätte in dieser quälenden Stille etwas sagen können. Wenn er wirklich so ein Draufgänger war, hätte er seine Chance genutzt. Doch er hatte mir ja nicht mal ein Lächeln geschenkt.

Nein, er würde garantiert nicht anrufen. Und das hatte nichts damit zu tun, dass ich immer so negativ bin. Nein, ich wusste es einfach.

6. KAPITEL

Am nächsten Tag meldete er sich jedenfalls nicht, und obwohl ich mir sagte, dass ich das ja gleich gewusst hatte, hoffte ich insgeheim doch darauf, dass Emerson recht hatte.

Natürlich gab ich ihr die Schuld. Ihre Worte hatten sich mir eingebrannt und sorgten dafür, dass ich mir Hoffnung machte – was ich normalerweise nie getan hätte. Ich konnte nicht aufhören, sie wütend anzufunkeln, während sie mitten in meinem Zimmer stand und mich davon abhielt, meine Notizen zur Psychopathologie durchzuarbeiten.

„Dir ist schon klar, dass wir heute Abend wieder hingehen müssen, oder?"

„Ähm, nein. Müssen wir nicht."

Sie ließ sich neben mir auf die Matratze fallen und landete auf dem Bauch. „Jetzt komm schon! Du kannst nicht versprechen, die Sache durchzuziehen, und dann nicht Vollgas geben!"

„Ich trainiere nicht für einen Marathonlauf oder so was."

„Oh doch. Genau das machst du." Sie nickte, und das Licht brachte ihre unzähligen Klämmerchen zum Funkeln, die sie sich in ihr kurzes dunkles Haar gesteckt hatte. „Du trainierst für Hunter. Betrachte ihn als deinen Fünftausendmeterlauf."

Ich biss mir auf die Lippe und dachte nach.

Offensichtlich bemerkte sie mein Zweifeln, denn sie legte nach. „Jetzt komm schon. Du hast einen Eindruck bei ihm hinterlassen, und zwar an zwei Abenden hintereinander." Sie wedelte mit zwei Fingern vor meiner Nase herum. „Wir müssen heute Abend wieder hin, und diesmal nehmen wir noch ein paar andere mit. Georgia geht mit Harris auf dieses Konzert, also frag ich mal Suzanne und Amy von unserem

Flur. Die haben immer Lust auf Party." Sie bedachte mich mit einem bohrendem Blick. „Sag Ja, Pepper."

Seufzend schloss ich meine Unterlagen. „Na gut. Ja."

Sie klatschte in die Hände und sprang vom Bett. „Ich gebe den anderen Bescheid. Geh du schnell duschen, aber such dir noch nichts zum Anziehen raus." Sie zeigte mit einem Finger auf mich. „Dafür bin ich zuständig."

„Selbstverständlich", rief ich ihr nach, als sie polternd aus meinem Zimmer rannte. Wenn es nach ihr ginge, würde ich gleich Netzstrümpfe tragen.

Rasch griff ich nach Kulturbeutel, Bademantel und Handtuch, und da waren sie: so was wie Schmetterlinge im Bauch. Ich hatte keine Ahnung, warum. Ich hatte kaum ein Wort mit Reece gewechselt. Gut, er hatte mir gestern Abend aus der Klemme geholfen (und an dem Abend, als mein Auto streikte, auch), aber das war nur seine Pflicht gewesen. Er musste für Ordnung im Mulvaney's sorgen. Das war kein persönliches Engagement.

Doch der Gedanke daran, wie seine blauen Augen mich in der Menge suchten, obwohl doch so viele andere heiß auf ihn waren, ließ meine Haut kribbeln. Immerhin war er nicht nur der Barkeeper, sondern sexy wie kein anderer, und er hatte dieses gewisse Etwas. Eigentlich dürfte dieses Klischee bei mir überhaupt nicht wirken, doch leider tat es das. Ich konnte mich nicht dagegen wehren. Auf einmal pilgerte ich wie jedes andere weibliche Wesen ins Mulvaney's.

Und das gab mir zu denken. Ich wollte nicht sein wie die anderen. Austauschbar.

Vielleicht war er daran gewöhnt, mit unzähligen Frauen herumzumachen, an deren Namen und Gesichter er sich in der Woche darauf schon nicht mehr erinnerte, aber ich wollte etwas anderes sein. Ich wollte nicht sein wie meine Mutter.

Ich wollte jemand sein, an den man sich erinnert.

Emerson brachte nicht nur Suzanne und Amy mit, sondern noch zwei andere Mädels von unserem Flur. Insgesamt waren wir zu sechst, also mussten wir uns auf zwei Wagen aufteilen. Irgendjemand entschied, dass Suzanne und ich fahren sollten – sehr wahrscheinlich, weil wir beide nicht so viel tranken. Ich hatte nichts dagegen. Ich fuhr lieber selbst, als Beifahrerin zu sein.

Als wir beim Mulvaney's eintrafen, betraten wir die Bar durch den Hintereingang und an der Essenstheke vorbei. Mein Magen begann zu knurren und mir fiel ein, dass ich seit Mittag nichts mehr gegessen hatte. Emerson zog mich weiter, da ich zögernd stehen blieb und sehnsüchtig ein Körbchen mit Pommes und Käsesoße betrachtete, das gerade jemand bestellt hatte.

„Jetzt komm. Essen kannst du später. Ich kauf dir den größten Burger, bevor wir nach Hause gehen."

Es war schon wieder brechend voll. Aber ich entdeckte Reece sofort an seinem üblichen Platz hinter dem Tresen. Ob er wohl auch Student war? Und was tat er sonst noch? Außer mit der Hälfte der Mädels rummachen, die hier abhingen (wenn man den Gerüchten Glauben schenken wollte)? Er musste doch noch irgendwas anderes tun. Plötzlich war ich enttäuscht. Vielleicht hatte er am Ende nichts anderes als das hier. Vielleicht hatte er nur dieses eine Ziel: eine Bar zu führen.

Für mich war Hunter das Ziel. Mein Stück des Kuchens. Wenn alles lief wie geplant, würde ich bald meinen Abschluss haben und mit Kindern arbeiten. Das hatte ich vor. Diese Aufgabe würde mich erfüllen und mich die Dinge in meinem Leben, die ich nicht ändern konnte, aus einem anderen Blickwinkel betrachten lassen.

„Bitte schön." Emerson klatschte mir Geld in die Hand. Suzanne und die anderen hielten bereits Ausschau nach einem Tisch. „Hol erst mal zwei Pitcher. Ich komme mit und helfe dir tragen." Und schon schob sie mich in Richtung Bar.

Ich drängelte mich so nah wie nur möglich an den Tresen und hasste es, weil es sich so überflüssig anfühlte. Er hatte mich noch nicht entdeckt, und ich wollte am liebsten wegrennen. Ganz sicher wusste er, dass ich nur seinetwegen hier war. Er würde mich anschauen und mich für bescheuert halten, was ich ja auch war. Oder noch schlimmer. Er würde mich ansehen und sagen: „Ach, da ist ja meine Stalkerin wieder!"

Ein Bild von meiner Mutter tauchte vor mir auf. Sie trug ein ausgewaschenes blaues Kleid, ihre Augen glänzten, während sie sich einem Mann auf den Schoß setzte und mit seinen Haaren zu spielen begann, verzweifelt darum bemüht, von ihm Geld für ihren nächsten Drink zu kriegen. Sie war immer so verzweifelt. Eine bemitleidenswerte Kreatur ohne jeden Stolz. Die Erinnerung hinterließ einen bitteren Nachgeschmack.

Ich stemmte die Fersen in den Boden und drehte mich zu Emerson um. „Ich will das nicht."

„Was ist? Wieso nicht?"

Ich trat zu ihr und sprach in ihr Ohr, damit sie mich in dem Getümmel verstehen konnte. „Es ist einfach nicht mein Ding, einem Typen hinterherzulaufen. Ich bin mir sicher, dass er schon kapiert hat, was ich von ihm will. Wenn *er* der Aufreißer ist, wieso muss *ich* mich dann abplagen?"

„Er hatte einfach noch keine Gelegenheit dazu. Er hängt hinter der Bar fest. Bei Männern geht es immer nur um die richtige Gelegenheit. Und die musst du ihm geben."

Ich schüttelte den Kopf und widerstand der Versuchung, ihr zu erklären, dass ein Mann sich schon die richtige Gelegenheit schaffen würde, wenn er wirklich an einer Frau interessiert wäre. Aber was wusste ich schon? Offensichtlich gar nichts. Warum wäre ich sonst auf dieser Mission, mir die

Kunst des Vorspiels von einem sexy Fremden beibringen zu lassen?

Ich streckte ihr das Geld hin. „Bestell du. Ich bleibe hinter dir, damit er mich sieht, doch ich will nicht am dritten Abend in Folge vor ihm stehen. Da kann ich mir ja gleich ein Schild um den Hals hängen. Nein, ich denke, er hat schon kapiert.“ Ich blickte sie warnend an. „Und bring mich ja nicht wieder in Verlegenheit.“

Sie verdrehte die Augen und nahm das Geld. „Na gut.“ Sie drängte sich nach vorn und kam dabei viel schneller voran, als ich es jemals geschafft hätte. Mir fiel auf, wie sie ihre Ellbogen einsetzte. Ganz sicher hatte sie noch nie einen Pitcher fallen lassen.

Ich hielt mich im Hintergrund, als Emerson die Theke erreichte und die Hand mit dem Geld hochhielt, das ultimative Zeichen dafür, dass man bedient werden wollte. Es dauerte einen Moment, bis er ihr seine Aufmerksamkeit zuwandte.

Als er sie erkannte, suchte sein Blick die Menge ab. Er schien nach jemandem Ausschau zu halten. Ich hielt den Atem an, und in diesem Moment entdeckte er mich. Es war nur der Bruchteil einer Sekunde, in der er meine Anwesenheit bemerkte. Nicht mehr. Kein Anzeichen dafür, dass er sich an mich erinnerte.

Er schaute Emerson an, neigte den Kopf zu ihr und bat sie um ihre Bestellung. Sie gestikulierte wild mit den Händen, während sie sprach. Sie sprach immer mit den Händen.

Nickend drehte er sich um und ging das Bier zapfen. Ich wartete, bis er zurückkehrte. Meine Atmung war unregelmäßig. Er stellte die beiden Pitcher vor Emerson, griff nach den Scheinen und gab ihr Wechselgeld raus. All das, ohne mich auch nur eines Blickes zu würdigen.

Plötzlich war ich enttäuscht. Ich dachte, er würde mir wenigstens noch einen Blick zuwerfen – und dann …

Ich seufzte. Keine Ahnung, was dann. Ich strich mir mit den Fingern durchs Haar. Sie blieben in der ungebändigten Mähne stecken. Sinnlos.

Was machte ich überhaupt hier? Ich versuchte, jemand zu sein, der ich nicht war, nur um Hunters Interesse zu erregen? Das war doch alles reine Selbstverarschung. Er hatte mich in all den Jahren nicht wahrgenommen, warum sollte sich daran auf einmal etwas ändern?

Als Emerson schließlich auftauchte, fühlte ich mich bescheuerter als jemals zuvor. Und sie schien mir anzusehen, was los war.

„Was hast du denn?", wollte sie wissen.

Ich schüttelte den Kopf. „Das ist doch alles Wahnsinn. Ich will nicht hier sein. Nicht schon wieder. Ich verschwinde."

„Echt jetzt, Pepper." Emerson stampfte mit dem Fuß auf und verzog frustriert das Gesicht. „Tu das nicht."

„Bleib du hier. Du kannst mit Suzanne zurückfahren." Ich schob mich durch die Menge. Jemand fluchte laut, da ich ihm auf den Fuß trat.

„Warte! Ich komme mit!" Sie blicke sich suchend nach jemandem um, der ihr die Pitcher abnehmen konnte.

„Nein, schon in Ordnung. Wirklich. Ich schreibe am Montag außerdem eine Statistik-Klausur. Schon allein deshalb sollte ich gehen. Schau mich nicht so an. So oft wie in den letzten Tagen war ich doch noch nie weg!"

Sie seufzte und nickte. „Also gut. Okay. Wir sehen uns später."

Ich winkte ihr zu, drehte mich um und quetschte mich durch die Leute nach draußen. Dort reckte ich das Gesicht der klaren Nachtluft entgegen und saugte tief die frische Luft ein, als wäre ich gerade aus einem eiskalten Schwimmbecken gestiegen.

Während ich über den Parkplatz lief, knirschte der Schotter unter meinen Schuhen. Beinahe wäre ich umgedreht und zurückgegangen, um mir noch den Burger zu holen. Doch ich schritt weiter und überlegte mir stattdessen, bei welchem Drive-in ich noch vorbeifahren könnte. Ich dachte an Hähnchensticks und frittierte Kartoffelbällchen, da spürte ich plötzlich eine Hand auf meiner Schulter.

Erschrocken wirbelte ich herum, holte mit der Faust aus und – traf. Meine Fingerknöchel prallten gegen eine Schulter.

„Hey, ganz ruhig." Reece stand vor mir und hielt beschwichtigend eine Hand hoch, während er mit der anderen seine Schulter an der Stelle rieb, wo ich ihn geboxt hatte.

Ich hielt mir beide Hände vor den Mund. Gedämpft murmelte ich: „Oh Gott. Das tut mir leid."

„Braucht es nicht. Ich hätte dich ja einfach ansprechen können. Kein schlechter Reflex übrigens. Aber das Zielen musst du noch üben."

Langsam nahm ich die Hände vom Gesicht. Ich starrte ihn an und versuchte zu verstehen, wieso er hier war. Vor mir stand. Es war seltsam, ihn nicht hinter der Theke zu sehen. Bis auf den Vorfall mit meinem Wagen hatte ich ihn ja immer nur im Mulvaney's erlebt. Hier draußen kam er mir größer vor. Überlebensgroß.

Ich neigte den Kopf zur Seite und wedelte mit einem Zeigefinger zwischen uns her. „Bist du mir etwa gefolgt?"

„Ich habe mitbekommen, dass du gegangen bist."

„Aha. Also ja."

Er hatte mich beobachtet. Ich war ihm also aufgefallen. Offensichtlich war ich doch nicht unsichtbar.

Er redete weiter. „Hör zu, es ist nicht gut, nachts allein hier herumzulaufen. Es gibt Jungs, die, wenn sie getrunken haben und ein hübsches Mädchen sehen …" Er musste nicht mehr sagen. Es war klar, was er meinte.

Aber ich hatte nur ein Wort wahrgenommen. *Hübsch.*

„Ich bring dich zu deinem Wagen", schlug er vor.

„Danke.“ Ich marschierte los, und er beeilte sich, um mit mir Schritt zu halten.

Ich warf ihm einen Blick zu. Er war wirklich ganz schön groß. Obwohl ich nicht so klein und schlank wie Emerson war, reichte ich ihm maximal bis ans Kinn. Garantiert war er deutlich über eins achtzig. Das war eine ganz neue Erfahrung – ich fühlte mich auf einmal richtig zierlich.

„Hoffentlich kriegst du keinen Ärger, weil du deinen Arbeitsplatz verlassen hast. Oder hast du Pause?“

„Das geht schon klar.“

Mir fiel auf, dass sein Arm ganz dicht neben meinem war. Er steckte eine Hand in die vordere Hosentasche.

„Du haust schon so früh ab“, stellte er fest.

„Ja.“ Wir schwiegen. Was mir unangenehm war, also sagte ich schnell: „Hab irgendwie keine Lust gehabt.“ Jedenfalls bis eben nicht. Jetzt war natürlich alles anders. Jetzt hatte ich Lust. Von ihm ging eine Wärme aus, die jeden Nerv meines Körpers zum Erbeben brachte. Wir berührten uns nicht einmal, aber ich konnte ihn überall spüren. Ich war völlig überrascht, dass ich dennoch mit ganz normaler Stimme sprechen konnte.

„Keine Lust also“, wiederholte er leise. Es klang amüsiert. Jetzt legte er den Kopf in den Nacken und betrachtete die Sterne. Er lächelte.

„Was ist so lustig?“

„Ich dachte nur kurz darüber nach.“

„Über was?“

Er nahm den Kopf wieder runter. „Ich kann die Abende gar nicht zählen, an denen ich keine Lust habe. Trotzdem muss ich da sein.“

Muss ich da sein. Interessante Wortwahl. „Macht dir die Arbeit keinen Spaß?“

Er zuckte mit den Schultern. „Manchmal schon.“

„Studierst du denn auch?
„Nein."
„Du hast deinen Abschluss schon."
„Meinen Highschool-Abschluss."
Also war sein Job in der Bar tatsächlich alles, was er hatte. Wie enttäuschend! Und wie voreingenommen von mir. Wieso musste ich so wertend sein? Das war doch absurd. Ich war ja nicht auf der Suche nach einem Freund. Sein fehlender Ehrgeiz konnte mir doch völlig egal sein.
„Und du bist auf dem College?", fragte er mich.
Ich nickte.
„Lass mich raten. Dartford?" Es gab drei Universitäten im näheren Umkreis, von denen Dartford den besten Ruf genoss.
„Ja."
„Dachte ich mir. Das sieht man dir an."
„Was soll das denn heißen?"
„Du siehst so lieb und so nett aus. So smart." Wir hatten mein Auto jetzt fast erreicht. „Und obwohl du kein Stammgast bist, warst du an drei Abenden hintereinander hier." Das war keine Frage, sondern eine Feststellung.
Die Tatsache, dass er mich bemerkt hatte, erfüllte mich wieder mit einer inneren Wärme. „Meine Freundin Emerson ist oft hier. Dir ist sie bestimmt schon aufgefallen. Man kann sie eigentlich nicht übersehen." Das bestätigte er weder, noch verneinte er es. „Sie hat gemeint, ich soll mal mitkommen. Normalerweise gehe ich nicht so gern in Bars."
„Und jetzt hast du dich entschieden, das Studentenleben doch ein bisschen zu genießen, oder was? Und gestern Abend hat dich nicht abgeschreckt?"
Ich runzelte die Stirn. „Ach so, der Typ vorm Klo … Hätte mir das Angst machen sollen?"
Er antwortete nicht, und mir schoss seine Bemerkung vom Donnerstag über brave Mädchen, für die es in Läden wie dem

Mulvaney's gefährlich wäre, durch den Sinn. „Oh, ich vergaß. Brave Mädchen wie ich sollten lieber zu Hause bleiben."

„Das habe ich nicht gesagt."

Vor meinem Wagen blieben wir stehen.

Er sprach mit leiser Stimme weiter. „Vor der Toilette blöd angemacht zu werden hätte die meisten Mädchen davon abgehalten, gleich am nächsten Abend wiederzukommen."

„Ich bin aber nicht die meisten." Er hatte echt keine Ahnung. Ich sah vielleicht naiv und unschuldig aus, doch meine Wunden saßen tief. Es brauchte einiges, um mir Angst einzujagen.

Ich suchte nach meinem Autoschlüssel, und ich bemerkte, dass meine Hände vor Wut zitterten.

„Ich mag aussehen wie eine Streberin und nicht wie eine dieser sexy aufgebrezelten Tussis, die jeden Abend durch die Bars ziehen, aber ..."

Er unterbrach mich, aber ohne jegliche Emotion. „Das habe ich auch nicht gesagt."

„Doch gedacht."

„Es stimmt. Du bist anders als die Mädchen, die ich jeden Abend sehe."

„Wie schön!", murmelte ich.

Ich umklammerte meinen Schlüssel. Dann schloss ich die Tür auf und öffnete sie, blickte ihn an und wollte mich von ihm verabschieden, doch als ich in seine blauen Augen schaute, wusste ich nicht mehr, wieso ich eigentlich sauer war. Diese Augen machten mich schwach und gleichzeitig wild.

„Und das ist nicht das Schlechteste, glaub mir."

Plötzlich waren meine Knie wie Wackelpudding, und ich musste mich setzen.

„Danke fürs Herbringen." Ich wollte gerade einsteigen, allerdings hielten seine Worte mich auf.

„Verrat mir noch eins, Pepper."

Zum ersten Mal hörte ich ihn meinen Namen aussprechen.

Ich nickte stumpf, die Hand an der Tür. „Wie alt bist du wirklich?"

Mit dieser Frage hatte ich nicht gerechnet. „Neunzehn."

Er lachte, und sein Lachen ging mir durch und durch. „Das dachte ich mir." Seine schön geschwungenen Lippen zuckten. „Du bist also noch ein Kind."

„Ich bin kein Kind", protestierte ich. Ich war kein Kind mehr, seit ich die erste Nacht im Badezimmer eines billigen Motels verbracht und zugehört hatte, wie sich meine Mutter nebenan wahllos von irgendwelchen Typen flachlegen ließ. „Und wie alt bist du?"

„Dreiundzwanzig."

„Dann bist du ja nicht viel älter als ich", erwiderte ich. „Und ich bin kein Kind."

Entschuldigend hob er beide Hände und lächelte spöttisch. „Wenn du das sagst."

Frustriert seufzte ich. „Lass das sein."

„Was?"

„So herablassend zu sein."

Er zog fragend eine Augenbraue hoch. „Oh-oh. Jetzt ist sie sauer. Die kluge Studentin zaubert ihren schönsten Wortschatz hervor."

Wie schaffte es dieser Typ bloß, dass die Frauen mit ihm rumknutschten? Er war ein kolossaler Idiot. Tja, nicht jeder attraktive Typ war so ein Volltrottel. Hunter jedenfalls nicht.

„Blöder Arsch", murmelte ich und wollte einsteigen. „Warum gehst du nicht wieder zurück in deine Bar, um Bier auszuschenken und abgelaufene Erdnüsse zu verteilen?"

Da griff er plötzlich nach meinem Arm. Ich warf einen irritierten Blick auf seine Hand auf meinem Arm. Dann schaute ich ihm ins Gesicht.

„Hey“, meinte er entschuldigend. Sein Lächeln war verschwunden. Ich spürte meinen Herzschlag bis zum Hals, doch ich wollte ihm nicht zeigen, welche Wirkung er auf mich hatte. „Unsere Erdnüsse sind nicht abgelaufen.“

Am liebsten hätte ich laut gelacht, allerdings wirkte er so ernst. Seine blauen Augen waren starr auf mich gerichtet. Seine Finger umklammerten meinen Arm und hinterließen durch den Ärmel einen Abdruck.

Und langsam senkte er den Blick auf meine Lippen.

Oh Gott. Oh Gott. Oh Gott! Gleich küsst er mich.

Und das war er. Mein zweiter – bitte streichen. Mein *dritter* Kuss! Ob ich wollte oder nicht, den Abend davor musste ich mitrechnen. Aber das war der Kuss, auf den ich gewartet hatte. Der Kuss, durch den ich das Küssen lernen würde. Von einem Typen – einem Mann – der wusste, was er tat.

Er zog mich näher an sich. Mein Herz donnerte wie eine Trommel in meiner Brust. Und ab da setzte mein Gehirn aus. Es gab nichts mehr zu denken. Keine kalkulierte Logik mehr. Nur noch Gefühl.

Das Blut rauschte in meinen Ohren, als er mich noch enger an sich presste. Es ging nicht so schnell wie in den Filmen. Keine sich verrenkenden Hälse. Ich sah sein Gesicht auf mich zukommen. Sein Blick wechselte zwischen meinem Mund und meinen Augen hin und her, er schaute mich an, beobachtete meine Reaktion. Endlich legte er mir eine Hand auf die Wange.

Das hatte noch nie jemand gemacht. Nicht dass ich wahnsinnig viel Vergleichsmöglichkeiten hätte, aber seine warme Hand erzeugte einen ganz besonderen Moment der Intimität zwischen uns. Der Moment wurde dadurch sehr real, sehr stark.

Ich erschrak kurz, als sein Mund endlich meinen berührte. Es war wie ein kleiner Stromstoß oder so was. Er zog sich kurz zurück und blickte mich an. Schon dachte ich, es wäre vorbei – und diese kurze Berührung unserer Lippen wäre alles gewesen.

Dann war sein Mund wieder auf meinem, und jetzt gab es kein Zögern mehr. Sein Kuss war selbstbewusst und fordernd. Süß und köstlich. Immer noch ruhte seine Hand auf meiner Wange, die andere schob sich auf meinen Rücken, und er drückte mich an sich. Seine Lippen schmeckten meine, bewegten sich erst in die eine, danach in die andere Richtung. Als wollte er alle Optionen ausprobieren. Er strich mit der Zunge über die Kontur meiner Lippen, und ich erschauerte. Ich ließ ihn meinen Mund erforschen. Ich hielt ihn an den Schultern, fühlte die weiche Baumwolle unter meinen Fingern und genoss seine beruhigende Wärme unter dem Stoff.

Dann war es vorbei. Viel zu schnell. Ich schwankte, hatte das Gleichgewicht verloren. Rasch klammerte ich mich an der immer noch geöffneten Wagentür fest und blinzelte, als wäre ich gerade aus einem Traum erwacht. Ich hob die Hand zu meinen Lippen und betastete sie. Sie waren noch warm von seinen. Ich sah ihn an und bemerkte überrascht, dass er sich umdrehte und mich stehen ließ.

Kein Wort mehr. Und kein Blick zurück.

7. KAPITEL

Nachdem ich meine Statistikarbeit überstanden hatte, trottete ich über den Campus zum Java Hut. Ich hatte mir zwar schon vor der Klausur einen Milchkaffee geholt, aber nach diesem höllischen Test hatte ich eine zweiten verdient, fand ich. Außerdem hatte ich in den letzten beiden Nächten nicht besonders gut geschlafen. Seit Reece mich geküsst hatte.

Emerson behauptete, das wäre ein eindeutiges Zeichen für meine zunehmende Unwiderstehlichkeit. Als ich daran dachte, verdrehte ich unwillkürlich die Augen und erntete dafür einen befremdlichen Blick von einem Mädchen, das an mir vorbeiging.

Schnell huschte ich in den Coffeeshop, froh, aus der Kälte rauszukommen. Bald war wieder die Zeit für Wintermantel und Handschuhe.

Es duftete nach Espresso und frisch gebackenem Gebäck. In der Auslage lagen mehrere Kürbismuffins und orangefarbene Plätzchen in der Form von Kürbisköpfen.

Die Schlange war kürzer als vor zwei Stunden, und ich stellte mich hinter einer Studentin an, die laut mit dem Handy telefonierte. Ich versuchte, ihr Geplärre zu ignorieren, während ich mich auf die Zehenspitzen hob und die Scones begutachtete. Ich entschied mich für die Variante mit Cranberrys und erinnerte mich an die lebhafte Diskussion, die ich gestern noch mit meinen Mitbewohnerinnen geführt hatte.

Emerson hatte nämlich darauf bestanden, dass Reece mir nur deswegen auf den Parkplatz gefolgt war, weil ich eine ganz besondere Verführungstaktik draufhätte. Ich dagegen sah das anders, denn sonst wäre er nach dem Kuss wohl nicht gleich wortlos verschwunden. Ich kam mir vor, als wäre ich wieder in der zehnten Klasse, und jeden Moment würden hinter meinem Rücken kichernde Schüler auftauchen, die laut hinter vorgehaltener Hand über mich tuschelten. *Die schlechteste Küsserin von allen.*

Absurd, ich weiß. Das hier war nicht die Highschool. Wir waren keine fünfzehn mehr. Und Reece und ich bewegten uns auch kaum in denselben Kreisen. Wenn er irgendwo verbreiten wollte, dass er meinen Kuss wenig anregend fand, dann wo?

Georgia war der Meinung, ich sollte einfach noch mal im Mulvaney's auftauchen, um zu schauen, wie es weitergehen würde – was natürlich voraussetzte, *dass* es weitergehen würde. Bei dem Gedanken hatte ich so viele Schmetterlinge im Bauch, dass es sich anfühlte wie Tausende. Ich war hin- und hergerissen zwischen der Angst, dass er mich ignorieren würde, und der Panik, dass er es *nicht* tun würde.

„Es ist nicht möglich, dass wir uns hier dauernd zufällig über den Weg laufen. Am Ende glauben die Leute noch, wir hätten eine Affäre." Gedankenverloren, wie ich war, hörte ich die Stimme gleich neben meinem Ohr zuerst gar nicht.

„Entschuldigung." Hunter lachte und richtete sich wieder auf. „Ich wollte dich nicht erschrecken."

„Nein." Ich presste die Hand auf mein hämmerndes Herz.

Er begrüßte mich mit einer kurzen Umarmung. Ich schmiegte mich an ihn und sog seine Wärme auf. Nachdem er mich losgelassen hatte, gab er mir ein Zeichen – ich war dran. Wie immer war ich in seiner Gegenwart total nervös und steckte mir eine Haarsträhne hinters Ohr – was für eine hohle Geste! Vor allem, weil sofort weitere Strähnen ihren Platz einnahmen. Ich musste echt was mit meinen Haaren machen. Am besten wäre es, sie ganz abzuschneiden. Eine freche stachelige Kurzhaarfrisur wie Emerson. Aber allein die Vorstellung war lächerlich. So toll wie sie würde ich damit doch nie aussehen. Eher wie jemand, der die Finger in die Steckdose gehalten hat.

„Ein Milchkaffee in Medium und einen Cranberry-Scone, bitte“, sagte ich zur Kassiererin.

Hunter schob seine Bestellung hinterher und zückte seine Kreditkarte, bevor ich überhaupt nach meinem Portemonnaie suchen konnte. Schon wieder.

„Du musst nicht immer bezahlen.“

„Pepper, ich bitte dich.“ Er legte mir eine Hand auf den Arm, um mich davon abzuhalten, in meiner Tasche zu kramen. „Behalt dein hart verdientes Geld.“

Mein Gesicht wurde ganz heiß, schließlich auch meine Ohren. Hoffentlich sah man mir mein Unbehagen nicht an. Es war mich peinlich, jobben zu müssen. Allein um meinen Studienkredit tilgen zu können, würde ich ewig arbeiten müssen. Das war mir klar. Logisch. Es zeigte nur einmal mehr, wie sehr ich mich von Hunter unterschied, und das missfiel mir. Wir stammten aus zwei völlig verschiedenen Welten. Die Tatsache, dass wir beide in Dartford studierten, änderte daran nichts. Er würde ohne Schulden im Nacken seinen Abschluss machen können. Wahrscheinlich schenkten seine Eltern ihm zu diesem Anlass ein Cabrio.

„Hast du Zeit, ein bisschen zu quatschen?“, fragte er, während wir uns unsere Getränke griffen. Er deutete mit dem Kopf auf die Nische mit den gemütlichen Sesseln.

„Ja, ich hab etwas Zeit.“

Zum Glück war meiner Stimme nicht anzumerken, wie nervös ich war. Im vergangenen Jahr hatte ich Hunter kaum zu Gesicht bekommen. Paige hatte ihn völlig in Beschlag genommen. Und jetzt auf einmal traf ich ihn zwei Mal in einer Woche!

Wir setzten uns in zwei Sessel mit Blick auf den Bürgersteig. Das große Fenster war mit Herbstlaub dekoriert. Ich stellte meinen Milchkaffee auf das Tischchen vor mir und balancierte meinen Muffin auf einer Serviette auf meinem Schoß.

Ich brach ein Stück ab und knabberte daran. Dabei blickte ich Hunter an, der gerade einen Schluck trank.

Er lächelte mich an, lehnte sich zurück und schlug die Beine lässig übereinander, als machte er es sich für eine lange Unterhaltung bequem. Mein Herz schlug schneller. Was immer er mir auch erzählen wollte, er schien kein Eile zu haben, und da dämmerte es mir, dass er vielleicht einfach nur ... mit mir zusammen sein wollte. Einfach so, ganz ohne Hintergedanken. Nicht wie ich. Denn mein erklärtes Ziel war es ja, dass er sich in mich verliebte. Und mich heiratete. Und mich mit den laut Statistik durchschnittlich zweieinhalb Kindern beglückte.

Mein Drang, das Schweigen zu brechen, veranlasste mich, zu ihm zu sagen: „Ich habe dich hier früher nie gesehen, nur letztens das eine Mal. Du wärst mir aufgefallen, denn ich bin eigentlich immer hier.“ Ich deutete auf die Umgebung.

Er hob die Schultern. „Paige hat es nicht so mit Kaffee. Sie trinkt lieber Smoothies.“

„Aber du magst Kaffee?“

„Ich versuche gerade herauszufinden, was ich lieber mag. In den letzten zwei Jahren habe ich eigentlich sie alle Entscheidungen treffen lassen.“ Er zuckte zusammen. „Gott, das klingt wirklich erbärmlich, oder?“

Ich legte beide Hände um meine Tasse und wärmte mir die Finger. „Nein. Das ist der Gentleman in dir. Und die Tatsache, dass du eine Schwester hast.“

„Wird das jetzt eine Psychoanalyse?“

„Kann sein, dass das klingt wie aus der Psychologievorlesung. Aber ich kenne deine Familie. Du bist das Kind deiner Eltern. Deine Mutter hat dich zu einem guten Menschen erzogen, der einfühlsam ist.“ Was auch ein Grund dafür war, dass ich mich bereits als Zwölfjährige unsterblich in ihn verliebt hatte.

Er war zwei Jahre älter als ich, sah super aus und war überall beliebt. Sprich – er hatte eigentlich keinen Grund, nett zu mir zu sein. Als ich bei meiner Grandma einzog und neu in die Schule kam, hinkte ich allen anderen in meiner Klasse hinterher. Nachdem meine Klassenkameraden herausgefunden hatten, wo ich wohnte, sagten sie zu mir, ich röche nach Klosterfrau Melissengeist. Das wurde sozusagen mein Spitzname. Eine geflüsterte Hymne, die angestimmt wurde, wenn ich vorbeilief.

Hunter hätte mich nicht mal mit dem Hintern ansehen müssen. Doch stattdessen ging er dazwischen und verwickelte mich in ein Gespräch. Vor allen anderen. Am selben Tag fragte Lila mich, ob ich mich während des Mittagessens zu ihr setzen wolle. Ich glaube nicht, dass er sie darum gebeten hat, aber sie hatte wohl mitbekommen, wie nett er zu mir gewesen war. Ich werde niemals vergessen, was er an diesem Tag für mich getan hat. Damals verliebte ich mich schon ein bisschen in ihn und in den folgenden Jahren dann richtig.

Hunter starrte mich einen Moment lang an. Ich richtete den Blick auf mein Gebäck und brach noch ein Stückchen ab. Ich wollte nicht, dass er mir meine Gefühle anmerkte.

„Ein Gentleman also, ja?", murmelte er. „Das ist vielleicht mein Fehler. Ich bin viel länger bei Paige geblieben, als ich wollte, nur weil ich sie nicht verletzen wollte."

Ich nahm das Stückchen Scone in den Mund und kaute, während ich nach den passenden Worten suchte. „Ich glaube, man kann ein Gentleman und dennoch glücklich sein. Das muss sich nicht ausschließen."

Er hielt den Kopf schräg und grinste mich an. „Wie kann jemand, der mit Lila befreundet ist, so klug sein?"

Ich lachte laut und betrachtete wieder meinen Scone. „Ich werde ihr nicht erzählen, dass du das gesagt hast."

„Danke. Das wird mir das Leben retten. Aber es stimmt, weißt du."

„Ich bin nicht klug. Nur alt." Das hatte Daddy immer zu mir gemeint. Daran erinnerte ich mich noch. Das hatte er immer gesagt – und dass ich auf meine Mutter aufpassen soll. Als Mom mich zu meiner Grandma brachte, musste ich daran denken. Ich fragte mich, ob mein Vater mich jetzt vom Himmel aus beobachtete und enttäuscht von mir war. Ob er glaubte, dass ich ihn verraten hatte.

Plötzlich fiel mir auf, dass Hunter nicht geantwortet hatte, und deswegen hob ich den Kopf. Er grinste nicht mehr, er blickte einfach starr zu mir herüber. Und zwar so, wie er mich noch nie angeschaut hatte. Er musterte mich regelrecht. „Ja, das sieht man."

Ich versuchte, seinem eindringlichen Blick standzuhalten.

„Es freut mich, dass wir uns getroffen haben", fuhr er fort, und die nachdenkliche Miene machte wieder seinem Lächeln Platz. „Ich wollte dich fragen, ob ich dich an Thanksgiving mit nach Hause nehmen soll. Natürlich nur, falls du nicht was anderes geplant hast."

„Hab ich nicht." Bei dieser ungeahnten Chance begann mein Herz wie wild zu hämmern. Letztes Jahr war Paige mit ihm an Thanksgiving nach Hause gefahren. Ich hatte ehrlich gesagt schon überlegt, ob ich mir statt der vierstündigen Autofahrt nicht einen Flug gönnen sollte – vor allem in Anbetracht der Unzuverlässigkeit meines Wagens.

„Super. Die Fahrt geht schneller vorbei, wenn man sich unterhalten kann."

„Auf jeden Fall", pflichtete ich ihm bei.

„Cool." Er nickte. „Ich glaube, ich habe deine Nummer gar nicht." Er zog sein Handy aus der Tasche. „Gibst du sie mir mal?"

Ich rasselte meine Nummer herunter.

„Super." Er drückte einen Knopf, und im selben Moment klingelte mein Telefon. „Jetzt hast du meine Nummer auch."

Ich guckte nach unten, als könnte ich mein Smartphone durch die Jackentasche sehen. „Sehr gut“, meinte ich.

„Dann lass uns doch in Kontakt bleiben.“ Er sah auf die Uhr. „Oh Mist, ich bin spät dran. Ich muss los. Hab ein Treffen mit meinem Tutor. Chemie. Dieser Kram macht mich fertig.“

„Du hättest wohl besser ein anderes Hauptfach gewählt“, witzelte ich.

„Korbflechten wurde aber nicht angeboten“, konterte er ernst dreinblickend.

„Als ob ein Hunter Montgomery etwas Geringeres werden könnte als Gehirnchirurg.“

„Ehrlicherweise interessiert mich rekonstruktive Chirurgie mehr. Die Korrektur von Geburtsfehlern, solche Sachen.“

Natürlich. Er wollte kein typischer plastischer Chirurg sein, sondern den Menschen helfen, die wirklich Hilfe brauchten. So war er. Er rettete Hundewelpen und die Neue in der Schule vor ihren mobbenden Klassenkameraden. Er erhob sich und hängte sich seine Tasche um. Dann wedelte er mit seinem Telefon in der Luft. „Wir hören voneinander.“

Ich beobachtete, wie er sich einen Weg durch die Tische bahnte und den Laden verließ. Er ging am Fenster rechts neben mir vorbei und winkte mir noch einmal durch die Scheibe zu.

Ja. Wir würden voneinander hören. Noch vor Thanksgiving. Ich würde ihn wiedertreffen. Noch ein paar zufällige Begegnungen dieser Art, und er betrachtete mich vielleicht nicht mehr bloß als Freundin, als das Mädchen, mit dem er aufgewachsen war, als die beste Freundin seiner Schwester. Dann sah er vielleicht mich. Endlich. Hoffentlich.

8. KAPITEL

Immer wenn ich bei den Campbells eintraf, war es wie ein Nach-Hause-Kommen. Allerdings anders als die Art von Heim, die ich gehabt hatte. Mrs Campbell begrüßte mich herzlich und richtete ihre Ohrringe, während ihre beiden Töchter wie die Feuerwehr auf mich zurasten und sich mir entgegenwarfen.

Ich schnappte sie mir und hob sie beide hoch.

„Pepper!", schrien sie unisono. „Wir haben dich vermisst!"

„Hey, Leute!", erwiderte ich. „Wisst ihr was? Ich hab euch auch vermisst!"

„Gefallen dir unsere Kostüme?" Sie begannen sofort, in ihren neuen Sachen zu posieren und sich vor mir zu drehen.

„Ich bin ein Marienkäfer", verkündete Madison und streckte mir ihren schwarzen Tüllrock entgegen.

Sheridan hüpfte herum, um meine Aufmerksamkeit zu ergattern. „Und ich eine Prinzessin!"

Wieder stürmten sie auf mich zu und stießen einander weg, um sich den besten Platz zu sichern. Die zweijährige Madison setzte sich dabei erstaunlich standhaft gegen ihre siebenjährige Schwester zur Wehr. Ich stolperte und erschrak, als ich auf etwas trat, das sich nach Barbie anfühlte. Ich blickte nach unten. Ja.

Mrs Campbell schloss die Haustür. „Danke fürs Kommen, Pepper. Sie haben mich den ganzen Tag gelöchert und gefragt, wann du endlich da bist."

Mit den Kindern auf dem Arm stellte ich meine Tasche neben der Tür ab. „Ich lasse mir doch nicht die Chance entgehen, mit meinen beiden Lieblingsäffchen zusammen zu sein."

„Ich bin so weit. Ich muss nur noch Michael holen. Wir hatten heute eine kleine Krise. Unser Abfallzerkleinerer hat den Geist aufgegeben.“ Sie sah ihre älteste Tochter mit scharfem Blick an. „Sheridan hat sich entschieden, ein paar Murmeln in den Ausguss zu spülen.“

Sheridan errötete. Ich rieb ihr tröstend über den Rücken.

Kopfschüttelnd, aber lächelnd winkte Mrs Campbell mich herein. „Ich habe Spaghetti gekocht, und im Ofen steht Knoblauchbrot.“

„Es riecht schon so lecker.“

„Danke. Ist ein Rezept von meiner Mutter“, rief sie mir über die Schulter zu. „Michael würde wahrscheinlich lieber hierbleiben und mit euch essen, als das Fünf-Gänge-Menü im Chez Amélie ertragen zu müssen.“

Auch ohne das Aroma von Knoblauch, Hackfleisch und Tomaten duftete es bei den Campbells immer gut. Nach Vanille und frisch gewaschener Wäsche.

Madison und Sheridan hingen immer noch an mir. Ihre dürren Kinderbeine umklammerten mich wie Weinranken, doch es gelang mir, ihrer Mutter durchs Wohnzimmer in die Küche zu folgen (ohne auf weitere Barbies zu treten). Dort stand Mr Campbell über einen Mann gebeugt, von dem ich nur eine Hälfte sah. Die andere Hälfte war unter der Spüle verschwunden. Ich konnte nur lange Beine in einer Jeans erkennen und verschiedene Werkzeuge, die daneben lagen.

„Michael, in vierzig Minuten müssen wir im Restaurant sein. Wir sollten jetzt fahren. Kannst du Reece allein lassen?“

Mein Magen krampfte sich zusammen. *Reece?*

Ich starrte die Beine unter der Küchenspüle an. Sein Gesicht war nicht zu sehen, aber ich bemerkte die Tätowierung auf seinem Bizeps und Unterarm. Meine Lippen begannen zu kribbeln, sowie ich daran dachte, wie sein Mund mich berührt hatte, und ich musste mich sehr beherrschen, dass ich mir nicht über die Lippen streichelte.

Mr Campbell warf seiner Frau einen flehenden Blick zu und deutete auf die Spüle. Also, auf Reece. „Wir sind gleich fertig."

Sie schaute ihn an, als würde sie gleich losprusten. „*Wir?*" Sie warf mir einen verschwörerischen Blick zu. „Wir mussten Verstärkung holen. Michael ist Buchhalter und nicht unbedingt der geschickteste Handwerker."

„Vielen Dank." Mr Campbell wurde rot. „Jetzt wissen es wenigstens alle, Schatz."

Sie zuckte die Achseln. „Vielleicht solltest du mal so einen Heimwerkerkurs im Baumarkt besuchen, dann müssen wir nicht jedes Mal Reece anrufen, wenn bei uns was kaputtgeht."

Mr Campbell schob seine Brille hoch, obwohl sie gar nicht heruntergerutscht war.

„Michael, wir kommen zu spät", erinnerte seine Frau ihn.

Erneut deutete er auf Reece und wischte mit der Hand durch die Luft. „Noch zehn Minuten.

Da erklang Reece' tiefe Stimme. „Ich bin gleich fertig. Sie können ruhig gehen, Mr Campbell."

„Danke, Reece." Mrs Campbell klang sehr erleichtert. Als ihr Mann sich anschickte zu protestieren, schnitt sie ihm kurzerhand das Wort ab. „Michael, hol deine Jacke."

Ihr Mann ließ die Schultern hängen und nickte ergeben. Er verabschiedete sich mit Küsschen von seinen Töchtern und ermahnte sie, brav zu sein. „Danke, Reece", meinte er missmutig und verließ die Küche.

Mrs Campbell wandte sich zu mir. „Die Mädchen haben schon gebadet. Wir sind nicht allzu spät zurück. Schick mir einfach eine SMS, oder ruf an, wenn du etwas brauchst."

Ich nickte. Ich wusste Bescheid. „Wird schon schiefgehen."

„Danke, Pepper."

Bei der Erwähnung meines Namens blickte ich zu dem Mann unter der Spüle und bemerkte, dass er kurz erstarrte.

Ich schluckte. Wie viele Mädchen mit dem Namen Pepper gab es? Außerdem hatte ich ihm erzählt, dass ich bei den Campbells babysittete. Natürlich musste ich es sein. Die Pepper aus der Bar. Das Mädchen, das er geküsst hatte. Das Mädchen, das ihm eher widerwillig seine Nummer gegeben hatte. Das er nie angerufen und dem er nie eine SMS geschickt hatte. In meinem Bauch bildete sich ein Knoten. Gleich könnte es unangenehm werden.

Er wusste jetzt, dass ich hier war. Und er wusste, dass ich wusste, wer hier war. Bei unserer letzten Begegnung hatten wir uns geküsst. Jetzt tauchte er unter der Küchenspüle auf und stützte sich auf die Ellbogen. Er sah mich an. Meine Brust zog sich zusammen, während wir uns gegenseitig musterten. Sein ausgewaschenes T-Shirt lag eng an, und seine Muskeln zeichneten sich deutlich ab. Ich verspürte den Drang, ihn zu berühren.

„Hey."

Ich richtete meinen Blick auf sein Gesicht und fand meine Stimme wieder. „Hi", erwiderte ich, und es klang peinlicherweise atemlos.

Madison warf sich mit ihrem vollen Gewicht gegen mich. Ich geriet ins Schwanken und tat ein paar Schritte, um mich abzufangen. „Wir haben Hunger, Pepper!"

„Okay." Dankbar für die Ablenkung machte ich mich von den Mädchen los und scheuchte sie aus der Küche. Ich ging mit ihnen ins Bad, damit sie sich vor dem Essen die Hände wuschen.

Nachdem wir ein paar Minuten später wieder zurückkehrten, hatte Reece sein Werkzeug eingesammelt und ließ Wasser laufen.

Er sah mich an. „Man kann die Spüle jetzt wieder benutzen."

Ich nickte, während ich Madison in ihren Kinderstuhl setzte. Fieberhaft dachte ich darüber nach, was ich zu ihm sagen konnte, ohne dass ihm auffiel, wie ich mich in seiner Gegenwart fühlte.

„Isst du mit uns, Reece?", fragte Sheridan.

Er und ich starrten uns an, als ich Madison festschnallte.

„Es gibt Nudeln", erklärte sie und klatschte mit ihren Händen auf den Tisch, als ich den Stuhl näher heranschob.

„Mit Hackfleischbällchen", ergänzte Sheridan. „Mom macht die leckersten Hackfleischbällchen der Welt."

„Die besten, ja?" Reece betrachtete sie lange nachdenklich, als hätte sie etwas besonders Nachdenkenswertes verkündet. Nicht wie andere Erwachsene, die durch Kinder einfach nur hindurchsahen. Oder mit ihnen sprachen, als wären sie Menschen zweiter Klasse. „Wovon reden wir?" Er wischte sich die Hände an einem Geschirrtuch ab und lehnte sich an die Küchentheke. „Wie groß sind die Fleischbällchen?"

Sheridan biss sich auf die Lippe, überlegte und bildete dann mit der Hand einen Kreis in der Größe eines Softballs. „Ungefähr so groß."

Ich grinste, weil sie natürlich übertrieb.

„Oh, Mann. Echt? Das ist die perfekte Größe."

Sheridan nickte ernst, glücklich darüber, dass Reece offensichtlich ihre Meinung teilte.

Fragend schaute er mich an.

„Möchtest du mitessen?" Was sonst hätte ich sagen sollen?

„Gern."

Die Mädchen jubelten, und ich ging rasch zum Herd, wo die Töpfe mit den Nudeln und der Soße standen. Dann holte ich einen vierten Teller aus dem Schrank.

Als ich mich umdrehte, stieß ich einen kurzen Schrei aus, denn Reece stand direkt hinter mir. Die Mädchen prusteten los. Madison grunzte durch die Nase.

Er hielt entschuldigend die Hände hoch. „Sorry. Ich wollte nur gucken, ob ich dir helfen kann."

Ich nickte. Peinlich, ich wurde schon wieder rot. „Ja, danke. Ähm. Vielleicht kannst du uns was zu trinken eingießen? Im Kühlschrank steht Milch."

Er öffnete einen Schrank – den richtigen. Offensichtlich kannte er sich hier aus. Er nahm vier Tassen heraus. Ich lächelte, sowie ich sah, dass er für die Mädchen zwei Prinzessinnentassen mit Deckel ausgesucht hatte.

Während ich die Nudeln abgoss, schenkte er die Milch ein. Aus dem Augenwinkel beobachtete ich, wie er die Gläser auf den Tisch stellte. Ohne Aufforderung klappte er den Ofen auf und zog das verführerisch duftende Knoblauchbrot heraus.

Mit zitternden Händen verteilte ich die dicke rote Soße über den Nudeln, aber mir entging keine seiner Bewegungen. Ich hörte, wie er das Brot in Scheiben schnitt. Wie die Mädchen vor sich hin plapperten. Es war ein seltsamer Moment. So häuslich. Beinahe konnte man glauben, das wäre echt. Ein Ausblick auf mein Leben, auf die Zukunft, die ich mir vorstellte.

„Ich will drei Fleischbällchen!", meinte Sheridan laut.

„Ja?", erwiderte Reece, während er das Brot auf den Tisch platzierte. „Ich werde vierzehn essen."

Sheridan schüttete sich aus vor Lachen. „Das kannst du gar nicht."

Ich musste lächeln, wobei ich nur einen kleinen Löffel Tomatensoße über Madisons Nudeln gab. Erst reichte ich den Mädchen ihre Teller, danach kümmerte ich mich um Reeces und meine Portion.

„Sorry", sagte ich und sah ihn an, als ich mich zwischen die Kinder setzte. „Vierzehn haben nicht auf den Teller gepasst."

„Es gibt ja bestimmt einen Nachschlag."

Mein Herz machte einen Satz bei seinen Worten, denn er schaute dabei meinen Mund an, und mir war klar, dass er nicht vom Essen sprach.

Zum Glück sorgte Sheridan für Ablenkung, indem sie den Kopf nach hinten warf und lachte. „Du bist total verrückt, Reece!“

Er schnitt ihr eine Grimasse, während er erst über seine Portion und dann über die der Mädchen Parmesan streute. Mein Magen spielte verrückt. Es war seltsam, *diesen* Reece mit dem Barkeeper-Reece zu vergleichen.

Ich meine, ich kannte ihn eigentlich überhaupt nicht. Aber diese Art von Reece, die fühlte sich irgendwie falsch an. Als wollte man zwei nicht zusammenpassende Puzzleteile zusammensetzen. Ich war der Meinung, er sah sogar anders aus – ohne das schummrige Licht – hier im hellen Küchenlicht. Dieses Licht verriet alles. Tatsächlich war er bei dieser Beleuchtung noch attraktiver. Kaum zu glauben.

Sheridan starrte ihn mit weit aufgerissenen Augen an. „Mommy sagt, man kriegt Bauchschmerzen, wenn man zu viel isst.“

„Was? Dieser Bauch?“ Er lehnte sich in seinem Stuhl zurück und tätschelte sich den Bauch. „Keine Chance. Der ist aus Stahl. Du hättest mal erleben sollen, was ich heute gefrühstückt habe. Einen so hohen Pfannkuchenstapel.“ Er kniff die Augen zusammen und hielt die Hand etwa einen halben Meter über den Tisch.

Madison hielt sich staunend eine Hand vor den Mund und keuchte.

„Haie fressen Reifen“, gab Sheridan zum Besten. Passte nicht ganz zum Thema.

Madison nickte. „Das hat uns Mom aus meinem Hai-Buch vorgelesen. Im Bauch von einem weißen Hai hat man einen Reifen gefunden.“

„Ich könnte auch einen Reifen essen“, behauptete Reece ernsthaft, steckte sich ein Fleischbällchen in den Mund und fing an zu kauen.

Mehr Gekicher.

Lächelnd wickelte ich die Spaghetti auf meine Gabel und versuchte, diese Abendessensidylle nicht mit den Abenden meiner Kindheit zu vergleichen. Meist saß ich dabei allein vor dem Fernseher. Falls ich das Glück hatte, in einem Motel zu sein. Oft genug aßen wir auf dem Rücksitz des Autos meiner Mutter. Wie man sich denken kann, gab es in beiden Varianten keine Mikrowelle, also verschlang ich eine Menge Nudeln direkt kalt aus der Dose. „Aufessen, Mädchen."

Die Kinder gehorchten und saugten die Spaghetti ein, was natürlich für Schweinerei sorgte. Sheridan steckte ihre Gabel in ein Fleischbällchen und führte sie zu den Lippen. Sie biss dreimal davon ab, dann landete es mit einem *Platsch!* auf ihrem Teller, und die Tomatensoße spritzte durch die Gegend.

Madison behauptete nach drei Happen, satt zu sein, doch ich konnte sie überreden, noch etwas zu essen, indem ich sie mit dem Brot lockte. Und die ganze Zeit versuchte ich, Reeces aufmerksamen Blick zu ignorieren. Ich hoffte, ich wirkte gelassen, während ich Nudelsoße von Kinderkinnen wischte. Nachdem ich die Serviette wieder hingelegt hatte, schaute ich ihn an – und er erwiderte meinen Blick.

Mein Gesicht begann zu kribbeln, und ich senkte die Lider. Verlegen steckte ich mir eine Haarsträhne hinters Ohr.

„Na komm schon." Ich wedelte mit einer Scheibe Brot vor Madisons Nase. „Ein Bissen noch, und dann kriegst du was von dem superleckeren Brot."

Die Augen fest auf das Brotstück gerichtet, schob sich die Kleine eine Gabel Spaghetti in den Mund und griff sich dann schnell ihre Belohnung.

Mit Sheridan gab es zum Glück diesbezüglich keine Probleme. Sie schaufelte glücklich ihre Nudeln in sich hinein und widmete sich gerade ihrem zweiten Hackbällchen. Ich dagegen stocherte immer noch auf meinem Teller herum, während die Kinder zum Abschluss ihre Milch tranken. Alles, was ich zu mir nahm, lag mir schwer wie Blei im Magen. Es fiel mir schwer, in Reeces Anwesenheit zu essen. Der mich anschaute. Und mit Genuss aß. Offensichtlich hatte er dieses Problem nicht.

„Alles klar", sagte ich, als beide Mädchen mir zeigten, dass sie satt waren. „Dann wollen wir euch mal waschen und bettfertig machen. Ab in die Schlafanzüge! Und wenn ihr brav seid, lese ich euch auch noch was vor." Ich klatschte in die Hände. „Hopp, hopp!"

„Zwei Geschichten", flehte Sheridan.

„Hmm." Ich gab vor, lange überlegen zu müssen. „Okay."

„Drei!", rief Madison und hielt vier Finger hoch.

Sheridan deutete auf sie. „Haha! Du kannst gar nicht zählen! Du hältst vier …"

Ich drückte den ausgestreckten Arm der großen Schwester sanft mit der Hand nach unten. „Drei Geschichten klingt gut."

„Juhu!" Die Mädchen jubelten und kletterten aus ihren Stühlen. Madison löste sogar selbstständig den Gurt in ihrem Kindersitz.

„Moment! Erst Hände waschen!" Ich führte sie zur Spüle, hob sie auf den Tritt und sah zu, wie sie sich die Finger wuschen. Danach rasten beide aus der Küche.

Ich drehte mich zu Reece um. Er musterte mich aufmerksam, saß entspannt da, den Arm lässig auf den Tisch gestützt. „Das machst du echt gut mit den Kindern."

„Komisch, das Gleiche dachte ich eben auch von dir."

Er schüttelte den Kopf. „Nicht wirklich. Bei mir ist es nur die eigene Erfahrung. Ich habe einen kleinen Bruder, der mich, als er jünger war, wie ein Schatten verfolgt hat."

„Und das ging dir nicht auf die Nerven? Ich dachte immer, große Brüder quälen ihre kleinen Geschwister."

„Nein, das war schon in Ordnung. Wir kamen ziemlich gut miteinander aus. Tun wir immer noch."

„Hast du's gut", murmelte ich und versuchte, nicht neidisch zu sein. Aber wer weiß schon, was passiert wäre, wenn ich noch Geschwister gehabt hätte? Das hätte womöglich kein gutes Ende genommen. Hat es ja bei mir schon fast nicht.

Er neigte den Kopf zur Seite. „Lass mich raten. Du und deine Schwester seid eher so was wie Konkurrentinnen?"

„Nein. Ich bin Einzelkind."

„Oh." Sein eben noch heiterer Tonfall verschwand. Wieder sah er mich an. Ich ließ mich auf den Stuhl sinken und wandte mich meinen Nudeln zu, als ob ich noch etwas essen wollte. Unter Reeces prüfendem Blick spießte ich ein Fleischbällchen auf. „Das hätte ich jetzt allerdings nicht gedacht. Dann bist du ein Naturtalent. Die geborene Mutter." So, wie er das sagte, klang das nicht gerade wie ein Kompliment. Mir schien fast, ich hätte ihn enttäuscht.

„Danke." Vermutlich konnte jemand, der seine Kindheit in einem Seniorenzentrum verbracht hatte (was Reece natürlich nicht wusste), tatsächlich nicht unbedingt gut mit Kindern umgehen. Ich kam allerdings mit Kindern und alten Leuten gut aus. Beides Gruppen, die von der Gesellschaft oft übergangen werden. Weil sie unselbstständig waren. Ich verstand, was solche Menschen brauchten. Ich schenkte ihnen Aufmerksamkeit. Freundlichkeit. Respekt.

„Ich will später mal mit Kindern arbeiten", erklärte ich und fragte mich im selben Moment, wieso ich ihm das überhaupt erzählte. Was interessierte es ihn, was ich nach meinem Abschluss vorhatte? Er war nur ein Barkeeper. Er war weder Emerson noch Georgia. Oder gar Hunter. Vor allem nicht Hunter.

Zwischen uns breitete sich Schweigen aus, und die Tatsache, dass er so gar nicht auf meine Worte reagierte, bewies mir, dass es ihm tatsächlich egal war. Ich schob meinen Teller weg, wischte mir mit der Serviette den Mund ab und begann, den Tisch abzuputzen. Eine gute Möglichkeit, seinen bohrenden Blicken zu entfliehen.

Plötzlich murmelte er: „Du studierst in Dartford und willst hinterher nicht in die Wirtschaft gehen oder Ärztin werden?"

Ich schaute ihn an. „Was ist denn das für ein blödes Klischee?"

Er zuckte mit den Schultern.

Warum fühlte ich mich angegriffen? Ich hatte ihn ja auch schon in eine Schublade gesteckt. Immerhin hatte ich mich nur an ihn herangemacht, weil ihm der Ruf vorauseilte, ein Aufreißer zu sein.

„Danke, dass ich mitessen durfte."

Jetzt zuckte ich mit den Schultern. „Kein Thema. Dafür hast du ja den Müllschlucker repariert. Die Campbells hätten dich bestimmt auch eingeladen zu bleiben."

Na super. Offensichtlich wollte ich unbedingt vor ihm geheim halten, dass ich an ihm interessiert war – denn das war ich. Ein Beweis mehr dafür, wie unerfahren ich in Flirtdingen war.

Auf einmal gab es einen lauten Knall, gefolgt von einem Quieken aus dem oberen Stockwerk. Ich schüttelte die aufgewischten Brotkrümel und Spaghettireste auf Sheridans leeren Teller. „Ich geh lieber mal nach oben, bevor sich die beiden gegenseitig massakrieren."

Er grinste. „Ist klar."

Ich verließ die Küche. Mein Nacken kribbelte. Ich wusste, dass sein Blick mir folgte. Wäre ich Emerson, würde ich jetzt mit den Hüften wackeln, so wie sie es immer machte. Doch ich war nicht Emerson. Ich war einfach nur ich.

Eine halbe Stunde und drei Gutenachtgeschichten später kehrte ich in die Küche zurück, aber Reece war nicht mehr da. Ich suchte den Raum nach ihm ab, als würde er sich in irgendeiner Ecke verstecken. Er hatte den Tisch fertig abgeräumt, sauber gewischt und das Geschirr abgewaschen. Doch er war weg.

Tja. Ich war eben einfach nur ich. Hoffnungslos.

9. KAPITEL

„Wieso tue ich das schon wieder?" Ich starrte mein Spiegelbild an. Alustreifen bedeckten meinen Kopf. Emerson saß neben mir, in ähnlicher Aufmachung. Während ich mich für Strähnchen in verschiedenen Abstufungen von Gold und Kupfer entschieden hatte, hatte sie ein knalliges Magenta gewählt.

Sie trank einen Schluck von ihrem Eiskaffee, während wir darauf warteten, dass die Stylistinnen zurückkehrten und die Folie aus unseren Haaren entfernten. Hoffentlich sorgte das Ergebnis nicht dafür, dass ich für den Rest des Semesters mit einem Hut auf dem Kopf durch die Gegend laufen musste.

Emerson stellte ihren Becher wieder ab und suchte meinen Blick im Spiegel. „Damit machst du den Sack zu."

„Wie meinst du das?", fragte ich.

„Na ja … Der sexy Barkeeper hat dich geküsst …"

„Er heißt Reece", warf ich ein, während ich eine Zeitschrift durchblätterte, die mich nicht wirklich interessierte. „Und bitte vergiss nicht, dass er neulich abends einfach abgehauen ist, ohne sich auch nur von mir zu verabschieden. Kuss hin oder her, man kann also nicht wirklich sagen, dass ich bei ihm weitergekommen bin."

Sie wischte meine Bedenken weg, indem sie erklärte: „Er steht immer noch auf dich. Schließlich ist er zum Abendessen dageblieben. Glaub mir, er ist scharf auf dich."

„Wahrscheinlich hatte er einfach Hunger", grummelte ich.

„Was allerdings viel wichtiger ist: Endlich ist Hunter im Spiel."

„Ich habe nie behauptet, dass Hunter …"

„Pepper, Süße, natürlich will er was von dir. Kein Mensch würde anbieten, jemanden an Thanksgiving mit nach Hause zu nehmen, wenn er nicht das kleinste bisschen …", sie machte eine entsprechende Geste mit den Fingern, „… interessiert an einem wäre. Sonst tut sich doch kein Typ eine gemeinsame vierstündige Autofahrt an."

„Hmm", erwiderte ich nur und trank einen Schluck Wasser. Ich betrachtete mich wieder im Spiegel und hoffte sehr, dass die Kombination aus goldenen und kupferfarbenen Strähnchen, die mein Haar „knallen" lassen würden, wie die Friseurin sich ausgedrückt hatte, nicht die absolute Katastrophe waren. Bei dem vielen Geld, das ich dafür auf den Tisch blättern würde, musste echt was Grandioses dabei herauskommen.

Emerson beugte sich zu mir und drückte meine Hand. „Ich bin froh, dass du das machst."

„Was? Dass ich dir erlaube, mich umzustylen?"

Sie zuckte mit den Schultern. „Es ist mehr als das. Wir haben *Spaß*, Pepper. Ich meine, ich liebe dich und alles. Du bist eine tolle Kommilitonin, und es ist super, dass wir gemeinsam ins Kino gehen – aber einen Tag beim Friseur und hinterher um die Häuser ziehen … das hast du noch nie getan!"

Ich verkniff es mir, darauf hinzuweisen, dass meine Finanzen allzu häufige Ausflüge zum Friseur und in den Kosmetiksalon nicht zuließen. Emerson hatte nie zu wenig Geld für irgendetwas. Die Rechnung ihrer Kreditkarte wurde von ihrem Vater beglichen. Wäre ich überzeugt gewesen, dass sie damit wirklich glücklich war, hätte ich sie geneckt und sie eine verwöhnte reiche Göre genannt. Doch mir war bewusst, dass sie die Ferien meistens allein in einem leeren Haus verbrachte, während ihr Dad mit seiner aktuellen Freundin unterwegs war. Über ihre Mutter wusste ich so gut wie gar nichts, außer dass sie wieder geheiratet hatte und Emerson sie maximal einmal im Jahr traf. Emerson war der lebende Beweis dafür, dass Geld allein nicht glücklich macht.

Also pflichtete ich ihr bei. „Stimmt, wir haben Spaß. Du

hast ja recht. Sich ab und zu ein bisschen verwöhnen zu lassen ist nicht verkehrt."

„Und wenn du eines Tages Mrs Hunter Montgomery bist, wird er sicher dafür sorgen, dass du permanent verwöhnt wirst."

Ich lächelte schwach. Es ging mir nicht um Hunters Geld. Es ging mir um ihn. Seine Familie. Sie alle waren so perfekt. Das wollte ich.

Das brauchte ich.

Und trotzdem konnte ich den heißen Kuss eines gewissen Barkeepers nicht vergessen. Das jagte mir ein bisschen Angst ein. Ich befürchtete, doch etwas von meiner Mom in mir zu haben. Sie stand immer auf die Bad Boys. Auf Männer, die nicht gut für sie waren. Mein Vater war auch so ein Typ gewesen, hatte sich dann aber berappelt und hatte sich den Marines angeschlossen. Aber nach Dad gab es keine Rettung für meine Mutter.

Zum Glück war ich nicht sie. Ich würde nicht in ihre Fußstapfen treten und ihre Fehler wiederholen. Ich musste schon mit genug Albträumen leben. Auf diese konnte ich verzichten.

Für meine Mutter gab es keine Rettung, aber für mich schon.

„Wow!" Georgia war begeistert, als sie zwei Stunden später Emerson und mich in unserem Zimmer traf, wo wir gemeinsam unsere Klamotten auf der Suche nach dem perfekten Look durchforsteten. Mit meinen Sachen waren wir bereits durch, jetzt waren Emersons und Georgias Schrank dran. Meine komplette Garderobe war bei Emerson als unwürdig durchgefallen.

Georgia ließ sich auf ihr Bett fallen und warf ihren Rucksack auf den Boden. Sie begutachtete meine neue Frisur. „Du siehst fantastisch aus!"

„Hab ich's nicht gesagt?" Emerson nickte wie eine stolze Mutter. Immerhin war sie es gewesen, die mich zum Friseur geschleppt hatte. Sie hatte den Termin für uns vereinbart und kein Nein von mir gelten lassen. „Jetzt brauchen wir nur noch das richtige Outfit."

Ich hielt ein blau-gelb-kariertes Hemd hoch, das Emerson mir gerade in die Hand gedrückt hatte. „Hilf mir, Georgia. Selbst wenn ich mich in Ems Sachen reinzwängen könnte, passen die nicht zu mir! Das ist nicht zu ändern." Ich sah Emerson an, die nun ein winziges orangefarbenes Oberteil aus einer Schublade holte. Ich riss fassungslos die Augen auf. „Bitte tu was! Da trag ich ja lieber meine eigenen Klamotten!"

Emerson warf mir den orangefarbenen Fetzen hin.

„Da drin werde ich erfrieren! Außerdem ist das Ding mikroskopisch klein!"

„Wir haben dich nicht haarmäßig zur Sirene aufgebrezelt, damit du jetzt die öden Klamotten anziehst, die du jeden Tag zur Vorlesung anhast!"

Georgia hielt eine Hand hoch und unterbrach den sich ankündigenden Streit. Gemeinsam schauten wir zu, wie sie zu ihrem Schrank schritt und Kleiderbügel hin- und herschob. „Warte. Ich habe das perfekte Teil für dich."

In mir keimte Hoffnung auf. Georgias Stil zeichnete sich durch eine schlichte Eleganz aus. Alles sah sexy und teuer aus, ohne übertrieben zu sein.

Nachdem sie sich wieder zu uns umgedreht hatte, hielt sie einen grauen, Figur betonenden Kaschmirpullover in der Hand. Ehrfürchtig berührte ich ihn. Er fühlte sich herrlich weich an. „Oh", hauchte ich. „Bist du dir da sicher? Und was, wenn jemand was verschüttet?" Ich war mir sicher, dass dieser Pullover mehr kostete, als ich mir jemals leisten konnte.

„Probier ihn an", meinte sie einfach, gab ihn mir und schüttelte den Kopf, da ich zu protestieren versuchte.

„Mit einem schicken BH", murmelte Emerson kennerhaft.

Ausdrucklos starrte ich sie an.

„Einen mit Push-up-Effekt." Sie deutete auf ihre eigenen Körbchen.

Ich schüttelte den Kopf. „Nein, im Ernst. Was ich anhabe, ist vollkommen ausreichend."

„Hier." Georgia öffnete ihre Kommode und holte einen pinkfarbenen BH heraus. Sie schloss die Schublade und wedelte damit vor meiner Nase rum. „Wir brauchen beide Cupgröße C."

Seufzend drehte ich mich um und streifte mein Oberteil und meinen BH ab. Ich schlüpfte in das pinkfarbene Modell und bewunderte die Seide auf meiner Haut.

Danach wandte ich mich um und betrachtete mich im Spiegel an der Schranktür. Dieser BH wirkte Wunder bei meinen – wie ich fand – wenig bemerkenswerten Brüsten. Nicht dass ich ihnen je große Aufmerksamkeit geschenkt hätte.

„Oh, wow." Emerson schaute mich mit großen Augen an und nickte anerkennend. Ich widerstand dem Reflex, mir die Hände vorzuhalten. „Gut, dass ich so ein Selbstbewusstsein habe, denn diese Brüste könnten mir sonst einen Komplex verursachen!"

Ich lachte schwach. „Ganz bestimmt."

„Und jetzt zieh den Pullover drüber", forderte Georgia mich auf.

Ich streifte den weichen Kaschmirpullover über und zupfte ihn glatt. Er saß wie angegossen.

„Super!", stieß Emerson jubelnd hervor und klatschte in die Hände. „Wenn du das anhast, kann er dir nicht widerstehen. Und ich leihe dir meine schwarzen Stiefel. Wenigstens haben wir dieselbe Schuhgröße."

„Du meinst nicht diese kniehohen Lederstiefel?"

„Ja." Sie nickte. Ihre magentafarbenen Strähnen glänzten. „Auch ‚Fick-mich-Stiefel' genannt."

Ich lächelte matt. „Na ja. Dazu wird es nicht kommen."

„Vermutlich nicht." Emerson grinste. „Vor allem nicht, wenn du das Wort nicht mal aussprechen kannst."

„Ich kann es sagen", protestierte ich, sowie ich Ems selbstgefällige Miene erblickte. Georgia versuchte, sich das Lachen zu verkneifen.

Doch ich brachte das Wort wirklich nicht heraus. Es stimmte, ich konnte es nicht sagen. Das war einfach nur übel.

Emerson kreischte vor Lachen. „Vielleicht kommt es dir ja über die Lippen, wenn dieser Barkeeper fertig mit dir ist!"

„Kann sein", meinte ich. „Doch ich werde es auf keinen Fall tun. Auf jeden Fall nicht mit ihm."

„Hmm." Emerson drehte sich um und begann, in ihrem schmalen Schrank nach den Stiefeln zu kramen. „Bist du dir da sicher? Es ist nicht das Schlechteste, sein erstes Mal mit jemandem zu erleben, der eine Ahnung davon hat, was er tut."

„Nein. Mein erstes Mal soll mit Hunter sein."

„Natürlich." Georgia nickte. „Es sollte jemand sein, den du liebst."

„Sagt die Frau, die in ihrem ganzen Leben nur einen Freund hatte."

„Na und? Was ist daran falsch?" Georgia straffte die Schultern. „Er ist ja auch der einzige Mann, den ich je geliebt habe."

„Sicher. Und woher willst du wissen, dass du nicht jemanden verpasst, der besser ist?"

Georgias Miene nahm einen seltsamen Ausdruck an. Ich hatte sie noch nie richtig wütend gesehen, aber gerade schien sie kurz davor. Auf ihrer makellosen Haut bildeten sich Flecken. „Eine Beziehung besteht aus mehr als nur Sex."

„Ja, aber eine Beziehung ist besser, wenn der Sex gut ist."

Georgia neigte den Kopf zur Seite. „Und woher willst *du* das wissen? Wie viele Beziehungen hattest du denn schon?"

Ich schritt ein, bevor es hässlich wurde. „Also, Georgia, was ist? Kannst du heute Abend mitkommen?"

Sie wandte ihren Blick von Emerson ab. „Nein. Harris' Vater ist geschäftlich in der Stadt, und wir sind mit ihm zum Essen verabredet."

Emerson versuchte, ein Lächeln zu unterdrücken, und Georgia schleuderte ein Kissen nach ihr.

„Vielleicht könnt ihr ja später dazustoßen?", versuchte ich es noch einmal.

„Das Mulvaney's ist nicht so Harris' Ding."

Emerson gab ein Schnarchgeräusch von sich. Erbost funkelte Georgia sie an. Emerson zuckte mit den Schultern und widmete ihre Aufmerksamkeit wieder Georgias Kleiderschrank.

Georgia fuhr fort. „Aber wir probieren es."

„Das wäre toll", erwiderte ich lahm. Ich mochte diese seltenen Momente von angespannter Stimmung zwischen den beiden nicht. Wir drei waren ziemlich unterschiedliche Typen, verstanden uns aber dennoch super. Seit wir uns bei der Einführungsveranstaltung für Erstsemester kennengelernt und unverhohlen darüber gelacht hatten, dass die Studentin, die uns mit dem Campus vertraut machen sollte, dies mittels eines selbst geschriebenen Songs tat.

„Kommt nicht zu spät. Sonst verpasst ihr, wie der heiße Barkeeper Pepper abschleppt."

Ich lächelte, aber es fühlte sich eher an wie eine Grimasse. „Er heißt Reece", wiederholte ich, doch die beiden hörten schon nicht mehr zu. Sie hatten sich auf die verschiedenen Kosmetikprodukte gestürzt, die auf Emersons Schreibtisch lagen, und tauschten Ideen darüber aus, wie sie mich schminken wollten.

10. KAPITEL

Unser Grüppchen fand einen Platz in der Nähe der Billardtische. Von hier aus hatte man freien Blick auf die Bar.

„Auf jeden Fall arbeitet er heute Abend“, rief ich über die laute Musik hinweg Emerson zu. Allerdings hatte er bisher an jedem Abend, an dem ich hier gewesen war, gearbeitet. Das musste doch wahnsinnig langweilig sein, Abend für Abend Bier auszuschenken. Ich schüttelte den Gedanken ab. Sein Ehrgeiz – oder mangelnder Ehrgeiz – war nun wirklich nicht mein Problem. Ich suchte ja nicht nach einer erfüllenden Beziehung mit ihm. Und er umgekehrt auch sicher nicht mit mir. Das hielt ich mir vor Augen, nachdem ich ihn an der Bar entdeckt hatte. Das hier würde – wenn überhaupt – nur eine Affäre werden.

„Ist das dein Kerl, Pepper?“ Suzanne pfiff anerkennend durch die Zähne. „Nett. Purer Sex auf zwei Beinen. Ich hatte ja keinen Schimmer, dass du so drauf bist.“

Ich ersparte es mir, darauf hinzuweisen, dass er nicht „mein Kerl“ war. Ein niederer Instinkt hielt mich davon ab. Weil ich ihn für mich selbst haben wollte.

Gerade warteten mehrere Frauen an der Bar, um bei ihm zu bestellen. Es gab zwar noch andere Bedienungen, aber die meisten weiblichen Gäste standen bei ihm an. Das war mir schon vorher aufgefallen. Und trotzdem erledigte er unbeeindruckt seinen Job. Er schenkte Getränke ein und kassierte, war dabei effizient, unterhielt sich mit niemandem zu lange. Ich fragte mich, wann er eigentlich mit all den Mädchen rummachte, von denen immer erzählt wurde.

„Also, wie willst du’s tun?“, rief Emerson in mein Ohr. Dabei beäugte sie die Theke, als suchte sie einen Zugang.

Ich schüttelte den Kopf. „Er hat mich noch gar nicht gesehen.“

„Du warst ja auch noch nicht am Tresen."

„Ich dachte vielleicht, ich sollte warten, bis er mich bemerkt."

„Das kann dauern. Der Laden ist brechend voll."

„Was schlägst du also vor?"

„Du kennst mich. Ich bin der direkte Typ." Sie musterte mich und blickte dann wieder zur Bar hinüber. „Ich würde mich direkt vor ihn stellen und zuschauen, dass ich total heiß aussehe."

„Tu es, tu es!", feuerte Suzanne mich an und schlug mit der Hand auf den Tisch. Sie beugte sich vor, und ihr Gesicht war entweder von der Hitze gerötet, die von der Menschenmasse um uns herum ausging, oder weil sie den ersten Pitcher beinahe allein geleert hatte. Ihr leicht glasiger Blick deutete auf Letzteres hin.

In diesem Moment brach in einer Ecke des Raums ein Tumult aus. Ich drehte den Kopf in die Richtung, aus der der Lärm ertönte und wo offensichtlich ein Stuhl auf dem Boden gelandet war. Gläser flogen durch die Luft, jemand fing an zu schreien.

„Oha, da kommt dein Kerl."

Suzanne. Natürlich. Wir starrten alle bewundernd zu Reece und seinem Kollegen hinüber, die sich einen Weg durch die Menge zum Ort des Geschehens bahnten.

„Der Typ ist echt zum Anbeißen", meinte Suzanne verträumt.

„Hey, beherrsch dich. Er gehört Pepper", ermahnte Emerson sie und sah mich scharf an, als ich protestieren wollte.

Wieder blickte ich zu Reece, der uns seinen breiten Rücken zugewandt hatte, während er sich durch die Massen schob, um die beiden Typen zu trennen, die angefangen hatten, sich zu prügeln.

„Hey, Leute!" Annie tauchte an unserem Tisch auf, sexy

anzusehen mit ihren wilden Korkenzieherlocken und dem Neckholder-Bustier, aus dem jeden Moment ihre Brüste zu fallen drohten. Sie schlang einen Arm um Suzannes Schultern. Sofort hatte ich einen bitteren Geschmack im Mund, denn ich erinnerte mich daran, dass Annie es gewesen war, die zum ersten Mal von Reece erzählt hatte. War ich eigentlich total bescheuert? Warum sollte es mich stören, dass er irgendwann mal mit Annie rumgeknutscht hatte?

„Hey, du! Wir observieren gerade Peppers neuen Kerl", erklärte Suzanne ihr.

„Pepper?!" Annie musterte mich abschätzig mit ihren stark geschminkten Augen. „Du hast einen Kerl? Ich dachte, du machst immer nur mit deinem Taschenrechner rum!" Sie lachte über ihren vermeintlichen Witz und haute dabei mit der flachen Hand auf den Tisch.

Mein Gesicht brannte.

Emerson warf ihr einen angewiderten Blick zu. „Sei keine Bitch."

Sie verdrehte die Augen. „Regt ihr euch alle mal ab? Mein Gott! Wer ist denn der Glückliche?"

Emerson machte eine abwehrende Handbewegung. „Du kennst ihn schon." Sie wollte ihr also auch nicht verraten, um wen es ging. Offensichtlich fand sie, dass eine seiner Verflossenen nicht unbedingt eingeweiht werden musste.

„Ach ja?" Annie schaute sich um, als könnte sie ihn sofort erkennen. „Wer ist es denn?"

„Der Barkeeper, von dem du mir erzählt hast."

Annie riss die Augen auf. „Echt jetzt?" Sie sah mich respektvoll an. „Ich hätte nicht gedacht, dass du so … flexibel bist, Pepper." Sie betonte das Wort „flexibel" übermäßig, damit auch niemandem die sexuelle Anspielung entging. Mein Gesicht wurde immer heißer. Warum nannte sie mich nicht gleich eine Jungfrau?

„Was willst du damit sagen?“, empörte sich Emerson.

„Pepper ist doch so eine Brave. Ich hätte nicht gedacht, dass sie ihren Typen gern mit anderen teilt. Was ich sagen will: Der Kerl kommt rum – wenn du verstehst, was ich meine, Em. Allein heute Abend hat er schon drei Frauen geküsst. Und bei einer von ihnen läuft garantiert vor Mitternacht noch mehr. Als er letztens mit mir rumgemacht hat, hatte er gerade Pause, und wir waren in meinem Auto.“

„Iiiih.“ Suzanne kräuselte die Nase. „Erinner mich dran, dass ich mich nicht mehr auf deinen Rücksitz setze.“

Ich schloss kurz die Augen und wünschte mir, Annie hätte den Mund gehalten. Jetzt sah ich die beiden vor mir. Das Blut rauschte in meinen Schläfen und in meinen Ohren, als ich an den Kuss dachte, den er mir gegeben hatte. Das war so spontan gewesen, als hätte er sich selbst damit überrascht. Ob ich wohl auch eine von vielen an diesem Abend gewesen war? Wie lachhaft, dass ich mich gleich so betrogen fühlte. Der Typ hatte einfach nur Erfahrung. Das war ja nun nichts Neues. Man konnte kein guter Küsser werden ohne die entsprechende Erfahrung.

„Ist doch nicht wahr. Du redest einen Scheiß, Annie“, unterbrach Emerson sie.

„Im Ernst“, widersprach Annie. „Vor einer halben Stunde habe ich ihn draußen entdeckt, da hat er an einer Tussi rumgefingert. Und es ist keine fünf Minuten her, da hat er eine andere da drüben bei der Dartscheibe geküsst.“ Sie deutete mit einem lila lackierten Fingernagel in Richtung Dartscheibe.

Suzanne schüttelte den Kopf. „Wir haben ihn die letzte halbe Stunde beobachtet. Das war er nicht.“

„Genau“, erwiderte Emerson und blickte mich an, als bräuchte ich diese Rückversicherung. „Sie übertreibt mal wieder. Wie viele Abende beobachten wir ihn schon? Wenn dein Barkeeper mit einer anderen was am Laufen hätte, wäre uns das längst aufgefallen."

Ich nickte, und das unsichtbare Band, das meine Brust eingeschnürt hatte, lockerte sich ein wenig. Emerson und Suzanne hatten recht. Annie konnte unmöglich von Reece sprechen. Vielleicht war sie ja eifersüchtig. Oder verwirrt. Ich kannte ihre Beweggründe nicht. Ich wusste nur, dass Reece an diesem Abend nicht mit drei Frauen herumgefummelt haben konnte. Das hätte ich bemerkt.

Annies Blick fixierte einen Punkt hinter mir. Ihre rot angemalten Lippen formten sich zu einem Lächeln. „Das wollen wir doch mal sehen. Ich frag ihn einfach, da ist er."

Ich schüttelte verzweifelt den Kopf, wild entschlossen, mich nicht noch mehr von Annie demütigen zu lassen. „Nicht nötig. Lass gut sein."

Zu spät. Schon winkte sie ihm zu, er solle herüberkommen. Meine Wangen glühten heißer als heiß. Plötzlich stand jemand hinter mir. Ich traute mich nicht, mich umzudrehen. Stattdessen starrte ich stur geradeaus, während Annie um den Tisch herumschritt und die Arme zur Begrüßung ausbreitete. Ihr Neckholder-Bustier rutschte herunter, und ich konnte ihre Brustwarze aufblitzen sehen. Am liebsten hätte ich ihr die Augen ausgekratzt.

„Hey, Baby", sagte sie mit honigsüßer Stimme. „Wie geht's?"

Baby? Am liebsten hätte ich gekotzt.

„Gut. Anna, stimmt's?", fragte eine männliche Stimme.

„Annie", korrigierte sie ihn, und für einen Moment verzog sie ihr Gesicht wegen seiner Vergesslichkeit.

„Annie, genau", erwiderte die tiefe Stimme.

Emerson hatte sich bereits umgewandt. Sie stieß mir den Ellbogen in die Rippen und fing laut an zu lachen, bevor sie sich schnell die Hand vor den Mund hielt.

Ich starrte sie wütend an und rieb mir die Rippen. Sie warf mir einen „Hab-ich-doch-gesagt"-Blick zu. Siehst du, formte sie tonlos mit den Lippen, kein Grund zur Sorge.

„Du kennst also meine Freundin Pepper, ja?", meinte Annie und deutete mit einer überschwänglichen Handbewegung auf mich.

Jetzt drehte auch ich mich um, um mich dem Unausweichlichen zu stellen – und sofort fiel mir ein Stein vom Herzen.

Das war er nicht.

Es war nicht Reece. Gut, dieser Typ war auch umwerfend. Und er ähnelte Reece sogar ein bisschen, doch er war es eindeutig nicht.

„Nein", sagte der Typ, streckte mir die Hand hin und musterte mich, als überlege er, wie ich ohne Klamotten aussah.

Ich schüttelte wortlos seine Hand.

„Natürlich kennst du sie, Logan." Annie runzelte die Stirn und schaute zwischen uns hin und her. „Du kennst Pepper."

Sein Lächeln wirkte einen Moment unsicher. „Äh, tut mir leid. Nein. Müsste ich mich an dich erinnern?" Ich bemerkte, wie er im Kopf die vielen Frauen durchging, mit denen er geschlafen hatte.

Ich gab Emerson, die sich halb totlachte, neben mir einen Stoß. „Nein. Wir kennen uns nicht."

Logan. Der Typ hieß Logan.

Er ließ meine Hand nicht los. „Wusste ich's doch. An jemand so Hübsches würde ich mich doch erinnern." Raffiniert. Wahrscheinlich nahmen ihm die meisten seine Sprüche auch noch ab.

Emerson, die sich immer noch ausschüttete vor Lachen, hob eine Hand. „Whoa, whoa, whoa. Und du arbeitest hier? Wieso haben wir dich dann an den letzten Abenden hier nicht gesehen?"

„Ich bin nur aushilfsweise hier. Normalerweise bin ich nur zwei Tage die Woche da, aber Reece hat mich angerufen, weil einer der Angestellten krank geworden ist." Er zuckte die Achseln und musterte jetzt Emerson mit dem gleichen Blick, mit dem er eben mich betrachtet hatte. Offensichtlich gefiel ihm, was er sah. Er zwinkerte ihr zu und entblößte seine perfekten Zähne. „Ich hatte frei."

Emerson grinste zurück, offensichtlich schwer beeindruckt.

„Reece?", hakte ich nach.

„Ja. Mein Bruder."

„Dein Bruder", wiederholte ich.

Jetzt lachte Annie. Sie hielt sich den Bauch, und ihre Brüste hüpften auf und ab.

Emerson schaute mich ein wenig besorgt an.

„Dein Bruder?", murmelte ich noch einmal. Jetzt kapierte ich. Ich hatte mich einem Typen an den Hals geworfen, der gar nicht die männliche Schlampe des Ladens war. Logan war der kleine Bruder, den Reece erwähnt hatte. Oh. Mein. Gott.

Annie wischte sich die Augen und hinterließ Spuren von Mascara in ihrem Gesicht. „Das ist grandios! Sag mir nicht, dass du Reece angemacht hast! Bei dem kann niemand landen!"

„Vielleicht steht er nur einfach nicht auf billige Flittchen", widersprach Emerson, und sie funkelte sie wütend an. „Pepper kann bei ihm landen. Er hat sie geküsst."

Annie presste eine Hand auf ihr beeindruckendes Dekolleté. „Aha. Und ich bin das billige Flittchen?"

Erstaunt starrte Logan mich an. „Mein Bruder hat dich geküsst?" Plötzlich sah er mich wieder interessiert an. Das Keifen der beiden ignorierte er geflissentlich.

„Ja klar." Annie fuchtelte wild mit den Händen. „Kapierst du nicht? Sie dachte, er wäre *du*!"

Ich schloss kurz die Augen und hoffte sehr, dass Reece niemals von dieser Unterhaltung erfahren würde.

„Was?" Jetzt schien Logan verdutzt. Er deutete mit dem Finger auf uns beide. „Du wolltest eigentlich mit mir rummachen?"

Die Demütigung nahm kein Ende. „Natürlich nicht!"

„Dein Ruf eilt dir voraus", stieß Annie hervor.

Nach einer langen Pause, in der ich am liebsten einfach gestorben wäre, verschwand die Verwirrung aus Logans Miene. Er grinste, und mit stolz geschwellter Brust sagte er: „Cool. Ich habe also einen Ruf."

Ich stand auf und fühlte mich wie der größte Idiot. „Ich muss jetzt gehen."

Emerson nickte mitleidig. „Ich komme mit." Rasch verabschiedeten wir uns von der Runde – sogar von Annie, obwohl ich ihr am liebsten eine geknallt hätte – und bahnten uns einen Weg zum Tresen. Ab und zu hielten wir an, weil Emerson jemanden traf, den sie kannte, und ein paar Worte mit ihm oder ihr wechselte. Dann trat ich ungeduldig von einem Bein aufs andere und musterte die Gesichter um mich herum, in der Hoffnung, dass Reece nicht auftauchen würde. Jetzt konnte ich unmöglich mit ihm sprechen. Ich konnte mich nicht einfach cool geben.

Es wurde immer voller. Jemand rempelte mich an, und ich musste Ems Handgelenk loslassen. Ich kam mir vor wie eine Boje, die auf den Wellen hin und her wippt. Schnell stellte ich mich auf die Zehenspitzen und suchte in der Menge nach ihr.

Plötzlich fasste mich jemand am Handgelenk. Ich war erleichtert. Endlich konnten wir verschwinden.

Ich drehte mich um. Es war Reece.

Und da war die alte Beklemmung wieder, die mir die Brust zusammenschnürte und mir die Luft raubte. Mein Gesicht fühlte sich an, als würde es jeden Moment in Flammen aufgehen. Ich dachte an seinen Bruder. Es war so peinlich. „Hey", begrüßte ich ihn wenig originell und betrachtete ihn genau. Wusste er es schon?

Seine Finger brannten auf meiner Haut. Ich spürte jeden einzelnen.

Seine Lippen waren ein grimmiger Strich. „Wie ich höre, hast du meinen Bruder kennengelernt."

Mir wurde schlecht. Na super. Er wusste es. „Oh. Ja. Er ist nett."

Er funkelte mich an. „Stimmt das? Du warst eigentlich auf ihn aus? Du dachtest, ich wäre er?"

Ich schüttelte den Kopf. Ich hatte keine Ahnung, was ich sagen sollte.

„Na klar. Er hat sich vor Lachen ausgeschüttet, und danach hat er mir alles erzählt. Deswegen warst du also so …" Er musterte mich von oben bis unten, bevor er den Satz beendete. „… freundlich zu mir?"

„Nein. Natürlich nicht."

„Du wolltest dich an meinen Bruder ranschmeißen, weil dir über ihn gewisse Dinge zu Ohren gekommen sind." Es war keine Feststellung. Eine Wertung.

Ich versuchte, die Sache herunterzuspielen, und schnaubte verächtlich, als wäre das die absurdeste Sache, die ich je vernommen hatte. Anschließend spielte ich die Dumme. „Dinge? Welche Dinge?"

Sein Blick wurde eiskalt. „Dass mein Bruder jede Frau vögelt, die ihm ihren Arsch entgegenstreckt."

Ich atmete tief ein.

Bitter lachte er. „Lustig, oder?"

Ich schüttelte erneut den Kopf. Das war alles andere als lustig. „Wie kommt's?", presste ich heraus.

Er machte eine wegwerfende Bewegung. „Alle diese Studentinnen, sogar ein braves Mädchen wie du" – so wie er *brav* betonte, fiel ich für ihn nicht mehr unter diese Kategorie – „machen sich an einen Highschool-Schüler ran!"

Ich runzelte die Stirn. „Was ist los?"

„Logan geht noch zur Schule. Er ist gerade mal achtzehn."

Oh. Mein. Gott. Noch peinlicher konnte es nicht werden. Wenn es nicht diese Verwechslung am ersten Abend gegeben hätte, wenn Logan an diesem Abend gearbeitet hätte und empfänglich für meine Annäherungsversuche gewesen wäre –, dann hätte ich etwas mit einem Highschool-Jungen angefangen! Egal, ob achtzehn oder nicht, er war noch auf der Schule!

Ich drehte meinen Kopf von rechts nach links, als wollte ich einen bösen Traum loswerden. „Ich habe mich nicht an ihn rangeschmissen. Ich habe ihn eben erst kennengelernt."

„Aber du bist nur *seinetwegen* hergekommen. Weil du dachtest, ich wäre er." Er bedachte mich mit einem schneidenden Blick.

Es war ein ungeschriebenes Gesetz für mich, dass ich nicht davonlief, wenn es unangenehm wurde. Ich hatte eine Menge durchgestanden. Mein Vater war tot. Meine Mutter hatte sich gegen ihre Tochter und für ihre Sucht entschieden. Das hier – *er* – war keine Situation, mit der ich nicht fertigwerden würde. Reeces Meinung und Ansichten spielten überhaupt keine Rolle. Er war nur eine Station für mich auf dem Weg zu Hunter. Mehr sollte er auch gar nicht sein.

Doch es gelang mir nicht, mich selbst zu überzeugen. Also blieb mir nichts anderes übrig: Ich ergriff die Flucht.

Die Menge bewegte sich. Menschen rempelten uns an. Sein Griff um mein Handgelenk löste sich. Die Gelegenheit war da. Ich rannte davon und setzte dabei meine Ellbogen ein, so wie er es mir geraten hatte. Nachdem ich schließlich durch den Hinterausgang entkommen war, entdeckte ich Emerson, die vor dem Mulvaney's telefonierte.

„Da bist du ja", meinte sie. „Ich habe gerade versucht, dich anzurufen."

„Komm schnell, wir gehen", stieß ich hervor, nahm ihren Arm und zerrte sie in Richtung Parkplatz.

„Was ist denn los? Ich meine, bis auf die Tatsache, dass wir einen süßen Kerl mit einem anderen verwechselt haben." Sie lachte. „Jetzt komm schon. Das ist doch lustig!"

Ich starrte sie an.

Sie rempelte mich mit der Hüfte an. „Jetzt komm. Klopf dir selbst auf den Rücken. Laut Annie ist Reece der Besondere von beiden. Und den hast du geküsst."

„Reece hat mich eben zur Rede gestellt, als wir beide uns kurz verloren haben."

„Oh." Ihre Augen funkelten. „Was hat er gesagt?"

„Er wusste es schon."

Sie zuckte zusammen. „Autsch. War es schlimm?"

„Ja. Und weißt du was? Sein Bruder, Logan, ist gerade mal achtzehn! Er ist noch auf der Highschool!"

„Wie geil ist das denn!" Emerson prustete los und klatschte in die Hände. „Das muss ich Annie unbedingt auf die Nase binden!"

„Ja, und Reece hält mich jetzt für eine grässliche Person."

Sie hörte auf zu lachen. „Ist nicht wahr."

„Doch. Leider ja." Ich nickte resigniert und ging mit entschlossenem Schritt über den Kies. „Du hättest mal sehen sollen, wie er mich angeguckt hat."

„Dann ist er ein Idiot. Vergiss ihn. Wer braucht den schon?"

Sie schloss ihr Auto auf, und ich schritt zur Beifahrertür. Seufzend ließ ich mich auf den Sitz fallen.

„Du kannst deine Fähigkeiten doch an jedem anderen Typen austesten!"

Ich lachte frustriert, dann korrigierte ich sie. „Nein. Leider nicht an jedem anderen."

Ich war eins von diesen Mädchen, die keine Ahnung hatten, wer sie waren, wenn sie sich im Spiegel sahen. Ich wusste, dass ich nicht unattraktiv war, aber unter dieser Konkurrenz, den unzähligen hübschen Gleichaltrigen, die alle einen besseren (und knapperen) Klamottengeschmack hatten als ich, stach ich nun wirklich nicht hervor.

„Aber klar! Du hast alles, was man braucht, Pepper! Hunter ist das auch schon aufgefallen. Meine Güte, du brauchst weder Reece noch irgendeinen anderen Kerl. Vielleicht solltest du dich einfach auf Hunter konzentrieren, Pepper! Nicht mehr lange um den heißen Brei herumreden, sondern direkt das Ziel ansteuern!"

Nickend schaute ich aus dem Fenster, während sie auf die Hauptstraße bog und wir die Bar- und Restaurantmeile hinter uns ließen. „Du hast recht. Es war von Anfang an eine blöde Idee."

Ich musste lächeln und blickte zu ihr hinüber. Sie runzelte die Stirn, als sie an einer roten Ampel halten musste. Mir war klar, dass sie sich schlecht fühlte.

Entspannt kuschelte ich mich in das Polster. „Niemand hat mich zu irgendwas gezwungen. Ich weiß, dass du sehr stolz auf deine Überredungskünste bist, aber das war allein meine Entscheidung."

Skeptisch musterte sie mich. „Meinst du das im Ernst?"

„Ja. Es ist möglich, sich gegen die große Emerson aufzulehnen."

Sie schniefte, während wir auf die Butler Street einbogen, die Straße, die quer über den Campus führte und in der sich unsere Wohnung befand. In den Universitätsgebäuden war es ruhig, als wir vorbeifuhren, aber in einigen oberen Etagen brannte Licht. Wahrscheinlich saßen dort ein paar emsige Studenten im Labor, die zu ehrgeizig waren, um sich von wilden Partynächten ablenken zu lassen. Noch vor ein paar Wochen war ich eine von ihnen gewesen, hatte ständig in meinem Zimmer oder in der Bibliothek gehockt und gelernt. Es war doch verrückt, dass dieser eine Anruf von Lila, ein Barkeeper und meine zufällige Begegnung mit Hunter das geändert hatten. Aber lag es wirklich daran? Oder war es einfach langsam Zeit für eine Veränderung? Vielleicht sollte ich endlich aus dem Schneckenhaus herauskommen, in das ich mich verkrochen hatte, seit meine Mutter mich bei meiner Großmutter abgeladen hatte.

Wie auch immer, der Schalter war bereits umgelegt.

Ich dachte an Reeces Gesicht und an seine blauen Augen, die mich so zornig angefunkelt hatten, und ich fühlte mich angegriffen und verletzt. Das war nicht schön. Alles, was ich wollte, war Sicherheit und Geborgenheit, und dafür stand Reece nicht. Dabei war das alles, was ich wollte. Doch meine Lippen kribbelten, sobald ich an seinen Kuss dachte, und ich musste wohl oder übel zugeben, dass ich doch noch ein bisschen mehr wollte. Hoffentlich ging am Ende mit Hunter alles gut aus. So konnte ich beides haben – das, wonach ich mich sehnte, und das, was ich brauchte.

Seufzend bettete ich den Kopf an die Scheibe. „Ich muss zurück und mich bei ihm entschuldigen."

„Bei Reece?" Emerson hatte einen freien Parkplatz vor unserem Gebäude ergattert. Um diese Uhrzeit fand man meistens noch etwas. Sie stellte die Automatik auf Parken und schaute mich an. „Wieso?"

„Weil ich ihn benutzt habe."

Sie lachte. „Oh Mann, Pepper. Du bist echt zu gut für diese Welt. Meinst du, es interessiert ihn ernsthaft, ob du ihn für seinen für Sex-Eskapaden berühmten Bruder gehalten hast? Du hast ein paarmal mit ihm geflirtet. Was ist daran so schlimm?"

Wieder sah ich sein Gesicht vor mir, die Wut in seinen Augen. Es war ihm nicht egal gewesen.

„Zumindest schulde ich ihm eine Erklärung. Ich habe ihn angelogen. Ich habe alles abgestritten und bin dann auch noch total feige abgehauen."

Emerson schüttelte den Kopf und schaltete den Motor aus. „Du hast Skrupel, mehr nicht."

Wir stiegen aus. Das Auto piepte, als Emerson es verriegelte, und sie sprach weiter. „Männer benutzen Frauen andauernd und entschuldigen sich nie. Mein eigener Vater führt die Liste an. Er ist die Nr. 1 der Aufreißer, sogar mit vierundfünfzig noch. Ich habe mindestens sechs Nannys verschlissen, weil er immer mit ihnen im Bett landete und sie danach feuerte, weil es ihm unangenehm war." Emerson kramte nach ihrem Haustürschlüssel. „Und dann haben wir noch nicht von meiner Mutter und dem Drecksack geredet, den sie geheiratet hat. Oder von meinem Stiefbruder." Sie erschauderte. „Da fahre ich garantiert nicht noch mal hin."

Wir betraten das neonhelle Treppenhaus. Die Neonröhren brummten wie ein Schwarm Stechmücken. Ich blickte Emerson vorsichtig von der Seite an, während sie auf den Fahrstuhlknopf drückte.

Sie sprach so gut wie nie über ihren Dad, und ihre Mutter war ein absolutes Tabuthema. Bis eben hatte ich nicht einmal gewusst, dass sie einen Stiefbruder hatte. Das bestätigte mir nur, was ich schon immer geahnt hatte – unter der Oberfläche schlummerte mehr. Sie war mehr als das sorglose Partyhäschen, das jeden Abend mit einem anderen Typen rummachte.

Ich wollte sie nicht drängen, mehr zu erzählen. Nachdem mein Vater gestorben war, hatte sich meine Mutter mit einer ganzen Reihe von Losern eingelassen. Nie suchte sie sich einen anständigen Mann. Einige ihrer Freunde waren so gemein zu ihr, dass ich dankbar war, wenn sie durch mich hindurchsahen, als gäbe es mich nicht.

Ja. Emerson konnte ihre Geheimnisse für sich behalten. So wie ich meine.

Als wir in den Aufzug stiegen, schaute sie mich an, und ihre blauen Augen blickten kalt wie nie. „Du bist ihm nichts schuldig, Pepper."

„Vielleicht", antwortete ich. Aber dennoch musste ich ihn wiedersehen.

11. KAPITEL

„Hey, Gram, wie läuft's?“ Ich klemmte das Handy zwischen Schulter und Ohr, während ich die kakifarbene Hose auszog, die zur Angestelltenuniform der „Little Miss Muffet“-Kindertagesstätte gehörte.

„Pepper, Schätzchen, wann kommst du denn nach Hause?“

Diese Frage stellte sie mir immer, wenn ich anrief. Dabei hatte ich ihr extra alle Termine, an denen ich Semesterferien hatte oder freihatte, in ihrem Kalender neben dem Kühlschrank notiert.

„In der Thanksgiving-Woche. Ich bin schon am Mittwoch da, denn am Wochenende muss ich wieder arbeiten.“ Ich zuckte zusammen, da ich beim Aufknöpfen meiner Bluse mein Spiegelbild sah. Mein sorgfältig geflochtener Zopf hatte sich augenscheinlich schon vor Stunden verabschiedet – gegen die wilden Krabbelkinder hatte er keine Chance. Ich öffnete das Haarband.

„Sie brauchen eine genaue Personenzahl für das Thanksgiving-Dinner.“

Ich schüttelte meinen Kopf über ihre Hartnäckigkeit. „Sag ihnen, für zwei.“ Normalerweise wurde das Thanksgiving-Dinner von Hardy's, einer Cafeteria, ausgerichtet, die wirklich einen guten Truthahn mit leckerer Soße hinkriegten. Die Senioren hockten meist schon ab zehn Uhr morgens im Speisesaal, und in der Regel war ich die einzige Person dort, die jünger als siebzig war. Aber wenigstens musste ich mir keine Sorgen machen, dass sich meine Großmutter mit einem aufwendigen Essen zu viel zumutete.

An meinem ersten Thanksgiving bei ihr hatte sie nämlich darauf bestanden, selbst zu kochen. Sie wollte einen Truthahn braten. Zum Glück bemerkte eine Frau, die ihre alte Mutter nebenan besuchte, dass Gram das Bratgefäß draußen hinstellte. Neugierig erkundigte sie sich, was meine Großmutter vorhatte, und dabei stellte sich heraus, dass Gram kurz davor war, den gefrorenen Truthahn in die Pfanne mit heißem Fett zu geben. Damit hätte sie das ganze Haus abgefackelt. Inklusive uns.

„Nur zwei?"

Ich zögerte. Das hatte sie ja noch nie gefragt. „Ja."

„Weißt du, Martha Sultenfuess' Enkelin hat sich gerade verlobt. Und da dachte ich ... Hast du eigentlich einen Freund?"

„Ist Mrs Sultenfuess' Enkelin nicht schon Mitte dreißig?"

„Ist sie das? Ich dachte, ihr wärt im selben Alter."

„Ich bin neunzehn, Gram."

Im Hintergrund hörte ich Rosco winseln. Wahrscheinlich stand der Yorkshireterrier vor der Tür mit dem Fliegengitter und wollte rausgelassen werden. „Dein Vater hat mit neunzehn geheiratet."

Erstaunt schwieg ich. Wieso sagte sie so was? Sie meinte doch hoffentlich nicht im Ernst, dass die Ehe meiner Eltern ein Beispiel war, dem man folgen sollte?

Ich holte tief Luft und beruhigte mich damit, dass Grandma schon immer ein wenig seltsam gewesen war. Einmal, in der achten Klasse, öffnete ich in der Schule mein Lunchpaket und entdeckte einen Sack grüne Bohnen, eine Flasche Pflaumensaft und die Fernbedienung. Natürlich handelte ich mir dadurch jede Menge Gelächter und auch ein paar unangenehme Spitznamen ein. Doch ich lernte meine Lektion. Seit diesem Tag kümmerte ich mich selbst um mein Schulessen. Als ich anfing zu studieren, kümmerte ich mich schon mehr um sie als sie sich um mich. Es war nicht leicht für mich gewesen, auf ein College in einer anderen Stadt zu gehen, aber ich hatte mich schweren Herzens dazu durchgerungen. Ich konnte mein Leben nicht völlig meiner Großmutter widmen. Das würde sie selbst auch niemals wollen oder gar von mir verlangen.

Inzwischen war sie neunundsiebzig und völlig unberechenbar in allem, was sie tat oder sagte. Und das beunruhigte mich echt. Meiner Ansicht nach musste sie bald in ein richtiges Altenheim umziehen. Daran dachte ich nur sehr ungern – genauso ungern wie Gram. Das erste (und letzte) Mal, als ich dieses Thema angeschnitten hatte, hatte sie so sehr geweint, dass ich mich nicht traute, es erneut anzusprechen.

Ich würde sie mir über Thanksgiving anschauen und dann entscheiden, ob wir diese Unterhaltung noch einmal führen mussten.

„Heute treffe ich mich mit jemandem", meinte ich. Aus irgendeinem Grund tauchte Reece vor meinem geistigen Auge auf. Was Gram wohl davon halten würde, wenn ich einen gepiercten und tätowierten Barkeeper mit heimbrächte? Wahrscheinlich würde sie denken, ich wäre das Kind meiner Mutter.

„Pepper, ich werde nicht ewig leben. Es wäre schön, dich versorgt zu sehen, bevor ich sterbe."

„Oh, Gram. Doch, du lebst natürlich ewig!" Das erwiderte ich immer, wenn sie vom Thema „Sterben" anfing.

Sie lachte. „Ich hoffe nicht!"

Ich wurde still. Ich wollte mich nicht damit auseinandersetzen, dass ich sie eines Tages verlieren würde. Wenn Gram tot war, hatte ich niemanden mehr. Dann war ich ganz allein. Es schnürte mir die Kehle zu. Schon seit ich damals zu ihr gezogen war, hatte ich Angst davor gehabt, sie zu verlieren. Immerhin hatte ich fast alles und jeden verloren. Es dauerte ein paar Jahre, bis ich begriff, dass sie mich nicht im Stich lassen würde. Ich wurde fast verrückt vor Panik, wenn sie nur eine Erkältung hatte. Als sie sich mal das Bein brach und für ein paar Tage ins Krankenhaus musste, konnte ich weder schlafen noch essen. Erst wieder, nachdem sie zurück war.

„Ich muss jetzt lernen, Gram." Zum Glück klang meine Stimme nicht so tränenerstickt.

„In Ordnung. Sei brav." Das sagte Gram auch immer. *Sei brav.* Zum Glück ahnte sie nicht, dass ich langsam, aber sicher, auf den Pfaden der Lust zu wandeln begann.

Nachdem ich aufgelegt hatte, zog ich mich zu Ende um. Ich schlüpfte in eine gemütliche Jogginghose und ein Sweatshirt mit der Aufschrift „Dartford Uni". Danach ließ ich mich aufs Bett fallen und freute mich auf *Madame Bovary*. Ich hatte das Buch schon beinahe ausgelesen, was gut war, denn morgen schrieben wir darüber einen Test in Literatur.

Mit Textmarker und Stift bewaffnet versank ich in der Welt von Madame Bovary und schwor mir, niemals zur Sklavin meiner Kreditkarten zu werden. Schlimm genug, dass ich mein Studiendarlehen zurückzahlen musste. Als ich weiterlas, entdeckte ich, dass ich Madame Bovary unangenehm ähnlich war. Denn genau wie ich hatte sie sehr feste Vorstellungen davon, wie ihr Leben auszusehen hatte.

Kopfschüttelnd versuchte ich mir einzureden, dass meine Verliebtheit in Hunter nicht oberflächlich und gar ungesund war. Er war einer der guten. Freundlich und verlässlich. Er würde mich beschützen. So war er. Ich war eben doch keine Madame Bovary.

„Hey, du."

Georgia lehnte im Türrahmen. Sie trug ihre Sportklamotten. Ohrstöpsel baumelten um ihren Hals. „Hi. Bist du gut gelaufen?"

Sie ließ sich neben mir auf die Matratze plumpsen. „Es war brutal. Die Strafe für das viele Fast Food in dieser Woche. Als ich für meine Finanzwirtschaftsklausur gelernt habe, bin ich echt zur Stressfresserin mutiert."

In diesem Moment rauschte Emerson herein. „Du solltest vielleicht auch lieber Kunst studieren wie ich."

„Du musst deine Pflichtkurse noch absolvieren“, erinnerte ich sie.

„Damit bin ich fast durch.“ Sie zuckte die Schultern. „Jetzt mache ich endlich die Fächer, die Spaß machen. Aber Finanzwirtschaft gehört garantiert nicht dazu.“ Sie schnitt eine Grimasse und schüttelte den Kopf.

„Wenn ich eine geniale Künstlerin wäre wie du, bräuchte ich auch keine Wirtschaftswissenschaften zu studieren!“

Emerson grinste sie an. „Wie süß du bist! Ich hoffe, eines Tages hängen meine Bilder in einer tollen Galerie und ich muss nicht in einer öden Schule Kunst unterrichten.“

„Als ob das passieren würde.“ Georgia lachte. „Dein Daddy wird dich davor bewahren.“

Emersons Lächeln wurde matter, und ich erinnerte mich daran, was sie mir über ihren Vater erzählt hatte. Entweder wusste Georgia nichts davon, oder sie hatte es vergessen.

Um das Thema zu wechseln, fragte ich: „Was habt ihr denn heute Abend vor?“

Emersons Miene hellte sich auf. „Ich stehe zu deiner freien Verfügung.“

„Harris muss arbeiten.“

„Super!“, rief Emerson. „Dann gehen wir aus! Nur wir drei!“

„Es gibt einen neuen Thailänder auf der Roosevelt, der soll sehr gut sein. Den können wir ja mal ausprobieren“, schlug Georgia vor.

Ich nickte. „Klingt gut.“

„Und der neue ‚Bourne‘-Film …“

„Ins Kino können wir immer“, meinte Emerson leicht schmollend.

„Und in die Bar auch“, hielt Georgia ihr entgegen.

Ich holte tief Luft. „Ich würde gern noch mal ins Mulvaney’s.“

Meine Freundinnen schwiegen einen Moment lang. Aus Georgias unsicherer Miene konnte ich jedoch schließen, dass Emerson ihr alles berichtet hatte – vor allem den demütigenden Teil der Geschichte, nämlich dass Reece gar nicht der Barkeeper war, mit dem ich anbandeln wollte, sondern sein Bruder. Diese Peinlichkeit versetzte mir immer noch einen Stich.

„Du willst schon wieder dahin?", hakte Georgia nach. „Ganz sicher?"

„Ja. Ich muss mit Reece reden."

Ungläubig starrte Emerson mich an. Ich war darauf gefasst, dass sie mich noch einmal darauf hinweisen würde, dass ich ihm keine Erklärung schuldig war. Doch zum Glück sagte sie diesmal nichts. Ich musste das einfach durchziehen. Ich wollte nicht, dass er mich für eins von diesen Mädchen hielt, die nur wegen Logan in die Bar kamen und unbedingt mit ihm rummachen wollten. Reece hatte mir ja selbst schon erzählt, dass ich anders war als sie. Und das störte mich am allermeisten – dass er mich jetzt nicht mehr für was Besonderes hielt.

„Gut, gehen wir hin", meinte Emerson schließlich ungewohnt ernst. Sie ging zu meinem Kleiderschrank. „Okay. Was willst du heute tragen?"

„Was Heißes", schlug Georgia vor.

„Das ist ja wohl klar", erwiderte Emerson und ging meine Klamotten durch. „Es soll ihm leidtun, dass er unsere Pepper hat ziehen lassen."

„Er hat mich nicht ziehen lassen. Ich bin geflohen."

„Weil er so ein Arsch war. Du wolltest ihn doch nur benutzen, um neue sexuelle Erfahrungen zu sammeln? Welcher Typ steht denn nicht auf ein so sensationelles Angebot?"

Reece. Offensichtlich.

„Ich tippe mal auf verletztes Ego", meinte Georgia. „Weil Pepper ihn für seinen Bruder gehalten hat."

„Tja. Dann musst du eben dafür sorgen, dass er das vergisst." Emerson drehte sich um und sah mich an. „Moment mal. Falls du das immer noch vorhast. Bist du denn immer noch scharf auf ihn? Ist er nach wie vor derjenige, der dich in Sachen Sex unterrichten soll?"

Ich müsste Emersons direkte Art eigentlich inzwischen gewohnt sein, aber sie schaffte es immer wieder, mich eiskalt zu erwischen. Ich blickte sie an und dann Georgia, die so ruhig und selbstsicher wirkte. Als wüsste sie die Antwort bereits.

„Ja." Ich nickte, und meine Wangen röteten sich. Wenn ich lernen wollte, wie das mit dem Vorspiel so lief, dann mit ihm. Ich konnte seinen Kuss einfach nicht vergessen. Ganz sicher würde ich nicht nach einem neuen Typen Ausschau halten, einem Fremden. Entweder Reece oder keiner. Ich konnte nur abwarten und hoffen, dass er mich trotz meiner unbeholfenen Art noch halbwegs attraktiv fand.

„In Ordnung." Emerson schaute mich verständnisvoll an. Ich war mir nur nicht sicher, *was* sie verstand.

„Ich will immer noch Hunter", erklärte ich deswegen schnell.

„Selbstverständlich. Ist doch klar." Sie nickte und wandte sich dann wieder meinen Klamotten zu. Sie stemmte eine Hand in die schmale Hüfte, musterte noch einmal meinen Schrankinhalt und hielt dann eine schwarze Jeans hoch. „Georgia? Welches Top dazu?" Sie blickte sie fragend an.

„Der blaue Pullover mit dem Wasserfall-Ausschnitt. Ganz rechts im Schrank."

„Danke." Emerson ging rüber, um den Pullover aus ihrem Zimmer zu holen.

„Weißt du, Pepper", meinte Georgia zu mir und verschränkte die Lycra-bekleideten Beine, „die Welt wird nicht untergehen, wenn du mit jemand anderem als mit Hunter zusammenkommst."

Ich war plötzlich ganz angespannt. So was wollte ich nicht hören. „Aber ich will Hunter. Ich habe ihn immer gewollt." Ich wollte so gern eine Montgomery sein! „Und zum ersten Mal ist die Gelegenheit da. Es ist möglich!"

„Keiner sagt, dass es nicht möglich ist, vor allem jetzt, wo er wieder Single ist. Er kann sich freuen, wenn er dich kriegt. Das gilt übrigens für jeden Mann." Sie streckte die Beine wieder aus, presste die Knie aneinander, rutschte auf die Bettkante und betrachtete mich ernst. „Aber manchmal ist das, was man sich wünscht, nicht das, was man braucht."

„Das klingt ja wie eine Weisheit aus dem Glückskeks", versuchte ich zu scherzen, dabei traf sie mit ihren Worten ins Schwarze. Ich konnte nicht erklären, wieso ich Hunter so unbedingt haben wollte. Doch so war es nun mal. Ich wusste einfach, dass er der Richtige für mich war, dass er das war, was ich seit … was ich schon immer wollte!

Als könnte sie Gedanken lesen, fragte Georgia mich: „Warum muss es eigentlich Hunter sein?"

Diese Frage war mir zu intim. Ich dachte an meine Mutter und an meinen Stoffbären, zwei geliebte Wesen, die ich nie wiederbekommen würde. „Keine Ahnung." Ich neigte den Kopf zur Seite. „Wieso muss es Harris sein?"

Sie blinzelte, überrascht von der Gegenfrage.

Ich seufzte und schaute aus dem Fenster. Es nervte mich, dass ich immer das Gefühl hatte, mich verteidigen zu müssen.

„Ich bin mit Harris seit der Highschool zusammen", antwortete sie schlicht.

Ich nickte. Ich hatte ja gar nicht andeuten wollen, dass in ihrer Beziehung etwas fehlte. Was konnte ich schon über Beziehungen sagen? Nach allem, was ich wusste, war Harris ein guter Typ.

„Was ich meine: Du hängst hier sei zwei Jahren ohne ein Date rum. Und in der Highschool hattest du auch nie einen Freund. Vielleicht solltest du einfach mal anfangen, dich mit anderen Jungs zu treffen, als dich nur auf Hunter zu konzentrieren."

Es war nicht leicht, ihren Worten zu lauschen, vor allem, wenn man bedachte, dass Emerson und Georgia meine Gefühle für Hunter immer akzeptiert hatten. Plötzlich erschien es mir, als würde sie mich in die Ecke drängen. Ich rutschte auf dem Bett nach hinten, bis ich mich an der Wand anlehnen konnte, und zog die Knie an die Brust.

„Die Männer stehen nicht gerade Schlange, um ein Date mit mir zu bekommen, Georgia."

„Weil du andere Signale aussendest. Männer brauchen eine kleine Aufmunterung, und von dir geht so gar nichts aus, was bedeuten könnte: Ich bin zu haben."

Ich verschränkte die Arme vor der Brust. Sie hatte recht, allerdings wollte ich das nicht hören. „Na ja, jetzt schon, oder?"

Sie sah mich eindringlich an. „Mit diesem Barkeeper? Zählt der wirklich? Ich dachte, der Typ wäre nur Mittel zum Zweck."

Ich vergrub das Gesicht in den Händen und stöhnte. „Ja. Nein. Ich weiß auch nicht."

„Gefunden!" Emerson kam wieder ins Zimmer gerauscht. Sie deutete mit dem Daumen über ihre Schulter. „Und jetzt ab unter die Dusche!"

Georgia lächelte. Ich schnappte mir meinen Kulturbeutel und den Bademantel und war froh, dass ich diesem halb ernsten Gespräch entfliehen konnte.

Emerson führte einen kleinen Tanz auf. „Heute Abend werden Herzen gebrochen!"

Solange es nicht mein Herz war.

In der Bar herrschte die übliche Fleischbeschau, die an den Wochenenden immer herrschte – und es gab nur noch Stehplätze. Trauben von Männern und Frauen schoben sich durch den Raum, redeten und stießen miteinander an. Ihre Augen waren ständig auf der Suche, scannten die Umgebung. Sie alle waren auf der Jagd. Kaum hatten wir den Laden betreten, versuchten die Typen, Augenkontakt mit uns aufzunehmen und uns in ein Gespräch zu verwickeln.

Emerson blieb im vorderen Teil stehen, wo der Duft von gebratenen Snacks mir einmal mehr das Wasser im Mund zusammenlaufen ließ – obwohl wir gerade bei dem neuen Thailänder sehr lecker gegessen hatten. „Wie ist der Plan?"

Ich betrachtete das Durcheinander um uns herum. Draußen war es eiskalt, aber hier drin sah man nur erhitzte Gesichter. Vielleicht hatte der Alkohol etwas damit zu tun.

Ich stellte mich auf die Zehenspitzen und versuchte, zur Theke zu spähen. „Ich glaube, ich sollte einfach zu ihm gehen."

Erstaunt sah mich Emerson an. „Das ist sehr direkt. Und das bist so gar nicht du."

„Es bringt nichts, es aufzuschieben." Nicht nach unserer letzten Begegnung. Ich wollte keinen Gedächtnisverlust vortäuschen. Ich war regelrecht vor ihm geflohen – wahrscheinlich war er sowieso durch mit mir.

„Gute Idee."

Georgia nickte. „Keine Spielchen."

Wir machten uns auf den Weg zum Tresen. Ich erblickte Reece, als sich eine Lücke zwischen den Leuten auftat, die anstanden. Wieder reckte ich mich, um einen besseren Blick zu erhaschen, doch ich konnte nur sein Profil erspähen, die dunkle Kontur seiner Haare.

Den Blick fest auf ihn gerichtet, sagte ich zu meinen Freundinnen: „Ich komm allein klar."

„Sicher?" Emerson klang wenig überzeugt.

„Ja." Obwohl die beiden alles wussten, was bisher geschehen war, mussten sie nicht unbedingt dabei sein, wenn ich vor Reece zu Kreuze kroch.

Emerson blickte sich um und deutete auf eine Ecke. „Da hinten ist ein Tisch frei."

Ich folgte ihrer Hand. An dem Tisch saßen zwei Typen, die ihren Blick schon auf Emerson, im Minirock, geheftet hatten. Georgia ging ihr nach, während ich in der Schlange wartete. Ich harrte geduldig aus, bis ich es schließlich zur Theke geschafft hatte und an der Reihe war.

Reece hatte mir zunächst den Rücken zugewandt. Ich beobachtete, wie sich der Stoff seines T-Shirts über seinem Körper spannte, wenn er sich bewegte. Endlich drehte er sich um und entdeckte mich. Er erstarrte kurz, dann durchbohrte er mich mit seinem Blick. „Was willst du hier?"

Ich befeuchtete meine Lippen und warf einen Blick auf die Leute, die neben mir standen. Ich war nicht glücklich darüber, dass alle unsere Unterhaltung mitbekamen, allerdings blieb mir keine Wahl.

Über den Lärm hinweg rief ich ihm zu: „Ich wollte dich sehen."

Er zog eine Augenbraue hoch – die mit dem Piercing – und füllte einen Pitcher. „Ach ja? Seltsam, wenn man bedenkt, dass du bei unserer letzten Unterhaltung rausgerannt bist wie eine Irre."

Er stellte den Pitcher ab und kassierte das Geld von der Frau, die mich musterte, als wäre ich ein Stück Unrat an ihrer Schuhsohle.

Ich funkelte sie wütend an, sodass sie verschwand, und wandte mich dann wieder Reece zu. „Das war ja keine wirkliche Unterhaltung."

„Ach nein?"

„Das war eher so was wie die Inquisition."

Beinahe hätte er gelächelt. „Nenn es, wie du willst. Ich weiß jetzt, wie du wirklich tickst, *braves Mädchen.*“

So wie er das sagte, war klar, dass er mich für alles andere als brav hielt. „Du kennst mich doch gar nicht.“ Das tat niemand.

„Genau. Dem verwöhnten kleinen Collegegirl hat nicht gefallen, was es sich anhören musste, und schon war es weg.“

Okay, teilweise hatte er recht. Nur verwöhnt war ich nicht. Im Grunde genommen hatte er mich gerade feige genannt. Wie schwach! In meinem Innern flüsterte eine Stimme. *Ist es nicht genauso? War es nicht dein Leben lang so? Seit deine Mutter dich abgeschoben hat? Du läufst davon und versteckst dich vor der Welt. Und bist besessen von einem Jungen, der nicht einmal weiß, dass es dich gibt. Auf jeden Fall nicht in der Art, wie du gerne von ihm gesehen werden willst. Du bildest dir ein, du würdest zu einer Familie gehören, die gar nicht deine Familie ist.*

Meine Augen brannten. Das waren gemeine Gedanken. Ich versuchte, tief Luft zu holen, obwohl meine Brust wie zugeschnürt war, und diesmal nicht davonzustürmen, auch wenn das Gespräch in eine Richtung ging, die mir alles andere als gefiel. „Ich wollte mich einfach entschuldigen.“

Er musterte mich einen Moment lang und kümmerte sich nicht um das Mädchen, das sich vor ihm aufgebaut hatte, um etwas zu bestellen. Es schaute ihn erwartungsvoll an, aber Reeces Blick blieb auf mich gerichtet. Schließlich gab es auf und schritt zu dem anderen Barkeeper.

Ich verschränkte die Finger so heftig, bis sie ganz taub waren. „Ja, es stimmt. Ich hatte gewisse Dinge über deinen Bruder gehört. Man hat ihn mir beschrieben – und deswegen kam es zu der Verwechslung an diesem ersten Abend. Vielleicht wollte ich ja, dass du es bist. Nachdem du mir mit meinem Auto geholfen hattest, wollte ich auf jeden Fall, dass du es bist“, gestand ich ihm.

Er starrte mich nur weiter an und tat nichts, um mir die Sache zu erleichtern.

Ich sprach weiter. „Es war dumm von mir. Entschuldige bitte. Ich wollte eigentlich …“ Ich konnte es nicht aussprechen. Es war zu peinlich.

Er verschränkte die Arme vor der Brust und wartete. Auf mich wirkte diese Geste einschüchternd. Niemand kam mehr zu ihm, um etwas zu ordern. Ein kurzer Blick auf ihn, auf mich, und schwups – wandten sich alle an seinen Kollegen. Vielleicht sollte ich auch besser verschwinden.

Aber ich hatte mir ja vorgenommen, ihm alles zu erklären.

„Ich …“ Ich unterbrach mich, holte noch einmal tief Luft, um Mut zu schöpfen, und dann platzte es aus mir heraus. „Es gibt jemanden, auf den ich schon sehr lange stehe, und weil ich nicht gerade sehr erfahren bin, dachte ich, ich hole mir ein bisschen Unterstützung von jemandem, der sich in solchen Dingen auskennt. Du weißt schon. Wenn ich nämlich besser in … so was wäre, also … im Küssen und in allem, was Jungs und Mädchen so miteinander machen … im Vorspiel – dann …“ Ich deutete auf ihn und mich.

So. Jetzt war es raus. Und es hatte genauso bescheuert geklungen, wie ich es mir ausgemalt hatte.

Ich schaute ihm in die Augen und hoffte sehr, dass er nicht bemerkte, wie sehr ich in meinem Innern zitterte.

Er zeigte keine Regung. Fast schien es, als hätten meine Worte keinerlei Wirkung auf ihn. Er stand da mit stoischer Miene, wie ein Krieger, der seinen Feind begutachtete. Und dieser Feind war ich.

Und dann sagte er doch etwas. „Das heißt, du suchst nur jemanden zum Vögeln?“

Ich stellte fest, dass ein Typ neben mir sich plötzlich interessiert zu mir umdrehte. „Nett.“ Er beugte sich zu mir, und seine Schulter berührte mich.

„Was?“, stammelte ich. „Nein!“

Reece wandte sich dem Typen zu. „Hau ab. Sofort.“

Der Kerl hielt entschuldigend beide Hände hoch und verzog sich.

Ich atmete wieder tief ein und rang um Haltung. Genug geredet. Ich hatte mich entschuldigt. Ich hatte meine Pflicht erfüllt. Jetzt konnte ich gehen. „Ich wollte nur sagen, dass es mir leidtut.“

Damit drehte ich mich um und steuerte den Tisch an, an dem Emerson und Georgia warteten. Ich hoffte, dass sie nicht noch länger bleiben wollten, denn ich wollte einfach nur nach Hause. Es war alles so peinlich! Doch es war vermutlich wie mit einem Pflaster, das man sich abriss: Irgendwann ließ das Brennen nach. Morgen würde ich hoffentlich gar nichts mehr spüren, und all das war nur noch eine schwache Erinnerung. Ich würde nie mehr einen Fuß ins Mulvaney's setzen. Allerdings verursachte auch diese Vorstellung ein leichtes Brennen.

Meine Freundinnen entdeckten mich und winkten mich zu sich rüber. In ihren Augen standen Fragezeichen. Sie kümmerten sich überhaupt nicht um die Jungs, die sich so viel Mühe gaben, ihnen aufzufallen, während ich ihnen erzählte, wie es mit Reece gelaufen war. Plötzlich sah ich, wie Emersons Augen immer größer wurden. Irgendetwas passierte gerade hinter meinem Rücken.

Ich drehte mich genau in dem Moment um, in dem Reece vor mir auftauchte. Ich öffnete den Mund und versuchte, etwas zu sagen. Ich hatte keinen Schimmer, was, aber er nahm mich wortlos an die Hand, und ab dieser Sekunde konnte ich nicht mehr denken. Geschweige denn reden.

12. KAPITEL

Seine kräftigen Finger hielten meine Hand fest umklammert, während er mich genauestens musterte. Unangenehm.

Der Lärm pulsierte in meinen Ohren. In der Nähe der Bar ging ein Glas zu Bruch, doch er schaute nicht einmal hin. Ohne ein Wort zu sagen, drehte er sich um und zog mich mit sich. Ich wunderte mich darüber, wie alle ihm auswichen. Er musste nicht einmal seine Ellbogen benutzen, er teilte einfach die Menge.

„Wohin wollen wir?“, rief ich ihm zu, nachdem ich meine Stimme wiedergefunden hatte.

Er sah sich nicht um. Und doch wusste ich, dass er mich gehört hatte, denn seine Finger umschlossen meine noch fester.

Ein schrecklicher Gedanke durchzuckte mich. Während wir an dem Tresen vorbeimarschierten und den Weg zu dem kleinen hinteren Raum einschlugen, wo sich der Restaurantbereich befand, konnte ich mich nicht länger zurückhalten. „Wirfst du mich jetzt raus?“

Das wäre natürlich peinlich, aber er hatte das Recht dazu. Immerhin war das sein Arbeitsplatz. Aber würde er wirklich so weit gehen?

Wir kamen zur Theke, wo eine Bedienung im klassischen Mulvaney’s-T-Shirt gerade eine Bestellung auf einen Block kritzelte und den Zettel anschließend auf einem Halter für die Küche aufspießte.

Die Schlange am Essensschalter war viel kürzer als die an der Bar, dennoch warteten ein paar Leute auf ihre Burger oder was auch immer. Wir liefen an ihnen vorbei. Reece hob eine Klappe im Tresen und führte mich in den Personalbereich. Das Mädchen, das die Bestellungen aufschrieb, blickte ihn fragend an.

„Mike schafft das schon drüben", erklärte er.

Sie sah erst ihn an, dann mich – und machte ein überraschtes Gesicht.

Wir durchquerten die Küche, an zwei Köchen mit Haarnetzen vorbei, die an der Fritteuse standen. Vor einer Tür blieb Reece stehen. Ich vermutete, dass es sich um einen Lagerraum handelte. Er holte einen Schlüsselbund heraus, schloss die Tür auf und öffnete sie weit.

Ich warf einen Blick durch die Türöffnung, entdeckte allerdings keine Vorratsregale, wie ich angenommen hatte. Stattdessen war da eine Treppe. Er zerrte mich mit sich und sperrte die Tür wieder ab.

Mein Herzschlag beschleunigte sich. Seine Nähe machte mich ganz nervös. Wir waren jetzt allein. Die Geräusche aus der Bar waren nur noch gedämpft zu hören, als hätte jemand sie mit der Fernbedienung leiser gestellt.

Oberhalb der Treppe brannte Licht, sodass es am Fuß der Treppe nicht ganz dunkel war. Er hielt immer noch meine Hand und zog mich mit sich nach oben.

Unsere Schritte dröhnten auf den Stufen. Wir landeten in einem großen Zimmer. Holzfußboden, Backsteinwände. Ein paar interessant aussehende gerahmte Fotos hingen an den Wänden und lehnten an einem Bücherregal. Es war ein großes Zimmer, mit einem Bett, einem Bürobereich und einer Art Wohnbereich. In der rechten Ecke war eine kleine Küchenzeile. Vor einem großen Fernseher befand sich ein dunkles Sofa. Sonst war der Raum spartanisch eingerichtet. Eine typische Junggesellenbude, dachte ich. Nicht dass ich viele typische Junggesellenbuden kennen würde. Endlich ließ er meine Hand los und ließ sich auf einen Stuhl fallen. Wie betäubt beobachtete ich, dass er begann, seine Schnürsenkel zu öffnen.

„Wohnst du etwa hier?", presste ich heraus.

„Ja." Mehr nicht. Eine einzige Silbe. Der erste Schuh polterte zu Boden. Er schaute mich nicht an, sondern beschäftigte sich intensiv mit dem anderen Schuh.

„Nur du?" Na super. Dachte ich etwa, hier würden alle Barkeeper zusammenwohnen?

Kurz sah er mich an. „Mir gehört der Laden."

„Das Mulvaney's? Es gehört dir?"

„Es ist seit fünfzig Jahren, fast drei Generationen, in Familienbesitz. Ich bin Reece Mulvaney. Bis vor zwei Jahren hat mein Vater den Laden geführt, dann habe ich übernommen."

„Oh." Ich wusste auch nicht, wieso, doch das änderte plötzlich alles.

Auf einmal fühlte ich mich *noch* unwohler. Reece war hier groß geworden. Er hatte garantiert schon alles gesehen. Alles. Alle Arten von blöden, betrunkenen Collegestudentinnen zum Beispiel, die sich hierher verirrt hatten. Ich musste an mein Geständnis von eben denken. Dass ich eigentlich nur auf der Suche nach sexuellen Erfahrungen war. Mein Gott! Wahrscheinlich hielt er mich für dümmer als alle anderen zusammen.

Ich vergrub die Hände tief in den Hosentaschen und blickte ihn an. Wartete darauf, dass er noch etwas sagte. Dass er mir erklärte, was er vorhatte. Was wir hier überhaupt machten.

Was *ich* hier überhaupt machte.

Plötzlich erhob er sich. Er bewegte sich wie eine Raubkatze, elegant und geschmeidig. Und dann sah er mich an. Irgendwie strahlend, wie von innen erleuchtet.

Er trat auf mich zu – nicht schnell, aber entschlossen.

Direkt vor mir blieb er stehen. Zwischen uns war gerade noch ein Zentimeter Platz. Mir stockte der Atem. Ich heftete meinen Blick auf seine Brust, plötzlich zu überwältigt, um ihm ins Gesicht zu schauen, und schon hatte ich das nächste Problem. In meinem Hirn existierte nur noch ein Gedanke:

wie toll sein Oberkörper aussah. So breit, so muskulös. Ich starrte die Haut an, die unter dem Kragen hervorguckte.

Als Nächstes spürte ich seine Finger auf meinem Gesicht, auf meinen Wangen, in meinem Haar. Meine Kopfhaut begann zu kribbeln. Er umfasste mein Kinn, sodass ich in seine blauen Augen schauen musste, und dann gab es nur noch ihn. Seine Lippen auf meinen. Ekstase.

Sein Mund, seine Hände, die mein Gesicht, meinen Kopf hielten. Seine Zunge auf meiner Unterlippe. Schon war sie in meinem Mund verschwunden, und ich schmeckte Reece. Ich presste mich an ihn und verschmolz ganz mit ihm. Ich fühlte seinen muskulösen Körper und empfand mich selbst als körperlos, federleicht. Ich bestand nur noch aus Empfindungen. Seine Kraft ging wie in Wellen von ihm aus. Berauschend und beängstigend in einem. Wie im Vergnügungspark die Fahrt im „Freefall-Tower", wo man in die Tiefe rauschte und kurz vor dem Aufschlag wieder nach oben gerissen wurde. Sicher war etwas anderes.

Beinahe panisch rang ich nach Luft. „Warte. Bitte." Meine Stimme zitterte, während ich zur Treppe schaute und meine Fluchtmöglichkeiten auslotete. Ich blickte mich rasch im ganzen Zimmer um und fand nur bestätigt, was ich bereits wusste. Ich war ihm völlig ausgeliefert.

War ich eigentlich verrückt geworden? Ich hatte mich willenlos von ihm hierherführen lassen. So was tat ich normalerweise nicht. Das war nicht ich.

„Was ist denn?" Seine Stimme zitterte nicht, und seine Hände berührten immer noch mein Gesicht. Ich spürte jeden einzelnen Finger wie ein Brandzeichen auf meiner Haut.

Am liebsten wollte ich ihn einfach nur küssen. Aber ich zwang mich dazu, alles noch einmal abzuwägen und die kleine Stimme in meinem Kopf zu ignorieren (die verdächtig nach Emerson klang), die mir riet, ihn machen zu lassen.

Ich wich seinem Blick aus und sah mich in seinem Loft um, als könnte ich dort die Lösung finden. Da entdeckte ich das Bett. Und war wie fixiert darauf. Von unten hörte man das geschäftige Treiben in der Bar, wie das Magengrummeln eines wilden Tiers. Ganz egal, wie viele Leute da unten waren – hier oben war es wie auf einer einsamen Insel. Wir waren ganz allein, nur er und ich. Wir.

Offensichtlich bemerkte er meine Nervosität. Wieder legte er seine Hände zärtlich um mein Gesicht und küsste mich. Dabei hielt er meine Unterlippe sanft mit den Zähnen fest. Mein Magen schlug einen Purzelbaum. Er ließ meine Lippe los und leckte darüber.

Ich seufzte heiser auf.

Die Lippen dicht an meinem Mund murmelte er: „Keine Sorge. Ich schlaf nicht mit Jungfrauen."

Und dann küsste er mich wieder. Seine Zunge tauchte in meinen Mund ein, er strich mir mit den Händen durchs Haar und presste mich eng an sich. Reden unerwünscht. Als ob ich noch sinnvolle Worte hätte bilden können!

Ich konnte nur zwei Dinge denken: Oh verdammt, ist es so eindeutig, dass ich noch Jungfrau bin? – und: Warum gibt er sich überhaupt mit mir ab, wenn er doch keinen Sex mit mir haben will?

Aber auch diese Gedanken waren bald vergessen. Sein Mund beanspruchte meine volle Aufmerksamkeit. Unser Kuss hörte gar nicht mehr auf. Mit seiner Zunge erkundete er meinen Mund, bis ich mehr Selbstvertrauen entwickelte und selbst zu erforschen begann. Als ich mit meiner Zungenspitze seine berührte, stöhnte er lustvoll und schlang einen Arm um meine Hüfte. Er hob mich hoch und trug mich quer durch das Zimmer. Nur meine Schuhspitzen berührten noch den Boden. Ich quietschte kurz, doch ich klammerte mich an ihm fest, an seinen Schultern, deren kräftige Muskeln ich bei jeder Bewegung fühlen konnte.

Schließlich blieb er stehen und lockerte den Griff. Ich glitt an ihm herunter und stand wieder. Doch mein Kopf war immer noch irgendwo in den Wolken. Oder besser gesagt: irgendwo verloren zwischen dem Gefühl von seiner Zunge in meinem Mund und dem Gefühl, ihn zu spüren.

Plötzlich war seine Hand nicht mehr an meiner Wange.

Er ließ mich los.

Ich unterdrückte enttäuschtes Seufzen, wagte es allerdings nicht, ihn am Hemd zu packen und wieder an mich zu ziehen.

Er blickte mich an, während er sich langsam aufs Bett sinken ließ. Unsicher trat ich von einem Bein aufs andere, weil ich keine Ahnung hatte, was gleich passieren würde. Ich bemühte mich, souverän zu wirken. Es war sinnlos. Immerhin hatte er sofort gemerkt, dass ich noch Jungfrau war. Abgesehen davon, dass ich mich selbst bereits geoutet hatte in Sachen mangelnder Erfahrung.

Seine blassblauen Augen funkelten im matten rotgoldenen Licht der Deckenlampe.

Ich beschloss, aktiv zu werden, und ging einen Schritt auf ihn zu. Doch er schüttelte den Kopf, wobei seine Augen glitzerten. Er lehnte sich auf der Matratze zurück und stützte sich mit den Ellbogen auf, was besonders lässig aussah.

„Zieh dich aus." Wie war das? Er sagte das so ruhig, als würde er mich bitten, ihm mal eben das Salz zu reichen.

Ein seltsamer Laut bildete sich in meiner Kehle. Ich unterdrückte ihn und versuchte, wenigstens halbwegs normal zu klingen. „Was?"

Er betrachtete mich. „Du wolltest doch wissen, wie das mit dem Vorspiel so läuft. Wolltest du nicht genau das von meinem Bruder lernen?"

Ich wurde knallrot.

„Tja, jetzt hast du mich dafür." Das hörte sich an, als wäre er nur zweite Wahl. Lächerlich. Klar, Logan war sexy, aber er sah aus wie der Leadsänger einer Boygroup. Aber Reece ... Reece war etwas vollkommen anderes. „Also los. Zieh dich aus."

Meine Hände begannen zu zittern. Hätte er mir nicht versichert, dass er nicht auf Jungfrauen steht, wäre ich vermutlich schreiend weggerannt.

Ich befeuchtete meine Lippen. Mein Bauch verkrampfte sich, da ich bemerkte, dass er jede meiner Bewegungen verfolgte. Ihm entging nichts. Ich schluckte und fragte: „Ist das nicht vielleicht die Art von Vorspiel, bei der man direkt zur Sache kommt?"

„Ich bin von uns beiden derjenige mit Erfahrung. Vertraust du mir oder nicht?"

Er lag so verführerisch auf den Laken, so unfassbar sexy. Als würde er jeden Abend Jungfrauen in der Bar aufgabeln und sie nach hier oben bringen. Obwohl ich nicht glaubte, dass das wirklich der Fall war, regte sich das hässliche Monster der Eifersucht in mir. Ich wollte gar nicht darüber nachdenken, ob er so etwas schon einmal getan hatte. Dass er sich auf sein Bett gelegt und ein anderes Mädchen aufgefordert hatte, es solle für ihn aus ihren Klamotten steigen. Insgeheim wünschte ich mir, ich wäre die Erste, die er mit in seine Wohnung genommen und von der er das verlangt hatte.

„Kann ich dir wirklich vertrauen?" Ich hob das Kinn etwas, um mutiger zu wirken – und war es nicht. „Ich meine, immerhin kennen wir uns kaum." Ich wusste eigentlich nur, dass er einer Frau mit Wagenpanne mitten in der Einöde zu Hilfe eilte, ohne die Situation auszunutzen. Und ich wusste, dass er gut mit Kindern zurechtkam. Und er wurde sauer, wenn man ihn mit seinem Bruder verwechselte und ihn für die männliche Barkeeper-Schlampe hielt. Er hatte also durchaus Skrupel.

„Es wird nichts geschehen, was du nicht willst“, beruhigte er mich. „Ich finde es einfach wahnsinnig sexy, wenn du dich vor mir ausziehst.“ Seine Mundwinkel zuckten. „Das macht mich total an. Und genau so was willst du doch lernen – wie man einen Mann anmacht. Und zwar einen ganz bestimmten, hab ich recht?“

Hunter. Ja. Sofort musste ich an ihn denken. Mein Ziel. Der Grund dafür, wieso ich hier war. Genauso war es. Ich nickte.

„Gut. Worauf wartest du also noch?“

Worauf wartete ich noch? Ich biss mir auf die Unterlippe und versuchte, eine Entscheidung zu treffen. Logik und Lust trieben mich an. *Ja. Tu es einfach. Tu so, als ob du keine Angst hättest, und fang endlich an zu leben!*

„Pass auf.“ Er setzte sich auf. „Ich mache mit – Schritt für Schritt“, schlug er vor. Na klar. Als ob es mir dadurch leichterfiele, mich vor ihm zu entkleiden.

Mit einem Rutsch streifte er sich das T-Shirt über den Kopf.

Wieder schnürte dieses unsichtbare Band meinen Brustkorb ein. Mein Gott, dieser Mann war so sexy! Ich verschlang ihn förmlich mit Blicken. Gebräunte Haut. Waschbrettbauch. Mir wurde der Mund trocken, und gleichzeitig lief mir das Wasser im Mund zusammen. Ich sah jetzt, dass sein Tattoo sich vom Arm bis auf die Brust erstreckte, so ein Tierdesign auf der linken Brust. Und ein Schriftzug über dem Brustkorb. Aber von da, wo ich war, konnte ich ihn nicht entziffern.

„Das ist doch albern“, stieß ich hervor, dabei war mir ganz schwindelig vor Lust. Mir war überhaupt nicht bewusst, dass ich das laut ausgesprochen hatte, bis ich meine eigenen Worte vernahm. Das Band um meine Brust schnürte sich noch enger.

Wieder grinste er und hob den Oberkörper leicht an. „Tipp Nummer eins: Sag nie zu einem Mann, er wäre albern, wenn er sich vor dir auszieht. Davon könnte er Komplexe bekommen.“

Schwer vorstellbar, dass Reece jemals einen Komplex entwickeln könnte. Dazu war er einfach viel zu heiß.

Ich betrachtete schmachtend seinen trainierten Oberkörper und den flachen Bauch mit den definierten Muskeln. Man musste ihn einfach anstarren. Seine Jeans saß ziemlich tief auf der Hüfte und entblößte den schwarzen Bund seiner Boxershorts.

„Du bist dran. Falls du genug geguckt hast."

Ich bezweifelte, dass ich davon jemals genug kriegen würde.

Aber ich wandte gehorsam den Blick von seinem Oberkörper ab und schaute ihm in die Augen. Seine Stimme klang auf einmal ganz anders, rauer und tiefer, und dieses Timbre verursachte mir eine Gänsehaut. Auch seine Augen sahen anders aus, irgendwie verhangen. Er betrachtete mich so intensiv, dass meine Hände zu zittern begannen, während ich an meinem Pullover nestelte.

Ich bekomm das hin.

Rasch zog ich ihn mir über den Kopf, bevor ich es mir anders überlegte. Ein Blick an mir herunter erinnerte mich daran, dass ich nicht den üblichen langweiligen weißen Baumwoll-BH anhatte. Gott sei Dank! Die blassrosa Satin-Cups pushten meine Brüste nach oben. Er musterte meinen Körper, sodass ich mir trotz des BHs nackt vorkam.

„Schön", raunte er leise.

„Danke."

„Du brauchst nicht dazustehen, als befändest du dich vor einem Erschießungskommando." Seine Worte trugen nicht unbedingt zu meiner Entspannung bei. Im Gegenteil, ich erschrak eher.

Blitzschnell streckte er einen Arm nach mir aus. Seine Finger erwischten mein Handgelenk, und er presste mich an sich, immer noch lächelnd. Zögernd ließ ich es geschehen, auf der einen Seite erleichtert, auf der anderen etwas enttäuscht, dass er meinen Striptease nun doch abkürzte. Aber die Erleichterung überwog.

Und da war wieder seine nackte Haut. Ich musste es einfach genießen. Er sah zum Anbeißen aus. Er sollte immer mit freiem Oberkörper herumlaufen! Oder besser doch nicht. Das würde nur Tumulte auslösen.

Reece ließ meine Hand los, und ich befand mich jetzt zwischen seinen gespreizten Beinen. Sein Körper strahlte eine herrliche Wärme aus. Es juckte mich in den Fingern, seine Schultern zu streicheln, seinen durchtrainierten Body – und seine Hitze zu spüren. Ich wollte jede Linie seines Tattoos mit dem Finger nachzeichnen.

„Weiter." Seine Stimme glitt wie Samt über meine Haut.

Ich schluckte. „Was?"

„Das Pink steht dir gut, aber du musst den BH ausziehen." Er zupfte sacht an einem Träger, fast ohne mich zu berühren.

Okay, er machte ernst. Aber den BH ausziehen? Panik stieg in mir auf. Reece war auf Augenhöhe mit meiner Brust. Ich wusste nicht, ob ich diese Nähe aushalten würde.

Natürlich wollte ich Erfahrungen sammeln, aber zäumten wir nicht gerade das Pferd von hinten auf? Konnten wir es nicht ein bisschen langsamer angehen? Die Anfänger-Version?

Seine Lippen zuckten. „Du denkst zu viel, das merke ich. Hör auf damit."

„Tust du so was auch mit anderen Frauen, mit denen du nicht schlafen willst?", fragte ich und erkannte meine Stimme kaum wieder. Sie klang dünn und heiser.

„Das tue ich mit dir." Er legte mir die Hände auf die Hüfte. „Komm, mach weiter."

Vielleicht war es der herausfordernde Ton in seiner Stimme – oder mir wurde klar, dass er recht hatte. Ich grübelte zu viel. Also griff ich nach hinten und öffnete den Verschluss meines BHs. Innerhalb einer Woche war ich zu einer Person mutiert, die sich vor einem Mann entkleidete. Dabei war ich eben noch die gewesen, die noch nie richtig geküsst worden war. Außerdem spielte der Mann, vor dem ich gerade die Hüllen fallen ließ, eindeutig nicht in meiner Liga. Viel zu sexy für mich.

Hör endlich auf zu denken, Pepper.

Ich drückte beschämt die Körbchen an mich, damit sie nicht herunterrutschten.

Das hat nichts mit denken zu tun. Das ist Instinkt.

Er beobachtete mich dabei, wie ich aus Angst vor der totalen Entblößung verkrampft die Hände vor die Brust hielt.

Schließlich hob er eine Hand. Dabei blickte er mich unverwandt an. Er zog einen BH-Träger herunter und streichelte mich. Sanft. Und schon glitt der Satinstoff von meiner linken Schulter. Ein Schauer durchrieselte mich. Ich bekam eine Gänsehaut, und alles in mir spannte sich an.

Es war nur eine kleine Geste. Ein Träger, der eigentlich kein Schutz war, aber damit war die Barriere gefallen. Jetzt nahm er den anderen Träger in Angriff. Noch einmal eine kurze Berührung, und er hatte ihn mir von der Schulter geschoben. Noch mehr Gänsehaut.

Immer noch drückte ich die Cups an meinen Körper. Reece sah mich an und umfasste meine Handgelenke. Der BH fiel zu Boden.

Obwohl mir heiß war – weil er mich heißmachte –, fröstelte ich auf einmal. Meine Brustwarzen stellten sich auf und wurden hart. Okay, es lag an ihm. Er starrte mich an, und seine Augen erschienen mir unglaublich hell und strahlend in dem schwach beleuchteten Zimmer.

So nackt hatte ich mich noch nie gefühlt. Ich zog mich ja nicht einmal vor den anderen Mädchen aus. Ich war immer diejenige, die von der Umkleide eilig in die Dusche raste und schnell in ihre Klamotten schlüpfte, indem sie den anderen den Rücken zudrehte. Schon allein deswegen war das hier ein riesiges Ereignis. Etwas noch nie Dagewesenes.

Und ich konnte mich nirgends verstecken.

Er legte seine Finger auf meinen Brustkorb, gleich unterhalb der Brüste. Dennoch zuckte ich zusammen, als hätte er mich dort angefasst. Seine Daumen berührten nicht einmal den Ansatz meiner Brüste, aber mir war bewusst, wie nah sie ihnen kamen.

Dann holte er mich zu sich aufs Bett. Ich spürte die Matratze unter mir. Er streckte sich neben mir aus, ein muskulöser Arm lag neben meinem Kopf. Ein Bein schlang er mir um die Hüfte und drückte mich an sich. Ich schluckte und hielt die Luft an. Das war zu viel für mich. Das ging mir alles viel zu schnell.

„Du bist schön. Und deine Haut ist so weich." Er strich über meinen Bauch, und ich erschauerte. Immer noch hielt ich die Luft an. Mir war, als könnte ich nie mehr atmen.

Unsicher presste ich die Hände auf die Brust. Doch er war schneller als ich und schob sie wieder weg. Ich stieß einen Seufzer aus und nahm all meinen Mut zusammen. Verkrampft hielt ich die Arme an die Seite. Ich wollte die Situation genießen und mich nicht aufführen wie eine verängstigte Jungfrau. Die ich allerdings war.

Mein Nacken wurde ganz heiß und auch mein Gesicht. Ich wartete ab, ob er mit seinen Händen meine Brüste umschloss und an mir herumzufummeln begann, wie ich es bei jedem anderen Kerl prophezeien würde. Aber das tat er nicht.

Stattdessen beugte er sich über mich, sodass ich seinen warmen Atem auf meinem Ohr spürte. Ich richtete mich ein bisschen auf. „Du musst dich entspannen. Du sollst Spaß haben."

„O...okay." Meine Stimme zitterte.

„Verkrampft und nervös ist nicht besonders sexy."

„Ich mache dich also nicht an?", entfuhr es mir. Peinlich, wie ich mich verhielt. Ich war hier, um zu lernen, und versagte auf ganzer Linie.

„Doch, das tust du. Keine Sorge." Er ließ die Hand durch mein Haar gleiten und schob es mir aus dem Nacken. „Ich meine nur ganz generell. Wenn du mit jemand anderem im Bett bist, wünscht sich derjenige vielleicht auch ein bisschen Aktion von dir. Lieg nicht da wie ein Brett."

Sein Mund lag jetzt auf meiner Wange, gleich neben meinem Ohr. *Mit jemand anderem.* Die Worte kullerten durch meinen Kopf wie Murmeln. Gerade konnte ich überhaupt nicht an jemand anderen denken. Konnte mir niemanden vorstellen bis auf ihn und seine Lippen auf meiner Haut. Seine Hand auf meinem Bauch, seine gespreizten Finger, die mich so sachte, so zart streichelten.

Und in diesem Moment vergaß ich alle meine Ängste. Ich vergaß sogar die Tatsache, dass ich mich vor ihm total entblößt hatte. Ich hatte mich noch nie jemandem so entblößt und verletzlich gezeigt.

Innerlich starb ich tausend Tode, dennoch sehnte ich mich nach seinen Berührungen. Ich hoffte, er würde weitermachen – und dann wieder nicht. Alles gleichzeitig.

Wieder war sein Mund an meinem Ohr, sein Atem strich über die hypersensible Ohrmuschel. Ich wollte mehr. „Dein Partner möchte, dass du genauso heiß auf ihn bist wie er auf dich."

Wieder dieser Hinweis auf meinen potenziellen zukünftigen Lover, den Kerl, für den ich das hier tat. In diesem Moment wollte ich mir diesen Kerl – Hunter – gar nicht vorstellen. Ich war nicht mit ihm hier, sondern mit Reece. Ich wollte jetzt nicht an Hunter denken, ich wollte nur noch eins: spüren.

Ich drehte Reece das Gesicht zu, sodass unsere Lippen nur noch Millimeter voneinander entfernt waren. „Und das tust du gerade? Du machst mich heiß?" Ich wusste nicht, was diese Frage sollte. Meine Stimme klang kehlig und verführerisch.

„Das musst du mir schon sagen. Mache ich dich heiß?"

Ich schluckte und wollte ihm gestehen: ja, schon lange. Aber in diesem Moment biss er mir zärtlich ins Ohrläppchen, und ich schrie erschrocken auf. Es war so unerwartet schön.

Er stöhnte leise, und endlich fasste er mich an.

Ein wildes Gefühl jagte das nächste. Sein Mund auf meinem Ohr. Seine Hand auf meinen Brüsten. Ich atmete schwer, während er meine Brust mit einer Hand ganz umschloss. „Ich liebe deine Brüste."

Mein Kopf fiel nach hinten, und ich packte Reece an den Schultern. Plötzlich war meine Schüchternheit wie weggeblasen. Ich umklammerte ihn, drückte ihm meine Fingernägel ins Fleisch. Wie Seide auf Stahl fühlte sich das an. Es war berauschend, ihn zu berühren, seine Kraft zu erahnen, seine Muskeln zu spüren.

Er begann, mit meiner Brustwarze zu spielen. Ich keuchte auf, sowie er sie mit dem Finger umkreiste. Und plötzlich nahm ich ein unbekanntes, pulsierendes Verlangen zwischen meinen Schenkeln wahr. Ich wand mich, um es zu lindern.

Unsere Münder und Zungen fanden sich. Keine Spur mehr von Unsicherheit.

Reece löste sich von mir und liebkoste jetzt meinen Busen mit dem Mund. Es fühlte sich warm und feucht an.

Ich stieß einen ungekannten Laut aus, irgendein Geräusch, das nichts mehr mit einem verständlichen Wort zu tun hatte.

Plötzlich meldete sich mein Handy. Ich verspannte mich. Doch Reece hörte nicht auf, als wenn er nichts mitbekommen hätte. Sein Mund verwöhnte mich und genoss mich, als wäre ich eine seltene Spezialität. Als wären wir die beiden einzigen Menschen im Universum, als gäbe es die Leute unten in der Bar nicht mehr. Als würde in meiner Tasche kein Telefon klingeln.

Die Melodie erstarb, und ich fragte mich nicht, wer das wohl gewesen war. Aber eigentlich war es klar.

Kurz darauf vibrierte das Handy. Eine SMS. Ganz sicher hatte er es auch gespürt, denn er lag ja auf mir, doch wir ignorierten es beide. Auch beim zweiten und dritten Mal.

Beim vierten Mal richtete er sich grummelnd auf. „Das hört nicht auf."

Er setzte sich auf und fasste in meine Hosentasche. Ich biss mir auf die Backentasche, da ich seine Finger auf meinem Schenkel spürte. Das war mir dann doch ein bisschen zu intim.

Er zog mein Smartphone heraus. Statt es mir zu geben, wie ich erwartet hätte, begann er zu tippen.

„Was tust du?"

Schon war er fertig und warf das Telefon ans Kopfende des Bettes. Danach war er wieder über mir. Ich erbebte, sowie ich seine nackte Haut auf meiner fühlte, auf meinen Brustwarzen, die noch feucht von seinen Liebkosungen waren.

Meine Stimme klang zittrig. „Was hast du geschrieben?"

Sein Atem streifte meine Lippen. „Dass du heute Nacht bei mir bleibst."

13. KAPITEL

Oh. Mein. Gott. Ich war wie elektrisiert. Diese Empfindung verstärkte sich, sowie er seine Lippen erneut auf meine senkte. Er hatte sich zwischen meine Beine geschoben, und ich war erstaunt, wie natürlich mir das vorkam. Seine Hand tastete nach meinem Hosenbund. Seine Finger glitten darunter und in meinen Slip unterhalb des Bauchnabels.

Es fühlte sich gut an, dennoch stieg Panik in mir auf. Stöhnend griff ich nach seinem Handgelenk.

Er gehorchte, nahm die Hand wieder aus meinem Höschen. Sofort wurde ich ruhiger. Offensichtlich hielt er Wort. Er würde nichts machen, was ich nicht wollte. Dieses Wissen gab mir ein neues Gefühl von Macht. Ich konnte alles tun. Ihn küssen. Ihn berühren. Seinen Körper erforschen, ohne Angst haben zu müssen, dass er mehr von mir verlangte, als ich ihm zu geben bereit war.

Meine letzten Bedenken schwanden. Ich strich ihm durchs Haar. Es war so glatt und seidig. Ich ließ meinen Finger an seinem Kopf entlangwandern, spürte die weiche Haut seines Nackens. Unser Kuss wurde inniger, und ich presste meine Lippen auf seinen Mund und spielte mit seiner Zunge. Er stöhnte und murmelte: „Ich mag es, wenn du mich anfasst."

Ja, das gefiel mir auch. Ich war frei, alles zu tun. Ich durfte seine weiche Haut und seine harten Muskeln berühren. Ich streichelte seine breiten Schultern und seinen Rücken. Ich genoss es, die weichen kurzen Härchen und die Bartstoppeln in seinem Gesicht zu spüren.

„Du bist echt süß", flüsterte er mir zu, während ich an seiner Wange entlangfuhr.

Seine Finger verschwanden unter mir, er umschloss meinen Po und zog mich näher an sich. Ich konnte seine Erektion ganz deutlich fühlen. Ungekanntes Verlangen erfüllte mich. Jetzt begann er, sich sanft hin und her zu bewegen, und ich löste meinen Mund von ihm. Man hörte nur noch unser Keuchen.

Er schob eine Hand zwischen unsere Körper und strich über die Stelle zwischen meinen Schenkeln. Ich schrie kurz auf und hob meine Hüfte, damit ich seine Berührung intensiver empfinden konnte. Er ließ die Finger über den Jeansstoff gleiten, und mit jeder Bewegung verstärkte er den Druck. Dann berührte seine Hand den magischen Punkt. Ich begann zu zittern. Ich umklammerte ihn fest und kreiste mit dem Becken.

„Oh Gott!" *Hilfe.* Ich schloss die Augen und biss mir auf die Lippe, damit ich nicht zu laut wurde. Er ließ mich tatsächlich kommen. Einfach so. Ganz leicht. Ich hatte sogar noch die Hose an.

„Halt dich nicht zurück. Alles gut", sagte er schwer atmend. „Ich will dich hören."

Da ließ ich mich gehen. Ich schrie meine Lust heraus, reckte mich ihm entgegen, hob meine Hüften wild auf und ab. Diese Geräusche klangen nicht nach mir. Das war ein Tier, besessen von Lust und leidenschaftlichen Emotionen. Ich verspürte eine unglaubliche Sehnsucht in mir. Und die Worte flogen aus meinem Mund: „Oh Gott. Oh Gott. Oh Gott."

Er lachte kurz, und sein Atem kitzelte meinen Hals. Schon war sein Mund wieder auf meiner Brustwarze. Hinter meinen geschlossenen Augenlidern explodierten Funken. Ich keuchte und zerkratzte ihm mit meinen Fingernägeln die Schultern und erbebte in seiner Umarmung, wieder und immer wieder. Dann war alle Spannung vorbei. Ich fühlte mich schwerelos.

Er umschlang mich, und wir lagen in Löffelchenstellung da. Ich bemerkte, dass er immer noch hart war. Sein Höhepunkt stand noch aus.

Nachdem ich mich halbwegs erholt hatte, fühlte ich mich ganz seltsam. Ich wusste einen Moment lang nicht, was ich sagen sollte.

Was sagte man nach seinem ersten Orgasmus? *Noch mal dasselbe, bitte?* Ich drehte mich mit dem Gesicht auf die Matratze, damit er nicht mitkriegte, wie ich über meinen eigenen Scherz lachen musste.

Reece erhob sich, während ich liegen blieb und nervös mit einer Haarsträhne spielte. Ich hatte keinen Schimmer, was ich tun sollte. Plötzlich machte es „klick", und das Licht ging aus. Ich hörte etwas rascheln, dann spürte ich eine weiche Decke auf mir. Im selben Moment glitt Reece zu mir darunter, legte den Arm um meine Hüfte und zog mich an sich. Ich wartete, was als Nächstes passieren würde. War das jetzt der Augenblick, in dem er versuchte, mich zum Sex zu überreden? Ich spürte immer noch seine Härte, die mich aufregte und irritierte, und auch dieses sehnsüchtige Gefühl zwischen meinen Beinen kehrte zurück. Ich presste die Schenkel zusammen, um das beinahe schmerzhafte Pochen zu lindern.

Nichts. Kein Wort. Er rührte sich nicht.

Und dann verschwand seine Erektion. Auf einmal hob und senkte sich seine Brust in regelmäßigem Rhythmus. Unglaublich. Er war eingeschlafen!

Ich war wie erstarrt, wie ein Brett in seinen Armen. Ich bezweifelte, dass ich jemals wieder schlafen konnte.

Das war mein letzter Gedanke, bevor der Schlaf mich umhüllte.

Ich wachte auf. Meine Beine waren in die längeren, schwereren Beine eines Mannes verschlungen. Das war neu.

Mein Gesicht brannte und andere Teile meines Körpers auch, wenn ich an die letzte Nacht dachte. Sofort verkrampfte ich mich. Ich lauschte auf meine Umgebung. Die feine Behaarung der Männerbeine, die sanft auf meinen säuberlich rasierten Beinen ruhten – eine völlig fremde Erfahrung. Ich atmete tief ein und roch den Duft des Bettgestells aus Zedernholz – und noch etwas anderes. Ein Geruch, den ich kannte. Ich roch Reece. Das war sein Geruch. Die Seife und der Moschus und das Salz auf seiner Haut. Noch nie hatte ich den Geruch eines anderen Menschen erkannt. Außer natürlich den von Mom und Gram. Gram roch immer nach Waschmittel und ihrem Einreibemittel. Nicht unangenehm. Mom dagegen nach Zigarettenrauch und abgestandenem Alkohol. Unangenehm.

Ich drehte den Kopf nach rechts. Das Zimmer war in mattes Licht getaucht, das durch die Jalousien hereindrang. Ich betrachtete Reece im Blau der Morgendämmerung. Einen Arm hatte er über den Kopf gestreckt, der andere ruhte an seiner Hüfte. Wenigstens hielt er mich nicht mehr umklammert wie sein Lieblingskissen. Ich war frei.

Im Schlaf wirkte er jünger. Am liebsten hätte ich sein Gesicht gestreichelt. Seinen Stoppelbart. Jetzt konnte ich seine Tätowierung richtig betrachten, die nur wenige Zentimeter unter der Achsel endete. Ich versuchte, im schummrigen Licht die Schrift zu entziffern. *Führe mich auf den Felsen, der mir zu hoch ist!* Ein Bibelvers? Erstaunlich, dass ihm diese Worte etwas zu bedeuten schienen. Und gleich so viel, dass er sie sich in die Haut hatte stechen lassen. Das war eine neue Seite an ihm. So viel Tiefgang hatte ich ihm gar nicht zugetraut.

Ich löste meine Beine aus dem Knäuel und unterdrückte einmal mehr den Wunsch, ihn zu berühren. Schließlich stand ich auf, suchte auf dem Fußboden nach BH und Oberteil, die verdreht neben dem Bett lagen.

Während ich mich anzog, beobachtete ich Reece. Ganz sicher würde er gleich aufwachen und mich mit seinen blauen Augen anstrahlen. Mein Herz hämmerte wie verrückt, während ich in meinen zweiten Schuh schlüpfte und dabei auf einem Bein balancierte.

Ich nahm mein Handy, das sich immer noch auf der Matratze befand, und war bereit zu verschwinden. An der Treppe blieb ich noch einmal stehen und ließ meinen Blick über seinen attraktiven Körper wandern. Er sah aus wie so ein sexy Typ aus der Parfüm-Werbung. Ich holte tief Luft.

Wie erleichtert ich war, dass er nicht aufgewacht war! Doch das war nicht alles. Ein unangenehmes Gefühl breitete sich in meiner Magengrube aus. Irgendwie fühlte es sich nicht richtig an, sich einfach so davonzustehlen. Ohne ein Wort. Wie ein Dieb in der Nacht. Es fühlte sich fast an wie Betrug. Was natürlich albern war. Das war eben ein typischer One-Night-Stand gewesen. Ohne Verpflichtungen. Ohne Bedingungen. Außerdem hatten wir nicht mal richtigen Sex gehabt. Wir hatten es nicht nötig, uns verlegen anzustarren und diese unangenehmen, verlogenen Gespräche zu führen, in denen man einander versprach, sich zu melden. Darum ging es bei uns gar nicht. Reece wusste genau, wieso ich mit ihm hochgekommen war, wieso ich mich ihm hingegeben und all diese unfassbaren Dinge getan hatte. Wir wussten es beide. Er brauchte keine Angst zu haben, dass ich jetzt an ihm klebte und ihn permanent mit meiner Anwesenheit belästigte, bis über beide Ohren verliebt und fest davon überzeugt, dass er die Liebe meines Lebens war.

Und dennoch zögerte ich einfach abzuhauen. Ich musste mich noch endgültig davon überzeugen, dass es wirklich in Ordnung war zu verschwinden. Ich konnte mir aber eben einfach nicht vorstellen, was ich zu ihm sagen sollte, wenn ich dablieb und wir später gemeinsam aufwachten. Danke, ich habe gekriegt, was ich wollte. Und er … Ich runzelte die Stirn, denn ich hatte keine Ahnung, was er von der ganzen Nummer überhaupt gehabt hatte. Ich hatte nicht mit ihm geschlafen. Und er hatte nicht mal …

Mir schoss das Blut ins Gesicht. Ein eindeutiger Beweis dafür, wie peinlich und unerfahren ich immer noch war. Ich konnte nicht einmal diesen Gedanken zu Ende führen! Wie kann man nur von den eigenen Gedanken rot werden? Aber so war es nun mal. Ich schämte mich, wenn ich daran dachte, dass er es mir gemacht hatte – und ich hatte mich nicht revanchiert.

Schließlich wandte ich den Blick von ihm ab und stieg leise die Treppe hinunter, wobei ich Emerson eine SMS schickte, dass sie mich abholen sollte. Ich musste dringend nach Hause. Ich musste heute arbeiten. Und lernen.

Ich zuckte zusammen. Waren das nicht alles nur Ausflüchte? Dabei war mir doch klar, was Sache war.

Ich rannte verängstigt davon!

Kaum saß ich in Emersons Wagen, begann die große Inquisition. Die ganze Heimfahrt. Sie ließ mir keine Ruhe. Aber ich konnte wohl auch kaum erwarten, dass ich die Ereignisse der letzten Nacht für mich behalten könnte.

Zu Hause angekommen, ließ sich Emerson auf mein Bett fallen. Sie trug immer noch ihre Pyjamahose und ihr Schlafhemd. Jetzt kickte sie ihre Schuhe weg und hockte sich auf ihre Fersen. Ihr kurzes Haar rahmte ihr noch ungeschminktes Koboldgesicht ein. Offensichtlich hatte sie gestern Abend noch geduscht. Ihr Gesicht war ganz natürlich, ohne eine Spur von Make-up. Sie sah absolut hinreißend aus und eher wie fünfzehn statt zwanzig.

Sie schüttelte den Kopf, doch es lag eine Spur Bewunderung darin. „Ich hätte nie gedacht, dass du eines Tages mal um sieben Uhr morgens nach Hause kommen würdest, nachdem du eine Nacht mit einem Typen verbracht hast. Ich meine, ich bin diesen Weg der Schande unzählige Male gegangen, aber du? Unfassbar!“

Ich wedelte mit einer Hand. „Bitte."

Sie hob den Kopf und brüllte ins Nachbarzimmer: „Georgia! Sie ist zurück!" In ihren Augen funkelte Anerkennung. „Ich finde, das sollten wir mit ein paar Pfannkuchen zum Frühstück feiern!"

„Ich habe nicht Geburtstag, Emerson."

„Na ja." Sie zog eine Braue hoch. „Irgendwie schon."

Georgia kam hereingeschlurft. Anscheinend war sie schon eine Weile wach. Sie war eine Frühaufsteherin und musterte mich genau, als suchte sie nach Spuren von Verletzungen oder so was. „Alles in Ordnung?"

„Ja. Alles super." Ich nickte.

„Ich hab dir doch gesagt, es geht ihr gut", entgegnete Emerson. Sie schaute mich an. „Georgia hat sich Sorgen gemacht. Diese SMS ... hat er geschickt, oder?"

Ich nickte wieder.

Sie grinste. „Oh Mann! Das war so scharf."

Ich lächelte matt und ließ mich auf meinen Sessel sinken. Georgia schob Emerson zur Seite und hockte sich zu ihr auf die Matratze.

„Also, dann erzähl mal", forderte Emerson mich auf. „Wie war es? Wie war er?"

„Es war ..." Meine Stimme stockte. Plötzlich war es mir unangenehm, den beiden von letzter Nacht zu berichten. Das verwirrte mich. Ich meine, es war nur ein One-Night-Stand. Es war nichts Besonderes. Okay, ich konnte jetzt die wichtigen Stationen eins, zwei und drei in meinem bisher erfahrungsfreien Sexleben abhaken. Das war schon etwas Besonderes. Aber Reece ... *Wir* ... Nein, es gab kein *wir*.

Meine Freundinnen blickten mich erwartungsvoll an.

„Es war nett", sagte ich schließlich. „Er war ... Er war nett."

Emerson starrte mich an. „Nett?"

„Hmm."

„So schlimm?“, erkundigte sie sich. „Das tut mir leid.“

Ich blinzelte. „Was? Nein! Nein. Er war fantastisch. Er …“ Wieder verhaspelte ich mich.

Eindringlich musterte mich Georgia.

Emerson warf ein Kissen nach mir. „‚Nett‘ ist ein anderes Wort für ‚scheiße‘. Jetzt erzähl endlich!“

„Em, sie will nicht!“

Emerson schaute Georgia fassungslos an. „Jetzt komm schon. Das war ihr erstes echtes Date. Und der Typ ist heiß!“ Sie blickte wieder mich an. „Das darfst du uns nicht vorenthalten!“ Sie riss die Augen auf, beugte sich vor und flüsterte mir zu: „Ich verstehe! Habt ihr?“ Sie führte mit den Fingern einen kleinen Tanz auf, der damit endete, dass ihre Finger ineinander verhakt waren.

„Nein!“ Ich schmiss das Kissen zurück.

Lachend fing sie es auf. „Dann erzähl endlich, was passiert ist!“

„Drücken wir es mal so aus: Vor dir sitzt eine Frau mit ganz neuen Erfahrungen.“

Sie atmete laut. „Na gut. Du willst mit uns nicht schlüpfrige Details teilen. Doch kannst du uns wenigstens verraten, ob du ihn wiedersehen wirst? Oder ist deine Ausbildung damit abgeschlossen?“

Mit ihren Fragen befeuerte sie mein Bedürfnis wegzurennen. Ich stand auf und holte mir frische Sachen aus dem Schrank. In einer Stunde musste ich auf der Arbeit sein. „Hm. Ich weiß nicht.“ Ich kramte in meinen Arbeitsklamotten, damit ich ihr nicht in die Augen schauen musste.

„Das weißt du nicht?“ Georgia klang besorgt. „Jetzt sag nicht, dass er dich heute Morgen weggeschickt hat. Was für ein Arsch!“

Ich versuchte ein Schulterzucken. „Er hat noch geschlafen, als ich gegangen bin.“

„Was?“ Em war perplex. „Ich glaub’s nicht! Du lässt ihn in einem leeren Bett aufwachen?“

Mit dem Duschzeug in der Hand betrachtete ich meine Freundinnen. „Ja.“ Mir fiel die Unsicherheit in meiner Stimme selbst auf.

Emerson und Georgia starrten sich an.

„War das etwa falsch?“, flüsterte ich.

„Nur ein bisschen krass, Pepper.“ Das musste ich mir von einer Frau sagen lassen, die noch nie eine Nacht mit einem Mann verbracht hatte.

„Wieso?“ Ich sah sie erstaunt an. In meinem Magen rumorte es.

„Du hast dich nicht mal verabschiedet?“, hakte Georgia ungläubig nach.

„Wow“, murmelte Emerson. „Ich hätte dich nie für eine von diesen Tussis gehalten, die einen Typen nur ausnutzen.“

Mein Gesicht brannte. „So ist es nicht.“

Georgia bedachte mich mit einem mitleidigen Blick. „Aber genau das wird er denken, wenn er wach wird.“

Ich biss mir auf die Unterlippe, und das saure Gefühl in meinem Bauch verstärkte sich. „Ich konnte einfach nicht anders. Und nein …“ – ich schaute Emerson an – „nicht etwa, weil es so schlimm war. Es war mir einfach peinlich, schätze ich mal.“

„Das wird schon klargehen. Er ist ein Kerl. Wahrscheinlich denkt er gar nicht groß darüber nach“, bemühte Emerson mich zu beruhigen, was mich allerdings nur wütend machte. Ich war ein wandelnder Widerspruch. Ich wollte nicht, dass er sich ausgenutzt vorkam, aber ich wollte auch nicht, dass es ihm egal war, ob ich noch da war, wenn er aufwachte. Oh Mann. Was war bloß los mit mir?

Kopfschüttelnd ging ich zur Tür. „Ich muss jetzt mal unter die Dusche und mich für die Arbeit fertig machen.“

„Hey, selbst wenn er beleidigt ist, ist das mal was anderes. Soll sich ruhig mal der Mann ausgebeutet fühlen!“, rief Emerson mir hinterher.

„Danke“, erwiderte ich und fragte mich, was aus mir geworden war. Wann war ich zu dieser Person geworden, die den heißen Barkeeper verführte und dann abhaute, bevor er aufwachte? Wie schäbig von mir! Das erinnerte mich alles zu sehr an diese verdammte Vergangenheit, der ich zu entfliehen versuchte.

14. KAPITEL

Es war fast ein Uhr, als die Campbells nach Hause kamen und mir mein Geld für den Abend gaben. Während ich die einsame Landstraße entlangfuhr, musste ich unweigerlich an Reece denken. Vor allem, als ich die Stelle passierte, wo ich mit meinem Wagen liegen geblieben war. Wo wir uns zum ersten Mal begegnet waren.

Im Getränkehalter klingelte mein Telefon. Ein rascher Blick aufs Display verriet mir, dass es Emerson war. Ich ging dran, wobei ich mit nur einer Hand weiter lenkte. Sofort hörte ich im Hintergrund Lärm und laute Musik.

„Hallo?“, rief ich.

„Bist du endlich fertig?“ Sie schrie genauso laut wie ich und klang ganz aufgeregt. „Du schuftest zu viel, meine Liebe.“

Das sagte ausgerechnet eine, die noch nie arbeiten musste. Ich verdrehte die Augen. „Ja, ich bin auf dem Heimweg.“

„Dann komm doch her! Ich bin mit Suzanne unterwegs.“

„Nein, lass mal.“

„Spaßbremse! Du-weißt-schon-wer ist übrigens auch hier.“

Meine Brust wurde plötzlich eng. „Lass gut sein. Ich bin zu müde.“

„Jetzt sei doch nicht so langweilig! Hast du keine Lust auf eine zweite Runde mit ihm? Er ist echt heiß. Du solltest mal sehen, wie diese Tussi gerade versucht, seine Aufmerksamkeit auf sich zu lenken. Du musst dringend herkommen und deinen Mann verteidigen!“

Ich versuchte gar nicht erst, ihr zu erklären, dass er nicht mein Mann war. Emerson hatte eindeutig schon zu viel intus. Wahrscheinlich würde sie meinen Worten gar nicht folgen können. „Fährt Suzanne?“

„Ja, Mama. Und sie hat keinen Tropfen getrunken. Letzte Woche hat ein Türsteher vom Freemont's nämlich ihren Ausweis einkassiert." Sie fing an zu lachen. Ich hörte, wie Suzanne sie im Hintergrund beschimpfte.

„Benimm dich", erwiderte ich. „Ich leg jetzt auf."

Emerson begann zu buhen. Lächelnd drückte ich sie weg. Ich lächelte immer noch, während ich die Stadtgrenze erreichte. Doch das Lächeln verschwand, als ich noch einmal über Emersons Worte nachdachte. Plötzlich tauchte das Bild vor mir auf, wie Reece den ihn anhimmelnden Frauen Getränke servierte. Und schon war ich nicht mehr auf dem Weg nach Hause.

Bevor ich mich versah, fuhr ich in Richtung Mulvaney's.

Es war voll wie jeden Abend, aber anscheinend machten sich die Ersten schon auf den Heimweg durch die kalte Nacht. Ich blickte auf mein Handy. Es war nur noch eine halbe Stunde geöffnet. Wahrscheinlich war schon letzte Runde. Ich wusste, dass es wenig Sinn hatte, so spät noch hier aufzuschlagen, doch jetzt war ich nun mal hier. Natürlich war ich vollkommen falsch angezogen, in meinem übergroßen Uni-Sweatshirt, Jeans und Turnschuhen. Lichtjahre entfernt von den Mädels in den knappen sexy Outfits, in denen sie sich draußen ihre kleinen Hintern abfrieren würden.

Mein Haar hatte ich zu einem losen Zopf geflochten. Ich war ungeschminkt, allerdings war mir das egal. Ich war schließlich nicht hier, um jemanden aufzureißen. Aber ich war auch nicht nur hier, um Emerson zu treffen. Ich liebte diese Frau, doch auf Party mit ihr und Suzanne hatte ich heute Abend keine Lust. Ich wollte nur kurz Reece sehen. Er musste mich ja gar nicht bemerken. Aber ich hatte irgendwie Sehnsucht nach ihm, und die konnte ich nicht unerfüllt lassen.

Ich bewahrte Abstand zum Tresen und erspähte Emerson mitten in einer Gruppe von Typen. Natürlich. Sie warf die Arme in die Luft und quietschte, sowie sie mich entdeckte. Zur Begrüßung schlang sie die Arme um meinen Nacken und umarmte mich, als hätte sie mich seit Wochen nicht gesehen.

„Du bist so rührselig, wenn du betrunken bist", begrüßte ich sie. Ich war wenig begeistert über die Aufmerksamkeit, die sie mir schenkte.

Sie machte sich los und wackelte mit dem Zeigefinger vor meiner Nase. „Ich bin nicht betrunken."

Ich schaute Suzanne an, die eindeutig nüchtern war und leicht verärgert wirkte. „Ja, sie hatte ein paar Drinks."

„Okay, okay, okay, okay. Ich erzähl euch was. Ich erzähl euch was." Oh ja. Eindeutig betrunken. Immer wenn Emerson blau war, sagte sie alles zwei Mal. Erneut schmiss sie die Hände in die Luft. „Ich habe ihn gerade an der Bar erblickt." Ich zuckte zusammen, weil sie so laut war. Ihre Stimme übertönte sogar den Lärm im Laden.

„Psst." Ich riss ihre Hände herunter, doch sie sprach noch viel lauter weiter.

„Ich habe ein Auge auf ihn gehabt. Und diese Tussi in dem roten Oberteil? Ich wollte mich für dich um sie kümmern, aber meine Aufseherin hier hat es nicht erlaubt."

Ich warf Suzanne einen dankbaren Blick zu. „Wir sollten jetzt nach Hause fahren."

Suzanne nickte nur kurz. Die Typen gaben enttäuschte Laute von sich. Emerson wedelte wieder mit den Armen in der Luft herum und fing ebenfalls an zu jammern. „Och. Sie hätten so gern, dass ich noch bleibe."

„Das denke ich mir. Tut mir leid, Jungs." Ich legte Emerson einen Arm um die Taille.

Als wir durch die Bar zum Ausgang gingen, schaute ich rasch zur Theke. Von Reece keine Spur. Eine dröhnende Stimme verkündete die letzte Runde, und die Leute strömten nach draußen. Wir kamen nur langsam voran in dem Gedränge.

Überlaut dröhnte Emersons Stimme in mein Ohr. „Oh! Hey! Hallo, Reece. Guck mal, Pepper. Da ist Reece!“

Reece tauchte plötzlich genau vor uns auf und starrte mich mit ausdrucksloser Miene an.

„Hallo“, sagte ich hohl.

Er musterte mich. Mir fiel wieder ein, wie ich aussah. Kein Make-up. Haare durcheinander. Apfelmus auf dem Sweatshirt. Na toll.

„Was tust du denn hier?“ Nicht gerade eine freundliche Begrüßung. Hatte ich neuerdings Hausverbot?

Eine peinliche Stille entstand, die mir umso mehr auffiel, weil es um uns herum so laut war. Doch wir standen da und schwiegen.

Ich trat nervös von einem Bein aufs andere und war mir der neugierigen Blicke von Emerson und Suzanne bewusst, die zwischen uns hin- und herguckten wie bei einem Tennismatch. „Darf ich etwa nicht hier sein?“ Ich bereute die Frage sofort. Am Ende sagte er mir gleich, ich sei tatsächlich nicht mehr willkommen. Sein eisiger Gesichtsausdruck ließ darauf schließen.

Doch er verschränkte die Arme vor der Brust, wodurch der tätowierte Flügel auf seinem Oberarm bebte. Auf einmal hatte ich Schmetterlinge im Bauch, denn ich musste daran denken, wie ich diesen Bizeps gestreichelt hatte.

Er betrachtete mich noch einmal, und mir wurde knallheiß, da mir einfiel, dass er ja wusste, wie ich unter meinen wenig schmeichelhaften Klamotten aussah. Zumindest obenrum. „Ich erinnere mich, dass du es letztes Mal ziemlich eilig hattest, von hier wegzukommen.“ Er neigte den Kopf zur Seite und fuhr fort: „Oder hattest du es nur eilig, aus meinem Bett wegzukommen?“

Ich holte hörbar Luft.

„Ohhh. Verdammt noch mal, Pepper!" Ich funkelte Emerson wütend an. Sie zuckte mit den Schultern und schaute mich entschuldigend an. „Ich hab dir erklärt, so was macht man nicht."

War sie mir wirklich gerade in den Rücken gefallen? Und hatte er das gerade wirklich gesagt?

„Hey. Alles gut." Er hielt beschwichtigend eine Hand hoch. „Mir ist klar, dass du mich nur benutzt hast, allerdings hätte ich nicht gedacht, dass ich dir nicht mal ein ‚Auf Wiedersehen!' wert bin."

Offensichtlich war er fertig mit mir, denn er schob sich durch die Menge zurück an die Bar.

„Dein Mund steht auf", entgegnete Suzanne.

Ich schloss ihn mit einem lauten Knacken.

„Alter!" Emerson starrte Reece hinterher. Dann drehte sie sich zu mir um. Ich wartete auf den Rat, den sie mir gleich geben würde. Doch sie meinte nur: „Der Typ ist heiß."

Verächtlich schnaubte ich. „Ja. Das sagtest du bereits."

„Und du hast ihn abserviert? Wow. Ich wollte nur, dass du mal dein Schneckenhaus verlässt, doch offensichtlich habe ich ein Monster erschaffen. Wie bist du nur zu so einer Schlampe geworden?" In dem sinnlosen Versuch, ihr Kichern zu verbergen, presste sie sich eine Hand auf den Mund.

Ich verdrehte die Augen und verstärkte meinen Griff um ihre Taille. „Du besoffene Irre. Jetzt komm. Ich bring dich zum Auto."

Nachdem wir die Bar verlassen hatten, lehnte sie den Kopf an meine Schulter. „Ich liebe euch, Leute", flötete sie. „Ihr seid die Besten! Ihr zwei und Georgia."

Ich blickte sie prüfend an und fragte mich, ob ihr Besäufnis etwas mit dem langen Telefonat zu tun hatte, das sie heute mit ihrer Mutter geführt hatte. Ich war hereingekommen, da hatte sie gerade aufgelegt. Normalerweise war Emersons Haut porzellanfarben. Sie sah eigentlich aus wie ein irischer Kobold mit ihren dunklen Haaren, den knallblauen Augen und der perfekten weißen Haut. Aber in diesem Moment waren ihre Wangen voll roter Flecken gewesen.

Ich hatte keine Ahnung, worüber sie gesprochen hatten, nur dass Emersons Mund ganz verkniffen war. Ich fragte sie, ob alles in Ordnung wäre, und sie setzte sofort eine fröhliche Miene auf und wechselte schnell das Thema.

Jetzt sackte sie wie eine Tote auf die Rückbank von Suzannes Auto. Ich sah Suzanne an. „Schaffst du das allein?"

Sie nickte und warf sich eine Haarsträhne über die Schulter. „Das kriegen wir schon hin."

Emerson wachte noch einmal auf. „Wo willst du hin?"

„Ich will noch mal mit Reece sprechen."

„Oh, *sprechen*", sagte sie mit übertriebener Betonung. „So nennt man das also heutzutage."

Seufzend, doch lächelnd meinte ich zu Suzanne: „Ganz sicher?"

„Keine Sorge, ich bring sie ins Bett. Und wenn das nichts nützt, ersticke ich sie einfach mit einem Kissen."

„Hast du das gehört? Sie will mich töten! Lass mich nicht mit ihr allein!"

Ich verdrehte die Augen und schlug vor der plappernden Emerson die Tür zu.

Dann beobachtete ich, wie sie wegfuhren, und ging wieder hinein. Ich musste gegen den Strom der Leute ankämpfen, die aus dem Laden herausdrängten. Ich wich einer Blondine aus, die in ihrem viel zu kurzen Minirock zitterte und fror.

Nachdem ich endlich wieder im Innenraum stand, war die Bar so gut wie leer. Man hörte nur noch das Getrappel von Füßen. Reece entdeckte ich sofort. Er stand am Tresen und sprach mit zwei anderen Barkeepern. Sie nickten, während er ihnen irgendwelche Anweisungen zu geben schien.

Ich sah ihn jetzt mit anderen Augen. Diese neue Seite an ihm mochte ich. Er besaß eine gewisse natürliche Autorität, die mir vorher überhaupt nicht aufgefallen war. Oder vielleicht doch, aber mir war nie in den Sinn gekommen, dass ihm der Laden gehörte. Wo gab es das schon, einen dreiundzwanzigjährigen Barbesitzer? Das war eine große Verantwortung. Er hatte mir ja erzählt, dass das Mulvaney's seit drei Generationen in Familienbesitz war, doch wo waren seine Eltern? Wieso führten nicht sie das Geschäft?

Ich verschränkte die Arme. Vor allem, weil ich keinen Schimmer hatte, was ich sonst mit ihnen machen sollte, aber auch, um die Flecken auf meinem Sweatshirt zu verbergen. Ich hätte wirklich andere Klamotten anziehen sollen. Eigentlich hätte ich wissen müssen, dass ich doch wieder hier landen würde.

Es fühlte sich komisch an, einfach hier herumzustehen. Ich trat von einem Bein aufs andere und wartete ab, ob er mich bemerkte. Einer der Barkeeper, ein älterer Typ mit Schnurrbart, bemerkte mich als Erster. Er nickte in meine Richtung. Reece drehte sich um und sah mich an. Sofort verhärtete sich seine Miene, alle Leichtigkeit verschwand. Das tat weh, denn es war meine Schuld.

War es wirklich erst letzte Nacht gewesen, als er mich geküsst und mir Dinge ins Ohr geflüstert hatte, sodass ich mich als etwas Besonderes fühlte? Gar nicht wie das Mädchen, das keine Erfahrung im Küssen und mit scharfen Typen mit einem sexy Grinsen hatte. Es fühlte sich so natürlich an … Dieses Zusammensein mit einem Mann. Mit ihm. Und er hatte dafür gesorgt, dass ich mich schön fand.

Sein Mund verengte sich zu einem schmalen Strich. Er ging einen Schritt in meine Richtung, sagte noch kurz etwas zu seinen beiden Kollegen und schritt dann zu mir herüber.

„Du bist zurückgekommen."

„Es tut mir leid."

Ich weiß nicht, was er erwartet hatte, aber sicher nicht das. Er blinzelte. „Warum entschuldigst du dich?"

„Ich hätte mich verabschieden sollen. Das war unhöflich." Ich zuckte mit den Schultern und fühlte mich sehr unwohl unter seinem prüfenden Blick. Ehrlich währt am längsten, dachte ich mir, ganz egal, wie bescheuert sich das anhörte. „Ich habe halt keinen Schimmer, wie so was geht. Sorry. Ich hab's versaut." Ich schaute ihn abwartend an.

Sein Blick war fest auf mich gerichtet. Die Ausdruckslosigkeit in seiner Miene verschwand, sein Mund wirkte entspannter. Irgendwie schien er verblüfft, als wäre ich ein Exemplar einer seltenen Gattung.

„Tja. Ich wollte nur, dass du das weißt. Gute Nacht." Ich drehte mich um und lief Richtung Ausgang.

Keine fünf Schritte schaffte ich, bevor ich seine Hand auf meiner Schulter spürte. Ich wandte mich um.

„Du hast es nicht versaut. Ich finde es gut, dass du nicht weißt, wie ‚so was' geht."

„Sicher?"

„Ja. Du bist eben nicht …" Er unterbrach sich und strich sich mit einer Hand über den kurz rasierten Schädel. Meine Handflächen kribbelten, da ich mich daran erinnerte, wie sich sein Haar anfasste. „Du bist anders. Ich fand es nur daneben, aufzuwachen – und du warst nicht mehr da."

Ich rührte mich nicht. Verharrte, als ich langsam begriff, was er da gesagt hatte. Aber natürlich errötete ich.

„Oh", quetschte ich schließlich hervor. Ich fragte mich, was wohl passiert wäre, wenn ich geblieben wäre. Und da gewesen wäre, als er die Augen öffnete. Hätten wir da weitergemacht, wo wir gestoppt hatten?

Er streckte die Hand aus und berührte mein Sweatshirt. „Das gefällt mir."

„Mein Sweatshirt?“ Ich lachte nervös. „Ich trage es heute mit Apfelmus.“ Und deutete auf den Fleck.

„Steht dir.“

„Du lügst.“

„Nein! Im Ernst!“ Er zog an meinem Pullover und mich damit an sich, immer näher, und plötzlich fühlte sich alles an wie gestern. Seine Nähe war überwältigend, die Wärme, die er ausstrahlte. Seine blauen Augen, die sich in Rauch zu verwandeln schienen, wenn sie mich ansahen. Ich war ihm verfallen. Vermutlich schon von Anfang an. Seit unserem ersten Kuss und vor allem seit der Nacht in seinem Loft. Das musste der Grund dafür sein, warum ich mitten in der Nacht hier war. Vielleicht hoffte ich auf eine Wiederholung.

„Ich würde dich niemals anlügen, Pepper.“ Dieser Satz durchfuhr mich wie ein Blitz. Ich hörte mehr darin als seinen Schwur, ehrlich zu mir zu sein. Das war verrückt! Denn dieses Bekenntnis klang danach, dass es ein „wir“ geben würde. Er und ich. Dass wir es wirklich tun würden. Was auch immer *es* war.

„Hey, Bro! Wollen wir Schluss machen für heute?“ Reece drehte sich zu der Stimme um. Ich folgte seinem Blick und entdeckte Logan, der eine Wanne mit leeren Gläsern trug. Seine Augen leuchteten auf, sowie er mich erkannte. „Hey, Pepper, oder? Was geht?“ Er schaute zwischen seinem Bruder und mir hin und her und schien sich plötzlich etwas zu sehr freuen. „Ah, ich sehe, du hast denjenigen von uns beiden gefunden, den du in Wirklichkeit gesucht hast. Echt Pech für mich.“

Peinlich berührt murmelte ich eine Begrüßung und trat einen Schritt zurück. Ich schob mir eine Haarsträhne hinters Ohr. Reece ließ mein Sweatshirt los.

Er funkelte Logan finster an. „Ja, sobald du alles in die Küche geräumt hast.“

„Cool. Also, bis dann, Pepper.“ Er zwinkerte mir zu und verschwand in der Küche.

„Es ist schon spät.“ Ich fummelte immer noch an meinen Haaren. „Ich muss los.“

„Ich bring dich noch zum Auto.“

„Bringst du jedes Mädchen persönlich zu seinem Wagen?“

Er war jetzt neben mir. „Erstens gehen die meisten Mädchen nicht allein, sondern in einer Gruppe. Und zweitens bist du für mich nicht wie die anderen.“ Er verstummte, und meine Brust schnürte sich mal wieder zusammen. „Aber ich denke, das weißt du.“

Ich kriegte keine Luft mehr. Ich hatte keinen Schimmer, was ich darauf erwidern sollte. Wir traten hinaus in die kalte Nachtluft und schritten über den Parkplatz. Während wir uns meinem Wagen näherten, erinnerte ich mich an das erste Mal, als er mich zum Auto begleitet hatte. An unseren ersten Kuss. Und dann war ich in Gedanken schon wieder in seinem Loft, bei den vielen, vielen Küssen. Und Berührungen. Ich rieb meine feuchten Handflächen an meinen Oberschenkeln.

Nachdem wir am Auto ankamen, schloss ich auf. Ich blickte ihn an, mit einem Lächeln, das sich seltsam unnatürlich anfühlte. „Danke.“

Er musterte mich im Licht der Laternen. „Du bist also wirklich nur hier, um dich zu entschuldigen? Ist das alles, Pepper?“

Ich schluckte. „Ja?“ Wieso hörte sich das nach einer Frage an? Und wieso guckte er mich an, als würde er mir nicht glauben?

„Ich dachte mir, du würdest vielleicht noch ein bisschen weitermachen wollen.“ Er steckte eine Hand in die Hosentasche und wippte auf den Fersen. „Vielleicht kannst du noch ein paar Tipps gebrauchen.“

Jetzt war es raus. Kein Drum-herum-Gerede mehr.

„Was wir getan haben, war …“ Beinahe hätte ich „genug“ gesagt. Doch fand ich das wirklich? Wieso nicht ein bisschen weitermachen? Ich konnte nur besser werden im Küssen und in allem anderen. Vorspiel eben. Das wollte ich doch lernen. Außerdem war es bis Thanksgiving noch Wochen hin, bis zu meiner ungestörten Zeit mit Hunter. Die kleine Stimme in meinem Kopf versuchte mir einzuflüstern, das könnte kompliziert werden, aber ich ignorierte sie. Denn ich wollte mehr. Ganz schlicht und einfach.

„Was gibt es denn noch zu lernen?“, erkundigte ich mich vorsichtshalber, auch weil ich nicht wie ein Hündchen erscheinen wollte, das ganz versessen auf sein Leckerli war. Obwohl ich genau das war.

Er lachte, und mir wurde ganz schwindelig.

„Was denn?“

„Oh, es gibt noch jede Menge zu lernen. Schon allein die Frage zeigt, dass du noch längst nicht alles weißt.“ Er betrachtete mich mit ernster Miene. „Die Frage ist: Wie weit willst du gehen? Wie kurz vor dem Miteinanderschlafen willst du aufhören?“ Er grinste. „Denn das willst du ja nicht, oder?“

Ich blinzelte. „Nein. Das … das kann ich nicht.“

Leise lachte er. „Kein Grund zur Sorge. War nur eine Frage.“

Mein Gesicht brannte höllisch. Ich trat von einem Bein aufs andere und bohrte mir den Autoschlüssel in den Daumen. Nun suchte ich mir eine Stelle über seiner Schulter und spähte in die dunkle Nacht. Es war so oberpeinlich. Ich konnte ihm nicht mal in die Augen schauen, um zu erklären, ob ich noch mehr Nachhilfe in Sachen Vorspiel von ihm benötigte oder nicht – und wie weit ich gehen wollte.

Statt direkt zu antworten, erkundigte ich mich: „Pennt nicht dein Bruder heute Nacht bei dir?“

Ja, ich wollte mehr. Und ich war bereit, mehr zu tun, allerdings würde dies heute Abend nicht mehr geschehen.

„Ja, richtig. Schlechtes Timing."

Ich nickte und leckte mir über die Lippen, wobei mein Blick auf seinen Oberkörper fiel und auf den Schriftzug „Mulvaney's" auf seinem Shirt. Das war leichter, als ihm in die Augen zu blicken, die eine hypnotisierende Wirkung auf mich zu haben schienen.

Der Kies knirschte unter seinen Schuhen, als er sich näherte. Er legte eine Hand auf die Wagentür, wodurch er mich sozusagen einsperrte. Ich sah an seinem Arm entlang bis zu seinem Bizeps – und landete doch wieder bei seinen Augen.

„Außer", meinte er, „du lädst mich zu dir ein."

Oh wow. Er will mit zu mir kommen?

„In mein Wohnheimzimmer?"

„Nur wenn du keine Mitbewohnerin hast." Er schenkte mir ein sexy Grinsen. „Das wäre dann doch ein bisschen zu viel."

„Nein, hab ich nicht. Bei mir wohnt niemand."

Die Worte standen zwischen uns. Die Luft war spannungsgeladen. Ich konnte es nicht wirklich definieren, doch dieses elektrisierende Gefühl empfand ich öfter, wenn ich in seiner Nähe war.

„Passt doch", murmelte er.

Wieder strich ich mir mit der Zunge über die Lippen. Es kam mir vor, als starrten wir uns seit einer Ewigkeit an. Noch eine Sekunde länger, und ich würde unter der Anspannung zerplatzen.

„Also?" Er zog fragend eine Braue hoch. „Lädst du mich ein?"

„Oh." Ich lachte nervös auf. „Ja. Ich … denke schon."

Er lächelte – und ich schmolz sofort dahin. Damit meine Knie nicht unter mir nachgaben, hielt ich mich schnell an der Autotür fest.

Er beugte sich nach vorn. „Okay, dann fahre ich dir nach."

„Alles klar“, erwiderte ich und grinste blöde.

Er nahm den Arm weg und trat zurück, wobei er mich anschaute. „Warte kurz, ich hole nur eben den Jeep.“

„Alles klar“, sagte ich noch mal und wünschte, ich wäre etwas origineller. Einfallsreicher, frecher.

Ich holte tief Luft, während er sich umdrehte und zu seinem Wagen lief.

15. KAPITEL

Ich rutschte auf den Fahrersitz und wartete. Im Rückspiegel sah ich seine Silhouette verschwinden. Nervös tippte ich mit den Fingern aufs Lenkrad. Ich schüttelte absichtlich heftig den Kopf und gestattete mir einen kleinen Kiekser, um meine Anspannung herauszulassen. Danach presste ich mir die Hände auf meine heißen Wangen.

Ich klappte die Sonnenblende herunter und betrachtete mich. Meine Augen wirkten grüner als sonst, irgendwie strahlender, und ich sagte mit fester Stimme zu mir: „Okay. Jetzt reiß dich zusammen, Pepper. Du bist erwachsen. Du willst es so. Du tust nur das, was viele Hundert, ach was, viele Tausend Frauen heute Nacht auch tun werden." Was nicht einmal stimmte, denn ich hatte ja gar nicht vor, Sex zu haben. „Kein Ding." Doch ich zitterte am ganzen Leib.

Kurze Zeit später tauchte Reeces Jeep hinter mir auf, und ich setzte rückwärts aus der Lücke.

Er folgte mir zur Straße. Kurze Zeit später erreichten wir den Campus, fuhren zwischen den Backsteingebäuden hindurch, am stillen Innenhof mit seinen Rasenflächen und den um diese Zeit leeren Bänken vorbei. Es war ein Wunder, dass ich meinen Wagen nicht schrottete, denn ich konnte es nicht lassen, im Rückspiegel nach Reece zu suchen.

Wir fanden zwei Parkplätze direkt nebeneinander. Ich schnappte mir meinen Rucksack vom Rücksitz und stieg aus. Zum Glück hatte ich bei den Campbells heute Abend mein Lernpensum erledigen können. Reece wartete schon, er sah sehr entspannt aus und hatte eine Hand halb in der Hosentasche vergraben.

„Geht es denn, dass du einfach so die Bar verlässt?", fragte ich ihn.

„Ich habe meinen Bruder angerufen. Er kann das Abschließen übernehmen."

„Oh. Gut."

Gemeinsam machten wir uns auf den Weg zu meinem Wohnheim. Ich betrachtete seine nackten Arme. „Ist dir nicht kalt?"

„Alles gut."

„Es ist auch nicht weit", erklärte ich vorauseilend. „Wir sind schon fast da." Offensichtlich neigte ich zu unüberlegtem Geplapper, wenn ich nervös war.

Ich zog meinen Ausweis durch den Kartenleser und öffnete die Tür. Am Fahrstuhl drückte ich den Pfeil „nach oben" und lächelte Reece an. Unser Schweigen fühlte sich komisch an. Ich versuchte, selbstbewusst zu wirken, was mir vermutlich nicht gelang. So gut kannte er mich inzwischen auch. Daher fixierte ich die herunterzählenden Zahlen auf der Liftanzeige. Sieben. Sechs. Er wusste etwas, das ich nicht wusste. Fünf. Was ich noch lernen musste. Vier. Drei. Alles. Zwei.

Ich wandte den Blick von der Anzeige ab, als zwei Studentinnen laut lachend zur Tür hereinstolperten. Sie waren eindeutig angetrunken und klammerten sich aneinander.

Ich kannte sie nicht, auch wenn ich sie sicher schon mal gesehen hatte. Aber so war das nun mal, wenn man zusammen in einem Haus wohnte. Vermutlich waren wir uns schon mal im Flur über den Weg gelaufen oder hatten gemeinsam im Lift gestanden. Konnte sogar sein, dass die Blondine mir schon mal in der Waschküche mit einer Münze ausgeholfen hatte.

Ihr Gekicher und ihre schrillen Stimmen verstummten, sowie sie mich mit Reece vor dem Aufzug entdeckten. Sie schauten sich staunend an und pressten dann die Lippen zusammen, obwohl es ihnen eindeutig schwerfiel, den Mund zu halten. Mit einem „Kling" öffnete sich die Fahrstuhltür. Reece wartete, bis wir drei drin waren, und ich könnte schwören, dass die beiden anderen wie Dreizehnjährige gackerten.

Ich verdrehte nur die Augen und drückte auf die Fünf. Hätten wir doch nur die Treppe genommen! Doch ich hatte mir angewöhnt, um diese Uhrzeit das Treppenhaus zu meiden. Es war zu dunkel und roch nicht gut. Man kam sich darin vor wie in einem Grab, und ich bekam Platzangst. Vermutlich hatte ich als Kind zu viel Zeit in dunklen Schränken und Badezimmern verbracht.

Die beiden Mädels stiegen im dritten Stock aus, und noch bevor die Aufzugtüren zugingen, fingen sie an, miteinander zu tuscheln und uns anzugaffen.

„Mein Gott", murmelte ich. „Das ist echt wie in der Schule. Manche Dinge ändern sich wohl nie."

„Einige schon." Er warf mir einen bedeutungsvollen Blick zu, während wir auf meiner Etage ausstiegen. „Auf der Highschool habe ich nicht allzu viele Nächte mit Mädchen verbracht."

Ich zog eine Augenbraue hoch. „Nein?"

Er grinste. „Das kam erst später."

„Darauf wette ich." Ich schloss meine Zimmertür auf und verschwand in der Dunkelheit. Ich fand mich auch ohne Licht zurecht. Schnell knipste ich die Schreibtischlampe an und stellte meine Tasche auf dem Stuhl ab. Die Verbindungstür stand offen wie üblich. Ich schaute ins andere Zimmer. Emersons Umrisse waren unter ihrer Decke zu erkennen, und ich hörte sie leise schnarchen. Leise machte ich die Tür zu – vermutlich zum ersten Mal überhaupt – und sperrte ab.

Immer wenn Georgia mit Harris allein sein wollte, fuhr sie zu ihm. Manchmal blieb sie auch über Nacht. Bei der Vorstellung, wie Emerson beim Aufwachen die verschlossene Tür entdecken würde, konnte ich mir ein Lächeln nicht verkneifen. Garantiert wusste sie nicht, was sie davon zu halten hatte.

Ich wandte mich zu Reece um und strich mir mit den Händen über die Oberschenkel, um mich zu beruhigen. Gespannt hob ich den Kopf.

Doch Reece sah mich gar nicht an. Er betrachtete mein Zimmer, drehte sich dabei langsam im Kreis und schien alles in sich aufzunehmen, als befände er sich an einem hyperinteressanten Ort. Die Tagesdecke mit den übergroßen lilafarbenen Blumen. Ein Poster mit Micky Maus' Ohren, deren Umrisse vor einem Sternenhimmel prangten. Er schaute sich alles genauestens an, und ich auch – mit den Augen eines Fremden. Mit seinen Augen. Ich blickte mein Bett an, das Poster, den Plüsch-Pluto, der neben meinem Kissen saß und seit vielen Jahren mein treuer Begleiter war. Er war zwar nur ein schwacher Ersatz für meinen lilafarbenen Bären, aber er war das erste Geschenk, das ich von Gram bekommen hatte, deswegen bedeutete er mir so viel. Ich stellte fest, dass ich in einem Kleinmädchenzimmer wohnte. Oder vermutlich erschien es ihm so.

Ich suchte nach etwas, das er gut finden konnte. Alles war sauber und aufgeräumt. Meine Bücher lagen ordentlich gestapelt auf dem Schreibtisch neben meinem Laptop. Kein Durcheinander. Ich hasste es, zu viel Zeug herumliegen zu haben, das ich dann am Semesterende ins Auto werfen würde und irgendwo aufbewahren musste, wenn ich in den Sommerferien bei Gram war.

Er trat an meinen Schreibtisch. Darauf waren drei Fotos. Eins von mir und meinem Dad, auf dem wir an meinem ersten Geburtstag die Kerzen auf meinem Kuchen ausblasen. Er hat mich auf dem Schoß und hinter uns stehen mehrere Personen, von denen man die Gesichter nicht erkennt. Das gefiel mir. Ich hatte keine Ahnung, wer von ihnen Mom war – falls sie überhaupt dabei war. Das Bild zeigte nur mich und Dad. So könnte es immer noch sein, wenn es diese Landmine nicht gegeben hätte, die Schuld daran war, dass ich mit meiner Mutter allein blieb.

Obwohl es ja mein Geburtstag war, pustete Dad die Kerzen aus. Wahrscheinlich schaffte ich es allein nicht. Ich schaute ihn mit großen Augen an, ein mächtiges Staunen auf meinem kleinen Gesicht. Als würde er die unglaublichste Sache machen, die ich je gesehen hatte.

Das zweite Foto zeigte mich und Gram bei meiner Schulabschlussfeier. In denselben Bilderrahmen hatte ich einen Schnappschuss aus dem Fotoautomaten geklemmt, den Emerson, Georgia und ich im letzten Frühjahr gemacht hatten. Es war an dem Tag gewesen, als wir uns entschieden hatten zusammenzuziehen. Natürlich schnitten wir die obligatorischen Grimassen. Emerson sah auf jedem Foto aus, als würde sie mit der Kamera Sex haben. Als wäre Porno-Göttin die einzige Nummer, die sie draufhätte.

Auf dem dritten Bild waren Lila und ich mit Hunter zu erkennen, auf der traditionellen Familienfeier zum Nationalfeiertag im vergangenen Jahr. Seine Freundin lungerte auch irgendwo in der Nähe herum, doch auf dem Foto waren nur wir drei. Sofort griff Reece nach diesem Bild und hob es hoch. „Ist er das?“

„Wer?“

„Der Typ.“ Er blickte mich an und wieder zurück auf das Foto. Seine Miene war gedankenverloren.

Ich blinzelte und wunderte mich darüber, wie treffsicher er war. Es war mir unangenehm, mit ihm über Hunter zu reden. Zumindest im Detail. Es reichte absolut, dass er wusste, dass es mir um jemand anderen ging. Musste ich ihm gleich alles von ihm erzählen?

Offensichtlich interpretierte er mein Schweigen als Verwirrung. Oder er verlor die Geduld. Jedenfalls tippte er gegen das Glas. „Er ist derjenige, für den du das tust. Stimmt's?“ Er wedelte mit dem Bilderrahmen.

Ich nickte halb und schüttelte halb den Kopf. „Wie kommst du darauf?"

„Weil du nur diese drei Fotos hast. Das sind vermutlich die wichtigsten Menschen in deinem Leben." Ich betrachtete die Gesichter von meinem Vater, Gram, Emerson, Georgia, Lila und Hunter. Er hatte recht. Diese Menschen bedeuteten mir alles.

„Und", fuhr er fort, „auf diesem Bild strahlst du." Er deutete auf das Foto mit Lila und Hunter.

Ich schritt zu ihm und nahm ihm den Bilderrahmen ab, um ihn wieder hinzustellen. „Ich hatte an diesem Tag einen Sonnenbrand, das ist alles." Ich hatte keine Ahnung, warum seine Worte mich so verlegen machten und wieso ich versuchte, alles herunterzuspielen, doch ich tat es.

Und jetzt stand ich neben ihm, kaum einen Zentimeter entfernt. Aber ich blieb stark, folgte nicht meinem Fluchtinstinkt. Wie albern wäre das denn bitte, wo ich ihn doch selbst eingeladen hatte, mit zu mir zu kommen? Jetzt einen auf schüchtern zu machen, wäre mehr als bescheuert.

Ich reckte das Kinn und lächelte, in der Hoffnung, es würde herausfordernd wirken. Ich wollte, dass er mich küsste. Mich berührte. Das fiele mir leichter, als zu reden.

Doch leider wandte er sich jetzt dem Bild mit mir und meinem Dad zu. „Ist das dein Vater?"

Ich seufzte. „Ja."

„Du siehst süß aus. Du hattest ja mal richtig rote Haare."

„Als kleines Kind, ja."

Er betrachtete meine Haare. „Sie sind immer noch ziemlich rot." Dann wandte er sich wieder dem Foto zu. „Aber von deinem Vater hast du sie nicht geerbt."

Ich runzelte die Stirn. Unangenehme Erinnerungen wurden in mir wach. Warum fragte er so viel? Deswegen hatte ich ihn nicht mitgenommen. Wir wussten beide, aus welchem Grund er hier war.

Auch dieses Bild nahm ich ihm weg und packte es zurück. Danach schritt ich zu meinem Bett und setzte mich, mich mit den Händen hinter mir abstützend. Ich schlug die Beine übereinander und meinte zu ihm: „Nein. Die habe ich von meiner Mutter. Sie hatte rote Haare."

Hoffentlich bewog ihn das „hatte" dazu, keine weiteren Fragen mehr zu dem Thema zu stellen. Es gab einen ganz einfachen Grund dafür, warum ich kein Foto von ihr hatte: Sie gehörte nicht zu den wichtigsten Menschen in meinem Leben. Das würde Reece inzwischen auch kapiert haben, ohne dass ich es ihm lang und breit erläuterte. Ich hatte ihm schon mehr von mir offenbart als Emerson und Georgia.

„Mein Vater ist tot", hörte ich mich sagen. Keine Ahnung, wieso ich das herausposaunte. Nichts veranlasste mich, ihm das zu erzählen. Er hatte auch nicht danach gefragt. Vielleicht tat ich es, weil ich von meiner Mutter ablenken wollte. Es fiel mir leichter, über Dad zu reden, der in Afghanistan umgekommen war. Traurig, aber wahr. Es war beides kein tolles Gesprächsthema, aber das war immer noch leichter. Mir war es lieber, Reece würde mich als bemitleidenswerte Waise sehen. Er musste nicht erfahren, was wirklich mit meiner Mutter los war.

„Das tut mir leid. Also gab es nur dich und deine Mom?" Offensichtlich schien ihn das Thema brennend zu interessieren.

Frustriert schaute ich ihn an. Meine Füße begannen zu zucken. „Meine Mutter ist auch tot." Nicht ganz die Wahrheit, allerdings auch nicht falsch. „Ich bin bei meiner Großmutter aufgewachsen."

Da war das Mitleid. Er sah mich mit beinahe liebevollem Blick an. Aber immerhin war es das Waisenkind-Mitleid und nicht das andere, das viel schlimmere. Damit konnte ich leben.

Die andere Art des Mitleids machte mich fertig, denn dadurch fühlte ich mich wertlos.

„Lass uns über was anderes sprechen, okay?“, schlug ich vor und fragte mich, warum wir überhaupt reden mussten. Vielleicht sollte ich die Initiative ergreifen. Falls ich nervlich dazu in der Lage war.

„Ja.“ Er fuhr sich mit der Hand übers Haar. „Ist wohl ein Stimmungskiller, dieses Thema.“

Genau wie abgeschlachtete Tierbabys und hungernde Kinder. „Ja, genau.“

Er setzte sein „Ich-weiß-ich-bin-ein-Sexgott“-Lächeln auf und trat auf mich zu. Geschmeidig wie eine Raubkatze. Ganz harmlos, obwohl mir klar war, dass er jeden Moment zubeißen konnte.

Meine Wangen wurden heiß. Ich hatte diese Muskeln schon unter meinen Fingern gespürt. Ich war dabei gewesen, wie er diesen Typen vor der Toilette im Mulvaney's auseinandergenommen hatte, ohne auch nur ins Schwitzen zu kommen.

Dicht vor mir blieb er stehen. Er griff nach meiner Hand und verschränkte sie mit seiner.

„Erzähl mir von dem Typen auf dem Foto. Das bringt dich in die richtige Stimmung.“

Ich schluckte. Machte er Witze? Ich musste nur ihn ansehen, und schon war ich in der richtigen Stimmung. Die Berührung seiner Finger reichte vollkommen aus.

„Hunter? Wir kennen uns schon seit Urzeiten.“

Er drückte meine Beine auseinander und kniete sich zwischen meine Schenkel. Eine Hand lag jetzt auf meinem Knie. Atemlos sah ich ihm zu. Ich zitterte und spürte seine Hand ganz deutlich auf meiner Haut, sogar durch den Stoff meiner Jeans.

Er hob eine Augenbraue. „Ich höre zu. Sein Name ist also Hunter.“

Ich sog Luft ein. „Seine Schwester Lila ist meine beste Freundin."

Er machte weiter. Während er mich anblickte, streichelte er meine Oberschenkel und ließ dann eine Hand unter mein Sweatshirt und zu meinem Hosenbund gleiten. „Weiter."

„Sie waren meine Familie. Ich glaube, ich habe mehr Zeit bei den Montgomerys verbracht als bei meinen Eltern. Sie sind eine tolle Familie. Barbecues, Familienausflug nach Disney World, solche Sachen, weißt du?"

Seine warmen Finger streiften jetzt meinen Bauch. Gekonnt öffnete er den Knopf meiner Jeans. Ein Experte am Werk. Ich erstarrte kurz, sagte aber nichts.

Er sah mich an. „Sprich weiter."

„Ich war noch nie in Disney World. Doch sie fahren mit der Familie jedes Jahr hin." Mein Gott! Was brabbelte ich denn da? Wieso erzählte ich von Disney World?

Mit einer geschickten Bewegung streifte er mir mein Sweatshirt ab. Es landete auf dem Fußboden.

Jetzt saß ich im BH vor ihm. Ich blickte nach unten, um die Farbe zu kontrollieren. Weiß mit einer kleinen gelben Schleife genau zwischen den Brüsten.

Ich erschauerte. Klar war ich schon mal halb nackt mit ihm zusammen gewesen, aber das hier fühlte sich irgendwie anders an. Vielleicht weil wir uns in meinem Zimmer befanden. Oder weil mir das alles doch noch fremd war. Aber ich war so hingerissen von ihm, dass ich erbebte wie eine kleine dumme Jungfrau, die ich ja auch war. Vielleicht lag es allerdings auch daran, wie er mich ansah. Als wäre ich die einzige Frau auf der Welt.

„Was war das? Disney?"

„Sie fahren immer alle zusammen. Die Montgomerys. Echt tolle Leute." Das klang nicht nach meiner Stimme. So gequetscht hörte ich mich nicht an. „Hunter ist toll. Er möchte Arzt werden."

Reece legte mir die Hände auf den Bauch, gleich unterhalb der Brüste, und strich mit den Fingerspitzen über meinen Rippenbogen. „Ein Heiliger also." Er neigte den Kopf, betrachtete mich, verschlang mich förmlich mit seinem Blick.

Ich dachte nur eins. *Hoffentlich nicht.* Denn ein Heiliger würde mich niemals so ansehen, wie Reece mich gerade ansah, und genau das wünschte ich mir. Das brauchte ich. Jetzt ließ er die Hand zu meinem Rücken wandern und fuhr meine Wirbelsäule entlang, liebkoste jeden einzelnen Wirbel. Ich fühlte mich plötzlich klein, beschützenswert. Und begehrenswert.

Auf einmal schien ich kurz in der Luft zu schweben, im nächsten Moment fand ich mich liegend auf dem Bett wieder. Ich stieß einen leisen Schrei aus. Zum Glück musste ich nicht weiter von Hunter erzählen, denn ich konnte nicht mehr in vernünftigen Sätzen sprechen. Wie eigentlich auch schon vor fünf Minuten nicht mehr.

Reece stand auf, öffnete meine Schnürsenkel und zog mir die Schuhe aus. Sie fielen zu Boden.

Dann war er über mir, neben meinem Kopf auf seine Ellbogen gestützt.

Sein Gesicht war so nah. Ich spürte seine Wange, die kratzigen Bartstoppeln auf meiner Haut. Er hielt still und ließ zu, dass ich sein Gesicht streichelte, den Schwung seiner Augenbrauen, seinen Nasenrücken, seine schön geformten Lippen.

Sie berührten meine Finger, als er jetzt sprach. „Wenn du ihn so anschaust, wird er dir gehören."

Ich nahm meine Hand zurück. „Wie schaue ich dich denn an?"

Er kuschelte sich tiefer zwischen meine Schenkel. Mit einer Hand glitt er zwischen meinen Rücken und die Matratze. Geschickt hakte er meinen BH auf und schleuderte ihn weg. „Als ob du mich bei lebendigem Leib verschlingen wolltest."

„Oh."

Er senkte den Kopf. Ein erregendes Prickeln durchlief mich, sowie er meine Brustspitze küsste. *Oh.* Und die andere. Ich umfasste seinen Kopf. Er nahm meine Brustwarze in den Mund und saugte fest an ihr. Ich wand mich vor Lust und presste mich an ihn.

Ich krallte mich in sein T-Shirt, zerrte an dem Stoff, wollte endlich seine Haut spüren. Seine Haut auf meiner Haut.

Rasch zog er es aus, schließlich schob er sich auf mich. Jetzt lagen wir Brust an Brust da. Sein männlich-muskulöser Körper auf meinem weiblich-samtenen. Hungrig küsste er mich, nicht mehr so sanft, sondern fordernd, leidenschaftlich. Ich erwiderte seinen Kuss, spielte mit seiner Zunge und leckte über seine Zähne.

Er knabberte an meiner Unterlippe. Ich stöhnte und öffnete den Mund weiter, doch Reece drehte sich weg, sodass ich wild nach seinen Lippen verlangte. Endlich vereinigten sich unsere Zungen wieder. Ich strich mit meinen Fingern seine Schultern und seinen Rücken entlang, dessen Haut sich herrlich weich anfühlte. Er bebte unter meiner Berührung.

Da machte er sich los und blickte mich an. Seine Augen schienen silbern zu glühen. Ich spürte seinen keuchenden Atem auf mir.

„Reece“, wisperte ich, und es klang irgendwie flehentlich.

„Ich möchte dich nackt sehen. Ganz nackt.“

„Ich …“ Was sollte ich dazu sagen? Ich war unsicher.

„Vertrau mir.“

Ich nickte, denn ich glaubte ihm. Das Problem war weniger er, sondern ich. Meine Angst.

Er bewegte sich schnell und glitt an meine Seite. Schon waren seine Hände an meinem Hosenbund. Fingerfertig machte er den Reißverschluss auf und streifte mir die Jeans herunter. Wahrscheinlich war er sehr geübt darin.

„Die sind ja sexy."

Ich sah an mir herunter und erschrak, als ich meine weiße Baumwollunterhose mit den kleinen gelben Kätzchen entdeckte. Nicht gerade Sexgöttin-Material.

Ein seltsamer Laut löste sich aus meiner Kehle, eine Mischung aus Stöhnen und Lachen. „Ich glaube, ich muss wohl mal sexy Wäsche shoppen gehen."

„Nein, echt. Der Slip ist heiß. Beeindruckend." Er drückte einen Kuss auf den Bund meines Höschens, gleich unterhalb des Bauchnabels. Meine Nervenenden spielten verrückt – es fühlte sich an wie ein Stromschlag. Seine Hand verlagerte sich weiter nach unten, zwischen meine Oberschenkel, und ich seufzte willenlos. Ich gab peinliche kleine Laute von mir, unkontrolliert, und konnte nicht damit aufhören.

„Pepper, ich möchte dich anfassen." In meinem ganzen Leben hatte ich noch nie eine so erotische Stimme gehört. Mit dieser Stimme hätte er alles von mir verlangen können. Dazu noch seine Finger zwischen meinen Beinen – ich würde zu allem Ja sagen.

Also nickte ich. Bevor ich einmal blinzeln konnte, war seine Hand bereits unter meinen Slip gewandert.

Sanft spreizte er meine Schenkel und stöhnte beinahe animalisch, als er mit einem Finger in mich eindrang.

Lustvoll keuchend fuhr ich hoch. Ich zitterte und bebte. Er hatte diese Stelle berührt, die er schon einmal gefunden hatte, mit der Handfläche über der Hose.

„Du bist so feucht." Ich nahm sein Flüstern kaum wahr, während ich mich an seiner Schulter festkrallte. Er vergrub den Mund an meinem Hals und küsste mich, wobei er immer wieder den Finger in mich schob. Noch etwas tiefer, intimer. Er dehnte mich ein bisschen. Ich schrie auf und umklammerte ihn unwillkürlich mit Muskeln, von deren Existenz ich bisher nichts geahnt hatte. Ich schlang die Arme um seine Schultern und hing an ihm wie eine Boje, die in stürmischer See auf und ab wippt. Bis die Wogen abebbten.

So verharrten wir eine Ewigkeit. Eine immense Lethargie überfiel mich. Er ließ die Hand aus meinem Slip gleiten, legte sich neben mich und hielt mich fest. Ich war befriedigt, allerdings nicht erschöpft, sondern hellwach.

Ich kuschelte mich enger an ihn und freute mich, dass es sich so normal anfühlte, ihn zu berühren. Das würde morgen schon wieder anders sein. Vielleicht würde es nie wieder so sein.

Darum stellte ich ihm die Frage, die mich schon die ganze Zeit beschäftigte, seit ich wusste, dass ihm das Mulvaney's gehörte. „Gibt es eigentlich nur noch dich und Logan?"

Da er schwieg, drehte ich mich um, um ihn anzuschauen.

Er sah mich an. „Logan ist doch noch auf der Schule, oder?"

„Ja, in der Abschlussklasse. Er übernimmt nur ab und zu mal eine Schicht. Er spielt Baseball und hofft auf ein Stipendium."

Also musste Logan in dem Haus in der Nähe der Campbells wohnen. Mit den Eltern, malte ich mir aus. In einem alten Farmhaus, wie die Campbells. Mit Gartenteich und Enten. Vielleicht trug ihre Mutter eine Schürze, wenn sie für sie kochte. Ein Familienidyll. Natürlich war mir klar, dass ich romantisierte. Ihn romantisierte. Aber so war ich nun mal. Das tat ich immer, wenn ich jemanden kennenlernte. Ich stellte mir vor, die Menschen hätten ein perfektes Leben. Ein normales Leben.

„Und du lebst allein über der Bar?"

„Ja." Er streichelte meinen Arm, was ein wohliges Gefühl in mir hervorrief.

„Und was ist mit deinen Eltern? Macht ihnen das nichts aus?"

„Meine Mutter ist gestorben, als ich acht war."

„Oh, das tut mir leid. Und dein Vater?“

„Sitzt seit zwei Jahren im Rollstuhl.“

„Oje, das tut mir so leid“, wiederholte ich. „Das muss schlimm für ihn sein.“ Deswegen also führte Reece den Laden – weil sein Dad es nicht mehr konnte. Ich hätte ihn gern noch weiter ausgequetscht, aber seine Miene verhärtete sich. Er wirkte abweisend. Offensichtlich hatte ich ein Thema angeschnitten, über das er nicht gerne redete. Das verstand ich. Ich hatte selbst solche Geister, die ich unter Verschluss hielt.

Und doch wollte ich etwas sagen, das ihn tröstete. Ich stützte mich auf den Ellbogen und blickte ihn an, wickelte mir die Decke um und strich sanft über seinen Oberkörper.

„Sieh mich nicht an, als würde ich mich nobel verhalten“, meinte er leise und mit gerunzelter Stirn. Seine Augen waren eisig. „Ich bin schließlich schuld daran, dass es dazu kam.“

Ich riss den Mund auf, hörte mein Japsen. Meine Hand auf seinem Brustkorb erstarrte.

„Da hast du’s. Jetzt weißt du, was für ein Typ ich bin. Ich manage die Kneipe, weil mein Vater es nicht mehr hinkriegt. Weil es sein Vermächtnis ist und das das Geringste ist, was ich für ihn tun kann, seit ich ihn zum Krüppel gemacht habe.“ Ein Laut drang aus seiner Kehle. War das Selbstekel? Oder Hass auf mich, wegen meiner Fragerei?

Ich schüttelte den Kopf. „Ich …“

„Am besten, du verschwendest deine Zeit nicht mehr mit mir.“ Im selben Moment sprang er auf und schnappte sich sein Hemd. Er zog es über und sprach mit harter Stimme weiter. „Das mit dir hat Spaß gemacht, doch ich glaube, ich hab dir jetzt genug gezeigt, und du weißt, wie das mit dem Vorspiel geht. Du bist mehr als gut vorbereitet für deinen Polohemd tragenden Superstudenten.“

Ich sah ihm zu, wie er aus dem Licht der Lampe trat und im dunklen Teil des Zimmers stehen blieb. Ein Teil von mir wollte ihn zurückholen und ihm sagen, dass das nicht stimmte. Aber was stimmte nicht? Dass ich nur meine Zeit mit ihm verschwendete? Dass ich noch nicht alles gelernt hatte? Das, was er sagte? Dass er seinem Vater nichts getan hatte? Ich wusste so gut wie nichts über Reece. Ich konnte nichts davon allen Ernstes zu ihm sagen.

Also verließ ich mich auf meinen Instinkt. Denselben Instinkt, der mir nach dem Tod meines Dads geholfen hatte zu überleben, als es nur noch mich und Mom gab. Ich guckte zu, wie er die Tür öffnete und wortlos mein Zimmer verließ. Da wickelte ich die Decke fest um mich, stand auf und verschloss die Tür von innen.

16. KAPITEL

Moment mal. Er hat erzählt, dass er dafür verantwortlich ist, dass sein Vater im Rollstuhl sitzt?", stieß Georgia hervor, während wir in unserem Lieblingsfrühstückscafé in der Nähe des Campus zusammensaßen. Sie stach in ein Würstchen und dippte es in Soße. Dann zog sie mit den Zähnen das Fleisch von der Gabel und begann zu kauen, wobei sie mich anschaute, als würde sie versuchen, eine hoch komplizierte Aufgabe zu lösen.

Emerson erschauderte und trank einen Schluck Kaffee. Vorsichtig rückte sie ihre Sonnenbrille mit Leopardenmuster zurecht und wandte ihr Gesicht von der Fensterscheibe rechts neben ihr ab. Eine Schüssel Haferflocken, die sie kaum angerührt hatte, stand vor ihr. Ich hatte sie für sie bestellt, weil ich darauf bestand, dass sie sich besser fühlen würde, wenn sie etwas im Magen hatte. „Wie kannst du nur so viel essen?"

„Ich kann so viel essen, weil ich fünf Mal in der Woche jogge und mich nicht besaufe", erwiderte Georgia, die nun ein perfekt symmetrisches Dreieck aus ihrem Pancakestapel herausschnitt. „Also. Zurück zum Barkeeper. Hast du ihn gefragt, wie er das meint?"

Ich spielte mit meinen Kartoffelpuffern. „Nein. Er hatte es plötzlich eilig zu verschwinden – und nach diesem Geständnis war mir das ehrlich gesagt auch lieber."

„Kein Mist", gab Emerson seufzend von sich. „Die heißesten Typen sind immer die größten Soziopathen."

„Ist das so?" Ich sah sie an. „Wirklich immer?" Flehentlich blickte ich zu Georgia hinüber. „Echt?"

Emerson krümmte sich und fasste sich an die Stirn. „Du sprichst zu laut. Und wenn sie keine Soziopathen sind, dann haben sie zumindest einen Schaden."

„Und das erzählst du mir jetzt! Nachdem du mich mit dem schärfsten Typen in der ganzen Stadt verkuppelt hast?"

„Hätte ich dich lieber mit jemandem verkuppeln sollen, der nicht so erfahren ist? Genau darum ging es dir doch!"

„Ignorier sie einfach." Georgia wedelte mit einer Hand. „Sie hat schlechte Laune, weil sie einen Kater hat. Hunter ist auch ein sexy Typ, und er ist nicht gestört. Und dasselbe gilt auch für meinen Freund."

Emerson murmelte etwas in ihre Kaffeetasse, das so ähnlich klang wie: „Bist du dir da wirklich sicher?"

Wütend funkelte Georgia sie an. „Sehr lustig."

„Man weiß nie, wie der andere wirklich ist."

„Das ist ja ein aufmunternder Gedanke." Georgia schüttelte den Kopf und griff nach ihrem Saft. „Hör zu, ich bezweifle, dass er es wirklich so gemeint hat. Vielleicht hatte sein Vater einen Arbeitsunfall, und Reece fühlt sich schuldig, weil sein Dad es für die Familie getan hat. So was könnte ja auch sein. Er hat wohl kaum seinen Dad zusammengeschlagen oder so was. Sonst säße er jetzt im Gefängnis. Und wenn er wirklich so ein Arsch ist, wieso fühlt er sich dann verpflichtet, den Laden zu führen?"

„Vielleicht wollte er den Laden immer schon für sich allein", gab Emerson zu bedenken.

„Oh Mann, du bist vielleicht pessimistisch heute Morgen", erwiderte Georgia.

„Sorry. Ich will nur nicht, dass er Pepper wehtut, und nach allem, was ich gerade gehört habe, scheint er mir durchaus dazu in der Lage zu sein."

Georgia trank einen Schluck und überlegte kurz. So wie ich. Wir hatten zwei Mal miteinander rumgemacht, und zwei Mal hatte er sich nur um meine Bedürfnisse gekümmert, nicht um seine. Er hätte mich schon x-mal verletzen können.

Georgia tunkte ihr Würstchen wieder in die Soße. „Ich finde, sie sollte herausfinden, was genau er damit gemeint hat."

„Ja", murmelte ich. Mein Fluchtinstinkt war verschwunden, meine Neugierde war geweckt. Was war Reeces Dad wirklich zugestoßen? Ein Typ, der einer Frau half, die mit ihrem Wagen liegen geblieben war, sorgte doch nicht absichtlich dafür, dass ein anderer Mensch im Rollstuhl landete. Vor allem nicht der eigene Vater. „Das würde ich echt gern wissen."

Wieder grummelte Emerson etwas in ihre Tasse.

„Was ist?", fragte ich.

Sie sah mich mit ihren blauen Augen an. „Du kennst ja das Sprichwort: Neugier ist der Katze Tod."

Obwohl ich beschlossen hatte, Reece wiederzusehen und ihn zu fragen, wie er das mit seinem Dad gemeint hatte, dauerte es ein paar Tage, bis ich es schaffte. Das lag teils an meiner Unentschlossenheit, teils daran, dass ich so viel zu tun hatte. Ich musste eine Arbeit für meinen Literaturkurs abgeben, für meine Prüfung in klinischer Psychologie büffeln und zwei Schichten im Little Miss Muffet arbeiten. Ich kam kaum zum Schlafen.

Wahrscheinlich war es ohnehin besser so. Ich brauchte etwas Abstand zu dieser ganzen Sache, auch um mich daran zu erinnern, wie das mit Reece überhaupt angefangen hatte. Es war die reine Neugier, die mich daran hinderte, es ein für alle Mal gut sein zu lassen. Das versuchte ich mir zumindest einzureden, nachdem ich meine Studiensachen erledigt hatte und mich auf dem Parkplatz des Mulvaney's wiederfand. Als ich hineinging, umhüllte mich das verlockende Aroma von Chicken Wings. Offensichtlich war heute der Abend, an dem ein Chicken Wing nur zehn Cent kostete. Die Bar war voll von Rugbyspielern. Ein paar Mädchen, die zum Rugbyteam zu gehören zu schienen, saßen an einem Tisch, auf dem mehrere Körbchen mit Wings standen.

Ich ging in den Innenraum, und es war wie beim letzten Mal, als ich hier gewesen war – niemand da, und der Laden fühlte sich an wie eine riesige Höhle. Reece war nirgends zu entdecken, aber der ältere Barkeeper mit dem auffälligen Schnurrbart war da. Er erkannte mich offensichtlich auch, denn er winkte mir zu. „Hey, Rotschopf. Was kann ich für dich tun?"

„Ist Reece da?"

„Heute nicht. Er ist krank."

„Krank?"

„Ja. Er hat mich heute Morgen angerufen und gefragt, ob ich für ihn einspringen kann." Er zuckte die Achseln. „Und warum nicht? Dienstags ist nicht so viel los." Er deutete auf ein Körbchen mit Chicken Wings neben sich. „Ich kann so viel von dem Zeug essen, wie ich will, und Fernsehen gucken. Ist doch wie zu Hause." Er nickte in Richtung des Bildschirms, der in einer Ecke über dem Tresen hing. Ohne den üblichen Lärm verstand man sogar etwas.

„Was hat er denn?"

„Hat er nicht gesagt. Doch er klang echt schlimm. Hoffentlich hat er mich nicht angesteckt." Wissend blickte er mich an. „Und dich auch nicht." Er zwinkerte mir zu. Offensichtlich hielt er Reece und mich für mehr als nur Freunde. Freunde mit gewissen Vorzügen. Die auch gern mal einen Virus miteinander teilten.

Mit brennenden Wangen winkte ich ihm zu. „Danke."

Ich lief den gleichen Weg zurück, den ich gekommen war. An der Essenstheke zögerte ich. Ein paar Jungs standen an. Die Bedienung, die mich und Reece in seiner Wohnung hatte verschwinden sehen, hatte Dienst. Ich verharrte einen Moment unschlüssig und starrte in die Küche, als könnte ich von dort in das Loft schauen.

Wieso eigentlich nicht?

Ich öffnete die Klappe, die in die Küche führte. Die Angestellte hinter der Theke musterte mich überrascht und wollte schon protestieren. Da erkannte sie mich und zögerte.

„Hey." Ich nickte ihr zu und hoffte, dass sie dachte, dass ich jedes Recht dazu hatte, die Küche zu betreten.

„Hey", antwortete sie und musterte mich unsicher. Ich spürte ihren Blick im Rücken, während ich die Küche durchquerte, in der es nach heißem Fett roch. Niemand vom Personal schenkte mir Aufmerksamkeit.

Ich hoffte sehr, dass seine Wohnungstür unverschlossen war, und drückte die Klinke herunter. Zu meiner großen Erleichterung ging die Tür auf. Ich machte sie hinter mir zu. Jetzt waren die Bargeräusche nur noch gedämpft zu hören. Ich erklomm die Stufen. Oben angekommen, rief ich seinen Namen.

„Wer ist da?"

„Pepper."

Seine Antwort war ein Stöhnen. Das klang nicht nach einem herzlichen Willkommen. Ich ignorierte es und trat ins Zimmer.

Der Anblick seines Betts, die verknitterten Laken – es war wie ein Déjà-vu. Fast genauso hatte es ausgesehen, nachdem ich mich nach unserer ersten Nacht davongestohlen hatte. Inklusive des Anblicks seiner nackten Haut. Ein rascher Blick verriet mir, dass er eine kurze Sporthose trug. Dankbar schritt ich auf das Bett zu.

„Ich habe gehört, du bist krank."

„Ich sterbe gerade, wenn du es genau wissen willst", brachte er krächzend hervor und verbarg das Gesicht unter einem Arm. Jetzt konnte ich nur noch seine Lippen sehen. Lippen, die jegliche Farbe verloren hatten. „Geh weg."

„Was ist denn los? Außer der Tatsache, dass du gerade stirbst?"

„Sagen wir so: Die Toilette und ich sind mittlerweile per Du."

„Wie oft musstest du dich übergeben?"

„Keine Ahnung. Aber es ist weniger geworden."

Ohne Kommentar lief ich zum Kühlschrank und spähte hinein. Ich nahm eine Literflasche Gatorade heraus, goss ihm ein halbes Glas ein und tat noch zwei Eiswürfel rein.

Anschließend setzte ich mich zu ihm auf die Bettkante.

Er blinzelte unter dem Arm hervor. Seine Augen waren rot geädert, und das Blau seiner Iris bildete einen starken Kontrast dazu. „Ich habe gesagt, geh weg."

„Hier, trink einen Schluck. Du darfst nicht dehydrieren." Ich führte ihm das Glas an den Mund.

Er schüttelte den Kopf und stieß meine Hand weg. „Ich kann nichts bei mir behalten."

„Vielleicht hast du eine Lebensmittelvergiftung."

„Ich habe das Gleiche gegessen wie jemand anderes gestern Abend. Und sie ist nicht krank."

Sie. Das kleine Wörtchen verursachte mir einen Knoten im Magen. Was für ein Unsinn! Ich hatte keinerlei Anspruch auf Reece. Wollte ich auch gar nicht.

Ich stellte das Glas auf dem Nachttisch ab und berührte seine Stirn. Sie glühte. „Du hast auch Fieber."

„Du wärst besser nicht hier." Das hörte sich nicht mehr so harsch an wie eben. „Am Ende steckst du dich noch an."

Ich schüttelte den Kopf. „Ich werde nie krank. Zwei Jahre Kindertagesstätte. Ich habe ein eisernes Immunsystem."

„Das ist bestimmt schön." Die Augen fielen ihm zu.

Besorgt musterte ich ihn. In ein paar Stunden musste ich zur Arbeit, allerdings wollte ich ihn in diesem Zustand ungern allein lassen.

„Hast du ein Fieberthermometer da? Hast du mal gemessen?"

Er machte erneut die Augen auf. „Mir geht's gut. Das wird schon wieder. Du kannst jetzt verschwinden. Ich brauche niemanden, der auf mich aufpasst. Ich komme sehr gut allein zurecht." Wieder schlossen sich seine Lider.

Ich saß einen Moment lang da und betrachtete ihn. Seine Brust hob und senkte sich gleichmäßig – er war wieder eingeschlafen. Ich betastete noch einmal seine Stirn. Sie fühlte sich ziemlich heiß an. Ein bisschen Erfahrung in Pflege von Kranken hatte ich. Immerhin hatte ich bei meiner Grandma gelebt. Mir war bewusst, was passieren konnte, wenn man nicht rechtzeitig einen Arzt aufsuchte. Okay, Reece war jung und stark. Aber man weiß ja nie.

Ich stand auf und verließ leise die Wohnung und die Bar.

Fünf Minuten später stand ich im Drugstore um die Ecke. Ich schnappte mir ein Einkaufskörbchen, packte ein Fieberthermometer hinein, eine Elektrolytlösung, Sprite und Gatorade. Dazu ein fiebersenkendes Schmerzmittel, in der Hoffnung, dass er es bei sich behalten würde, Salzstangen, Götterspeise und ein paar Dosen Hühnersuppe für den Fall, dass er Hunger kriegte. Mithilfe eines Angestellten fand ich auch einen Kühlakku, den er sich auf die Stirn legen konnte, falls er das Schmerzmittel nicht schlucken wollte.

Zehn Minuten später marschierte ich wieder ins Mulvaney's und nickte der Bedienung hinter dem Tresen kurz zu. Sie lächelte, sowie sie die Einkaufstaschen sah, die ich in der Hand hatte.

Als ich wieder in seine Wohnung kam, war das Bett leer. Ich hörte ihn im Bad.

„Alles klar?", rief ich.

Es dauerte einige Zeit, bis er auftauchte. Er wischte sich mit einem kleinen Handtuch den Mund ab. „Das Gatorade war wohl keine so gute Idee."

Ich zuckte zusammen. „Entschuldigung."

Er schaute mich mit blutunterlaufenen Augen an. Dann entdeckte er die Plastiktüten.

Mit einer schnellen Bewegung schleuderte er das Handtuch ins Bad. Ich bewunderte das Spiel seiner Muskeln. Selbst in diesem Zustand wirkte er stark und sexy. Ich blinzelte mehrmals, um meine unpassende Erregung zu vertreiben. Das war jetzt wohl kaum der richtige Zeitpunkt. Und nach seinem Geständnis von neulich war ich mir ohnehin nicht sicher, ob je wieder etwas zwischen uns laufen würde.

Mit unsicheren Schritten wankte er in Richtung Bett. „Du bist zurückgekehrt." Keine Frage.

„Ja."

„Und du warst einkaufen."

„Ja. Vielleicht kannst du was davon brauchen."

Ich lief in die Küche und packte die Sachen, die stehen mussten, in den Kühlschrank. Die Kühlpacks steckte ich ins Gefrierfach. Danach öffnete ich die Schachtel des Fieberthermometers, las kurz die Bedienungsanleitung und ging damit zu ihm.

Er sah mich und das Gerät kritisch an, als wollte ich ihm etwas Böses. „Du hast ein Fieberthermometer gekauft?"

„Ja." Ich setzte mich auf die Bettkante, drückte auf den Knopf und fuhr mit dem Stirnthermometer über seine Haut. „Neununddreißig, drei. Du solltest ein fiebersenkendes Mittel einnehmen."

Er deutete auf seine jetzt leere Tasse. „Ich kann immer noch nichts bei mir behalten."

Ich nickte. „Okay." Ich erhob mich, marschierte ins Bad, suchte einen Waschlappen und hielt ihn unters kalte Wasser. Das musste reichen, bis die Icepacks kalt genug waren. Ich drückte ihm sanft den kalten Waschlappen auf die Stirn. Als ich weggehen wollte, hielt er mein Handgelenk fest. Trotz seiner Krankheit war sein Griff fest.

Er musterte mich mit stechendem Blick. „Wieso tust du das?“

Mir war unbehaglich zumute. „Ich weiß auch nicht.“

Er schüttelte den Kopf, als wolle er sich mit dieser Antwort nicht zufriedengeben. „Was willst du hier?“

Er bewegte die Hand, und die Berührung seiner Finger ließ meine Haut kribbeln. Auch mit dem blauen Waschlappen auf der Stirn sah er fantastisch aus. Männlich, menschlich und verletzlich.

„Du brauchst jetzt Beistand.“

Es war die schlichte Wahrheit, doch die Worte standen zwischen uns, und mir fiel auf, dass das nach mehr klang. Nach etwas, das ich so gar nicht gemeint hatte. Er ließ mich los und atmete laut aus, als fiele ihm plötzlich ein, dass er krank war und sich jetzt nicht mit so etwas – mit mir – herumplagen musste. Schon schloss er wieder die Augen und schlief ein.

„Es tut mir leid, dass ich mich erst so kurzfristig melde, aber ich kann sie nicht allein lassen. Sie ist zu krank.“ Ich hörte, wie Beckie mir ihr Bedauern aussprach und mir versicherte, es sei in Ordnung. „Danke für dein Verständnis. Wir sehen uns am Samstag.“

Ich beendete das Telefonat und hatte ein schlechtes Gewissen, weil ich bis zur letzten Minute gewartet hatte, um meine Chefin anzurufen und ihr abzusagen. Aber ich hatte mich zwei Stunden mit der Entscheidung herumgeschlagen, ob ich Reece allein lassen konnte. Oder wollte. Ich hatte mich zu seiner Krankenschwester erklärt, obwohl er mich nicht darum gebeten hatte. Obwohl er keinen Wert darauf legte.

„Ich schätze mal, ich bin die ‚sie‘, von der du gesprochen hast.“

Überrascht drehte ich mich um. Reece blickte mich an. „Du bist wach?“

Er stützte sich auf die Matratze und lehnte sich in die Kissen, die am Kopfende aufgetürmt waren. „Wie lange habe ich geschlafen?“

„Fast zwei Stunden.“

Er seufzte und strich sich mit der Hand durchs Gesicht. „Und mir ist nicht noch mal schlecht geworden. Das ist gut. Vielleicht kann ich jetzt was trinken.“ Er schaute nach links. Die leere Tasse stand nicht mehr da (ich hatte sie abgewaschen), und er schwang die Beine aus dem Bett.

„Nein. Bleib liegen.“ Ich eilte in die Küche, goss ihm ein kleines Glas Gatorade ein und nahm zwei Tabletten von dem Fiebersenker aus der Packung.

Ich reichte sie ihm. Er platzierte sie auf der Zunge und spülte die Pillen vorsichtig herunter. „Danke.“ Das Glas stellte er auf den Nachttisch. „Du musst aber wirklich nicht meinetwegen deine Schicht verpassen.“

„Zu spät. Außerdem …“ Ich deutete auf den Küchentisch, auf dem ich meine Bücher ausgebreitet hatte. „… habe ich schon ein bisschen lernen können.“ Nachdem er eingeschlafen war, hatte ich meinen Rucksack aus dem Wagen geholt.

Nickend erhob er sich und stand auf einmal vor mir, etwas unsicher auf den Beinen.

Ich streckte eine Hand aus, damit er nicht umfiel, und allein der Hautkontakt ließ mein Herz schneller schlagen. Ich dachte an unsere beiden gemeinsam verbrachten Nächte. Die Nacht hier und die bei mir. Inzwischen kamen sie mir fast vor wie ein Traum. Wie unsere Körper ineinander verschlungen waren. Wie er mich an Stellen berührte, an denen mich vorher noch nie jemand berührt hatte. Ich betrachtete ihn. Er sah ein bisschen gefährlich aus mit seinem großen Tattoo. So einen Kerl würde man eher im Gefängnis erwarten, wo er mit ähnlichen Typen Gewichte stemmte – aber nicht an meiner Seite.

Schnell nahm ich meine Hand weg, die schon zu lange

auf seinem Bizeps ruhte, leckte mir kurz über die trockenen Lippen. „Was machst du denn? Du solltest besser im Bett bleiben." Dann wirkst du nicht so überwältigend, sondern krank und schwach.

Leicht grinste er. „Ich muss unter die Dusche. Keine Sorge, Mom."

Ich errötete. Ich hatte ihn nicht bemuttern wollen. Emerson und Georgia sagten das auch immer von mir. Ironie des Schicksals, wo ich doch nie eine Mutter gehabt hatte, die sich liebevoll kümmerte. Aber wenn man in einem Umfeld aufwächst, in dem die Menschen, dein Erziehungsberechtigter eingeschlossen, häufig erkrankten, prägte das einen.

Ich sah zu, wie er ins Bad tappte, und bewunderte wieder einmal sein Muskelspiel. Doch er bewegte sich nicht so geschmeidig wie sonst. An der Badezimmertür angekommen, blieb er stehen und drehte sich zu mir um. „Du kannst gern hierbleiben, wenn du magst." Er warf einen Blick auf den Tisch mit meinen Büchern. „Und hier lernen."

Ich nickte, und mein Herz schlug schneller. Reece verschwand im Bad. Kurz darauf hörte ich die Dusche plätschern.

Mein Herz hüpfte immer noch, während ich in einer Truhe neben dem Bett nach frischer Bettwäsche suchte. Ich bezog sein Bett neu und schüttelte gerade die Kissen auf, als er zehn Minuten später aus dem Badezimmer kam. Er blieb stehen und rubbelte sich mit dem Handtuch die Haare. „Du hast das Bettzeug gewechselt?"

Ich sah ihn an und musste ein Lächeln unterdrücken. Er wirkte regelrecht verwirrt.

„Na ja … Du hast gekotzt. Ich dachte mir, da kann frische Wäsche nicht schaden."

Er bedachte mich mit einem ernsten Blick, als versuchte er, mein tiefstes Inneres zu ergründen. Mein Lächeln verschwand. Das würde niemals geschehen. Das durfte ich nicht zulassen. Mein ewiger Kampf bestand ja darin, mich selbst zu verstehen.

Gerade als ich dachte, ich wüsste, wer ich war und was ich vom Leben wollte, erhielt ich einen Anruf von Gram, die traurig wegen meines Dads war. Sie sprach darüber, wie alles den Bach runtergegangen war, nachdem er sich mit meiner Mutter eingelassen hatte. Er hätte mal besser Frankie Mazzarelli geheiratet, meinte sie, seine Freundin aus Highschool-Tagen, die inzwischen mit einem Apotheker verheiratet war und vier Kinder hatte. So was wollte ich nicht hören. Normalerweise brachte das meine Albträume zurück. Dann war ich wieder zehn Jahre alt, versteckte mich in der Dunkelheit und wünschte mir eine Tarnkappe. Das hatte ich mir damals immer vorgestellt. Andere kleine Mädchen träumen von Schlössern und Prinzen. Ich träumte davon, unsichtbar zu sein.

Damals wusste ich überhaupt nichts und versuchte noch, meinen Weg zu finden. Inzwischen hatte ich mein Hauptfach drei Mal gewechselt und war jetzt bei Psychologie hängen geblieben. Als ob es mir selbst helfen könnte, wenn ich anderen Menschen mit ihren Problemen half.

Eine einzige unbestreitbare Wahrheit gab es allerdings in meinem Leben. Das war das Einzige, was ich wirklich wusste. Hunter war ein guter Mensch. Hunter war normal. Und genau das wollte ich. Ich korrigiere: Ich wollte *ihn*. Da war ich mir sicher. Das war der Plan.

„Danke", sagte Reece in diesem Moment. „Dass du das tust. Dass du hier bist."

„Möchtest du vielleicht etwas essen?" Ich ging in die Küche. „Ich habe Hühnersuppe besorgt. Und Götterspeise. Und Cracker."

„Götterspeise klingt nicht schlecht."

Ich holte eine Packung aus dem Kühlschrank und reichte sie ihm. Er öffnete eine Schublade und nahm einen Löffel heraus. Danach lehnte er sich an die Arbeitsplatte und musterte mich. „Hast du denn schon was gegessen?"

„Ich habe ziemlich spät zu Mittag gegessen und ein paar Cracker geknabbert, während du geschlafen hast. Alles okay."

Er machte den Deckel seiner Götterspeise ab. „Du kannst dir auch unten was holen lassen. Heute ist Chicken-Wing-Nacht."

„Schon in Ordnung."

Er steckte sich einen Löffel Erdbeergötterspeise in den Mund. Seine Kiefermuskeln zuckten, als er sie im Mund hin und her bewegte.

„Ich hätte wirklich nicht gedacht, dass ich dich noch mal sehen würde. Wieso bist du wieder da?", fragte er mich.

Ich konnte seinen Gesichtsausdruck nicht deuten und daher schlecht einschätzen, was wirklich in seinem Kopf vorging, aber er klang fast erleichtert, dass er sich geirrt hatte. Freute er sich am Ende, mich zu sehen?

„Nach dem, was du mir in dieser Nacht gesagt hast, wundert mich deine Skepsis nicht."

Er warf mir einen schneidenden Blick zu. „Also, wieso bist du hier?"

Immerhin tat er nicht so, als wüsste er nicht, wovon ich rede. „Was hast du damit gemeint, du wärst daran schuld, dass dein Vater im Rollstuhl sitzt?"

„Genau das."

„Das heißt, du hast ihm etwas angetan? Absichtlich?"

Verbittert lächelte er. „Du hättest gern, dass es nicht so schlimm klingt. Du hättest gern, dass ich ein anderer wäre. Jemand, der nicht so kaputt ist. Stimmt's, Pepper?" Er schüttelte den Kopf und schmiss den leeren Becher in den Mülleimer.

„Ich werde dich nicht anlügen und dir einreden, ich wäre so ein toller Typ wie dein Liebling, der Medizinstudent."

Er stieß sich ab und schlürfte zum Bett.

„Das war nicht meine Absicht."

„Natürlich. Das sehe ich dir an. Ich merke es daran, wie du mich anschaust, mit deinen großen grünen Augen."

Ich stemmte die Fäuste in die Hüften. „Ich will nur die Wahrheit wissen."

„Was spielt das für eine Rolle?", fragte er, während er die Decke zurückschlug. „Wir müssen einander nichts aus unserem Leben erzählen. Wir müssen keine Wahrheiten über den anderen wissen. Was wir zusammen machen, braucht keine Verkomplizierung."

Ich blinzelte schockiert. Aber natürlich hatte er recht. Ich musste nicht wissen, wer er war.

„Würdest du bitte das Licht ausschalten?", bat er mich und kuschelte sich ins Bett.

„Du willst schlafen."

„Ja. Ich bin total fertig." Er hob den Kopf. „Bleibst du hier?"

Ich blickte von ihm rüber zum Tisch, wo meine Sachen lagen. „Nein, ich gehe besser."

Er sah mich einen langen Moment an, bevor er nickte und sich zurück aufs Kissen sinken ließ. Ich war schon dabei, meine Sachen zusammenzusammeln, als er mich noch einmal ansprach.

„Du kannst aber wirklich gern hierbleiben. Wie du willst."

Er wollte, dass ich blieb? Ich zögerte. Schließlich legte ich meine Bücher wieder hin und schritt rüber zum Bett. Ich streifte die Schuhe ab und kroch zu ihm unter die Decke.

Dann kuschelte ich mich an ihn. Sein Körper glühte. Ich entspannte mich, rückte noch ein Stück näher, bis meine Nasenspitze seinen Rücken berührte. Er roch frisch geduscht.

Plötzlich hörte ich seine Stimme. „Hey, deine Nase ist kalt.“

Ich musste grinsen. „Und meine Füße erst!“ Ich steckte sie zwischen seine Waden.

Er zuckte zurück. „Zieh dir Strümpfe an, Frau!“

Ich lachte. „Du hast doch Fieber. Vielleicht hilft das ja.“

Er rollte sich auf die Seite und schaute mich an. Meine Temperatur schoss auch sofort in die Höhe bei seinem Blick. Ich fing an, seinen Arm zu streicheln. Ganz sanft. Verführerisch. Obwohl er krank war. Wahrscheinlich war ihm das nicht mal bewusst. Aber so reagierte ich nun mal auf ihn.

Ihm fielen die Augen zu. Ohne sie wieder zu öffnen, murmelte er: „Ich mag es, wenn du lachst. Es klingt so ungekünstelt und ehrlich. Viele Mädchen lachen falsch. Du nicht.“

„Ich mag dein Lachen auch“, flüsterte ich und spürte, wie er mich enger an sich drückte.

„Ja?“

Ich schmiegte meine Hand an seine Brust und genoss es, seine warme Haut zu fühlen. Er seufzte, wahrscheinlich verschaffte meine kühle Hand ihm eine kleine Erfrischung.

„Seit ich dich kenne, lache ich viel mehr“, sagte er leise.

Wirklich? Ich runzelte die Stirn. Dann hatte er vorher wohl überhaupt nicht gelacht. Ich fand jedenfalls nicht, dass er besonders fröhlich war.

Ich hielt ihn fest in dieser Nacht. Und er mich. Mein Kopf ruhte unter seinem Kinn, seine Arme umschlossen mich und hielten mich ganz fest. Als wäre ich ein Rettungsanker für ihn. Ich spürte sogar den Moment, in dem sein Fieber nachließ, gegen ein Uhr morgens. Überzeugt, dass er auf dem Weg der Besserung war, konnte ich nun auch endlich einschlafen.

17. KAPITEL

Die Überbleibsel der Halloween-Party waren nicht zu übersehen. Ich musste im Slalom über den Flur zu meinem Zimmer gehen, weil alles noch voll mit schwarzem und orangefarbenem Luftschlangenspray war. Ich konnte mir Heathers Miene vorstellen, wenn sie das Chaos sah. Unsere Wohnheimsprecherin würde vermutlich sofort eine außerordentliche Versammlung einberufen. Ich seufzte. Das war keine erfreuliche Aussicht.

Apropos Heather. Ich war ein paar Schritte von meiner Unterkunft entfernt, als ein männliches Wesen aus Heathers Zimmer trat. Die Schuhe in der einen Hand, schloss er mit der anderen leise und vorsichtig die Tür. Da schlich sich jemand heimlich weg! Plötzlich stand er vor mir. Ich blinzelte. „Logan?"

„Hallo, Pepper", flüsterte er und strich sich mit den Fingern durch seine verwuschelten Haare, wodurch er sie noch mehr zerzauste. Wie sein Bruder sah er garantiert auch an seinem übelsten Tag immer noch grandios aus. „Ich hab mir schon gedacht, dass ich dich hier treffe."

„Ja, ich wohne hier." Ich warf einen Blick auf die Tür – Heather war im letzten Jahr und vierundzwanzig. „Weiß sie, dass du noch auf der Highschool bist?"

Er lächelte schief und bückte sich, um sich die Schuhe zuzubinden. „Ich glaube nicht, dass sie das interessiert."

Ich schnaubte verächtlich. „Darauf kannst du wetten."

„Du hast doch einen Wagen, oder?"

„Ja. Wieso?"

„Na ja, gestern bin ich mit Heather hergekommen. Ich wollte schon jemanden anrufen, der mich zum Mulvaney's zurückbringen kann …"

Ich grinste. „Wieso bittest du denn nicht Heather darum?"

„Ach weißt du, ich möchte sie ungern wecken."

„Ich verstehe." Ich klemmte mir meinen Wäschekorb unter den Arm und machte mich auf den Weg zu meinem Zimmer. „Ich bringe das nur kurz weg und hol meinen Autoschlüssel."

„Danke." Er ging hinter mir her. Als ich mich umdrehte, bemerkte ich, wie er sich nervös umschaute – als hätte er Angst, Heather könnte ihn verfolgen.

Ich stellte den Wäschekorb ab und schnappte mir meinen Schlüssel. Grinsend sagte ich: „Los, Romeo."

Er grinste zurück. Während wir zum Aufzug liefen, meinte er mit Stolz in der Stimme: „Ich bin kein Romeo. Ich habe es nämlich nicht nur auf ein Mädchen abgesehen."

Ich nickte. „Das kann man wohl sagen."

„Mein Bruder dagegen …" Er sprach nicht weiter, sondern blickte mich nur wissend an.

Ich schüttelte den Kopf und spürte, wie ich rot wurde. „Keinen Schimmer, wovon du redest."

„Ihr trefft euch in letzter Zeit ziemlich oft."

„Oft würde ich das nicht nennen." Ich musste Logan nicht unbedingt auf die Nase binden, dass ich mich noch nie mit einem Mann so oft getroffen hatte wie mit Reece.

Wir betraten den Lift, in dem bereits zwei Studentinnen waren und quatschten. Sie betrachteten Logan bewundernd und unterhielten sich weiter. Ob ich wollte oder nicht, ich musste ihr Gespräch mit anhören – und ich horchte sogar auf, als die Worte „Kink Club" fielen. Emerson würde sicher alles wissen wollen, was die beiden darüber zu erzählen hatten. Seit sie zum ersten Mal von diesem Club Wind bekommen hatte, war sie ganz scharf darauf, mehr darüber zu erfahren. Sie war regelrecht beleidigt, dass sie noch niemand dorthin eingeladen hatte.

„Ja, Hannah hat eine Einladung gekriegt", meinte die eine. „Offensichtlich kennt sie jemanden, der schon Mitglied ist.

Und du weißt ja, wie Hannah ist, sie stand schon immer auf abgefahrenes Zeug …"

Ich warf Logan einen Blick zu. Auch er lauschte interessiert, das konnte ich jedenfalls aus seiner Miene schließen. Wahrscheinlich wünschte er sich, er könnte diese Hannah treffen.

Als wir aus dem Fahrstuhl stiegen, sagte ich zu ihm: „Willst du die beiden nicht nach Hannahs Telefonnummer fragen?"

Er lachte, während wir nach draußen traten. Es war ein frischer Morgen, der Wind war eisig in meinem Gesicht, und ich ärgerte mich, dass ich mir keine Jacke übergezogen oder wenigstens einen Schal eingepackt hatte. „Klingt interessant, aber nein danke. Ich bin eher der konventionelle Typ."

Ich sparte es mir, ihn darauf hinzuweisen, dass man es kaum als konventionell bezeichnen konnte, wenn jemand jede Woche mit einer anderen Frau ins Bett ging. Wir setzten uns in den Wagen, und ich schaltete sofort die Heizung ein.

„Also", meinte ich zu ihm, als wir den Parkplatz verließen, „hat dein Bruder eine Ahnung, wo du bist?"

Sein Grinsen verwandelte sich in eine Art geheimnistuerische Miene. Er schaute mich eindringlich an, und ich fühlte mich ertappt.

„Warum fragst du mich nicht einfach nach dem, was du wirklich wissen willst?"

„Was meinst du?", stammelte ich.

„Du willst alles über meinen Bruder wissen, gib's zu."

„Ich will nicht alles wissen." Nur das Wichtigste.

„Ich kann dir zumindest verraten, dass es ihm wirklich ernst mit dir ist."

„Warum bist du dir da so sicher?", erwiderte ich, bevor mir dämmerte, dass ich vielleicht besser etwas cooler reagieren sollte.

„Früher hatte er viele Mädels am Start. Okay, natürlich nicht so viele wie ich …“ Ich verdrehte die Augen. Er legte sich eine Hand auf die Brust und zwinkerte. „Aber es gab ein paar. Doch keine wie dich.“

„Und wie bin ich?“

„Du, Pepper, bist ein Mädchen, das ein Mann mit nach Hause nimmt. Und vermutlich hat sich Reece aus diesem Grund auch noch nie mit einer Frau wie dir eingelassen. Wir haben allerdings auch nicht wirklich ein Zuhause, in das man gern jemanden mitbringt. Unser Vater ist ein bisschen schwierig. Schon vor seinem Unfall war er verbittert und immer schlecht gelaunt. Keine Ahnung, was als Erstes durch die Luft flog – seine Fäuste oder die Bierflaschen, die er nach uns warf.“

Ich umklammerte das Lenkrad. Ein bekanntes Gefühl breitete sich in mir aus. Offensichtlich war die Kindheit der beiden auch nicht besser gewesen als meine. Nur mit anderen giftigen Zutaten. Aber Gift blieb Gift. „Klingt ja super.“

„Ja, ein echter Sonnenschein.“

„Du hast einen Unfall erwähnt.“ Reece hatte nicht von einem Unfall gesprochen, im Gegenteil. „Was ist passiert?“

„Er hat sich mit dem Auto um einen Baum gewickelt und sich die Wirbelsäule gebrochen.“

Ein Autounfall? Wie konnte Reece daran schuld sein? „Reece hat irgendwann mal so was behauptet wie, dass er daran schuld wäre.“

Logan sah mich scharf an. „Das hat er zu dir gesagt?“

Ich nickte.

Logan fluchte. „Es war nicht seine Schuld. Der Alte beharrt zwar darauf, doch das stimmt nicht. Reece kam damals in den Semesterferien nicht nach Hause, um in der Bar zu helfen, und Dad hatte den Crash nach Feierabend. Reece glaubt, das alles wäre nicht passiert, wenn er an diesem Abend da gewesen wäre.“

In meinem Kopf wirbelten die Gedanken, als wir das Mulvaney's erreichten. Wir hatten eben alle unser Päckchen zu tragen. Bis auf Hunter natürlich. Er hatte eine liebende Familie. Eltern, die ihren Kindern beistanden, sie beschützten und unterstützten. „Das ist nicht in Ordnung."

„Nein", pflichtete Logan mir knapp bei, und das zeigte mir, dass er eine Menge mehr zu diesem Thema zu sagen hätte – und zu der Tatsache, dass sein Bruder das College abgebrochen und seine Zukunft geopfert hatte. „Ich hätte das nie gemacht. Vermutlich bin ich egoistischer als er. Sobald ich meinen Schulabschluss habe, bin ich hier weg. Ich will mein eigenes Leben führen. Hoffentlich schafft Reece den Absprung auch noch. Aber immerhin muss er sich dann um mich erst mal keine Sorgen mehr machen."

„Meinst du, er will weiterstudieren?"

Er schüttelte den Kopf. „Nein. Er hat Spaß daran, die Bar zu managen. Zuerst war das nicht so, doch es liegt ihm eben doch im Blut. Unser Großvater hat den Laden eröffnet und ihn zu dem gemacht, was er ist. Als Dad übernommen hat, ging es abwärts. Doch seit Reece am Steuer ist, läuft es wieder super. Er ist sogar schon mit verschiedenen Banken im Gespräch, weil er eine zweite Location eröffnen möchte. Mein Vater wird ausrasten, wenn er das spitzkriegt. Er hasst Veränderungen. Allerdings bezweifle ich, dass das Reece aufhalten wird. Er ist fest entschlossen."

Ich lenkte den Wagen bis zum Hintereingang und wünschte, ich wäre langsamer gefahren. Alles, was ich von Logan erfuhr, offenbarte eine neue Seite von Reece und bestätigte mir, dass mehr in ihm steckte, als ich zuerst angenommen hatte.

Logan zögerte, nachdem er schon die Tür aufgerissen hatte. „Danke fürs Bringen."

„Gerne."

Er schaute mich an. „Mein Bruder ist ein guter Typ, weißt du."

Ich nickte, unsicher, was ich darauf erwidern sollte.

„Ich habe gehört, du warst hier und hast dich um ihn gekümmert, als es ihm so mies ging." Ich nickte noch einmal und errötete leicht. „Er hat jemanden wie dich verdient."

Verlegen strich ich mir eine Haarsträhne hinters Ohr und starrte nach vorn aus der Windschutzscheibe. „Das ist nett, dass du das sagst. Aber du kennst mich doch gar nicht, Logan." Ich war nicht die Person, die seinen Bruder retten würde. Selbst wenn ich wollte, war ich dafür nicht geschaffen. Ich hatte mich selbst kaum retten können.

„Vielleicht schätze ich dich anders ein als du dich selbst."

„Das denke ich nicht."

„Na gut. Wie dem auch sei. Dann schätze *ich* dich falsch ein." Etwas in seinem Tonfall veranlasste mich, mich zu ihm zu wenden. Er sah mich mit brennendem Blick an. „Aber Reece nicht. Er kennt dich. Sonst würde er nicht so viel Zeit mit dir verbringen."

Ich umklammerte das Lenkrad. „Ich finde, du stellst reichlich viele Vermutungen an. So ist es nicht zwischen uns. Reece und ich sind nicht mal wirklich befreundet."

Da lachte er und schüttelte den Kopf, als hätte ich etwas unerhört Komisches von mir gegeben. „Klar. Red dir das nur weiter ein." Er stieg aus und beugte sich dann noch einmal zu mir herein. „Bis bald, Pepper."

Er schlug die Tür zu, und ich lauschte dem Geräusch hinterher, während er in der Bar verschwand. Vor mich hin brabbelnd fuhr ich wieder los und beschloss, mal eine Weile nicht ins Mulvaney's zu gehen.

18. KAPITEL

Am nächsten Tag stand Reece vor meiner Tür. Immer noch waren im Flur die traurigen Halloween-Überbleibsel zu sehen. Heather hatte darauf beharrt, dass die Schuldigen sich freiwillig melden und allein aufräumen sollten. Bisher allerdings war das noch nicht passiert. Als ich Reece sah, musste ich an die Unterhaltung mit seinem Bruder denken, und das war mir unangenehm. Reece würde es sicher gar nicht gefallen, dass er mir so viel über ihn erzählt hatte, doch wahrscheinlich hatte Logan ihm nichts von ihrem Gespräch gesagt. Oder von seinen Verkuppelungsversuchen. Da ich also davon ausgehen konnte, dass Reece ahnungslos war, konnte ich mich ein wenig entspannen.

Er hatte eine kleine Schachtel von Emersons Lieblingsbäckerei dabei.

Ich deutete darauf. „Was ist das?"

„Ein Cupcake."

Erstaunt blickte ich ihn an. „Welche Sorte?"

„Red Velvet." Oh mein Gott. Er brachte mir Cupcakes mit?

Er streckte mir die Schachtel hin. „Danke, dass du dich letztens um mich gekümmert hast."

Ich nahm ihm die Box ab und ließ ihn herein. Er setzte sich an meinen Schreibtisch.

Ich hockte mich auf mein Bett und öffnete den Deckel der Schachtel. Beim Anblick des Frischkäse-Toppings lief mir das Wasser im Mund zusammen. „Sieht lecker aus." Ich nahm den kleinen Kuchen heraus, machte die Verpackung ab und biss hinein.

„Schmeckt's?"

„Willst du?"

„Nein danke."

Ich neigte den Kopf zur Seite. „Ganz sicher? Das Teil ist so groß wie eine Melone. Ich geb dir gern was ab."

Lächelnd ging er zu mir rüber. Insgeheim fragte ich mich, ob das nicht eigentlich der Grund für mein Angebot gewesen war: dass er zu mir aufs Bett kam.

Ich hielt ihm den Cupcake hin und dachte, er würde ihn in die Hand nehmen. Stattdessen biss er einfach ein riesiges Stück ab. Ich funkelte ihn strafend an. „Das war fast die Hälfte!"

Er kaute, fing etwas von der Creme auf und leckte sich den Finger ab. „Du hast mir doch was angeboten. Ich bin ein Mann. Ich mache immer große Bisse. Aber den Rest darfst du allein essen."

„Hmmm." Ich sah ihn gespielt tadelnd an und nahm einen weiteren Bissen – winzig im Vergleich zu seinem.

„Das meinte ich übrigens ernst."

Ich schluckte runter, bevor ich fragte: „Was?"

„Danke, dass du dich um mich gekümmert hast."

„Oh." Noch ein Bissen. Ich zuckte mit den Schultern und fühlte mich unwohl unter seinem bohrenden Blick. „Das hätte doch jeder ..."

„Lass das."

„Was?"

„Spiel es nicht herunter. Was du getan hast. Wer du bist. Mir fällt ehrlich gesagt niemand ein, der sich so um mich sorgt außer dir. Jedenfalls nicht, seit meine Mom gestorben ist." Er nickte bedächtig. „Du bist echt ein guter Kumpel, Süße."

Schmetterlinge im Bauch. Ich schluckte den letzten Bissen herunter und zuckte zusammen, da er mit dem Daumen über meine Lippen strich und einen Krümel abwischte, den er sich selbst in den Mund steckte. Ich sah ihn fasziniert an. „Das ist der Todesstoß, wusstest du das nicht? Wenn ein Mann zu einer Frau sagt: ‚Du bist echt ein guter Kumpel!'"

Er blickte mich an. Es dauerte einen Moment, bis er antwortete. „Nicht wenn du ein guter Kumpel von der Sorte bist, an den ich die ganze Zeit denken muss und den ich unbedingt nackt sehen und überall lecken will."

Schon hockte ich mit gespreizten Beinen auf ihm. Ich berührte seine Schultern, spürte seinen muskulösen Körper unter mir. Leicht hielt er meine Hüfte fest. Wir schauten uns tief in die Augen. Er zog mich an sich.

Unser Kuss schmeckte nach Cupcake. Es war ein langer Kuss. Reece streifte sein Hemd ab und begann, an meinem Sweatshirt zu nesteln. Ich hob die Arme, damit er es mir über den Kopf streifen konnte. Mein BH flog gleich hinterher. Mich in seiner Gegenwart auszuziehen wurde langsam zur Gewohnheit.

Er schubste mich aufs Bett. Ohne mich anzufassen, betrachtete er meinen Körper, als wollte er sich jede Kleinigkeit einprägen. Es war mir peinlich. Er würde alle meine Unvollkommenheiten sehen, so hell, wie es im Zimmer war. Ich versuchte, mich an ihm vorbeizuschieben. Die Emotionen, die ich gerade erlebte, waren zu viel für mich.

„Warte." Er legte eine Hand auf meinen Bauch, damit ich mich wieder zurücksinken ließ. Mein Herz klopfte wie wild, ich zitterte, als ich auf seinen nächsten Schritt wartete. Ich blickte ihn an. Sein Kinn streifte meinen Bauch, seine Hände ruhten auf meinen Hüften, während er mich intensiv anschaute. „Vertraust du mir?"

„Ja." Ich lag reglos da, und mir wurde bewusst, dass ich das wirklich tat. „Ja, ich vertraue dir."

Da grinste er und nahm meine Hände. Er verschlang seine Finger mit meinen und drückte sie sanft auf die Matratze. „Gut."

Dann begann er, mich zu küssen. Am ganzen Körper. Feuchte Küsse auf meinem Bauch. Meinen Rippen. Zwischen meinen Brüsten. Überall. Ich seufzte und bebte vor Lust. *Oh Gott. Oh Gott. Oh Gott.* Plötzlich war nichts mehr peinlich. Es gab nur noch ihn. Und seinen Mund auf mir.

Jetzt öffnete er den Reißverschluss meiner Jeans. Mein Slip kam zum Vorschein. Ich erschauerte, als er mich genau *dahin* küsste. Die Hitze seines Mundes elektrisierte mich. Ich stöhnte seinen Namen.

Er küsste mich auf den Mund. Nur unsere Lippen berührten sich. Lippen, Zungen, Zähne. Dieser Kerl machte mich verrückt. Ich erwiderte seinen Kuss genauso leidenschaftlich. Ich merkte, wie meine Arme sich anspannten, denn er hielt sie immer noch fest. Ich presste mich gegen seinen Mund und versuchte, seine Hände wegzuschieben, mich aus dem Griff zu lösen, denn ich wollte ihn auch streicheln.

Da spürte ich seine Erektion. An der Innenseite meines Oberschenkels, durch die Kleidung. Ich spreizte die Beine und schmiegte mich eng an ihn, sodass er genau auf mir lag. Ich hob und senkte die Hüfte, bohrte mich in ihn.

Er nahm die Lippen von mir. „Oh Mann. Ganz sicher, dass das dein erstes Mal ist?"

„Bitte … Lass meine Hände los. Ich möchte dich berühren."

Doch er verschrankte die Finger nur noch fester um meine. „Das ist keine gute Idee."

Er atmete stoßweise, das Geräusch mischte sich mit meinem Keuchen. Mein ganzer Körper begann zu beben, zu pulsieren. „Bitte. Du hast mich so viel gestreichelt. Jetzt bin ich dran."

Entschieden schüttelte er den Kopf.

Meine Stimme kratzte. „Warum nicht?"

Sein Gesicht war so nah über mir, dass ich den dünnen, fast schwarzen Rand um seine blaue Iris sah. „Weil du mich verrückt machst. Ich bin schon zu scharf auf dich."

„Aber du hast gesagt, ich kann dir vertrauen."

„Kannst du auch." Er sah mich mit einem intensiven Blick an – als wollte er mich hypnotisieren, damit ich ihm glaubte. „Ich würde dir niemals wehtun."

„Dann lass meine Hände los."

Sofort tat er es. Ich war frei. Ich glitt mit den Fingern über seine Brust, seine festen Muskeln, das definierte Sixpack. Er ließ den Kopf erschöpft in meine Halsbeuge sinken, als würde er dort irgendwelche geheimen Energievorräte finden.

Ich bewegte meine Hände auf seinem Körper nach unten, zögerte kurz, als ich den Bund seiner Jeans erreichte. Bevor ich es mir anders überlegen konnte, öffnete ich Knopf und Reißverschluss.

Er stemmte sich hoch und schaute mich warnend an. „Pepper …" Er klang seltsam kehlig.

Ich erwiderte kurz seinen Blick, dann sah ich wieder nach unten, auf mein Zielobjekt. „Ich habe noch nie einen Mann da angefasst."

Ich wollte ihm die Hose ausziehen, was mir nicht gelang. Es war aber auch nicht ganz so leicht, weil er auf mir lag.

„Okay." Er schob mich zur Seite und riss sich die Hose selbst herunter. Und dann gehörte er mir.

Lächelnd beugte ich mich über ihn und konzentrierte mich auf seine untere Körperhälfte.

Seine Boxershorts waren beeindruckend ausgebeult. Ich legte meine Hand auf ihn und spürte ihn, ermaß die Größe.

Er wiederholte meinen Namen, flehentlich, stöhnend. Ich ignorierte ihn. Die Neugier war stärker, das Rauschen in meinen Ohren zu laut.

Ich bewegte meine Finger, und die Wölbung wuchs. Ich fühlte mich ermuntert. Ohne weiter nachzudenken, schob ich die Hand in seine Unterhose und umfasste ihn mit meinen Fingern. Er warf den Kopf nach hinten. „Pepper …"

„Er ist viel weicher, als ich dachte.“ Ich biss mir auf die Lippe und staunte, wie gut ausgestattet er war.

Reece lachte heiser. „Dabei bin ich so hart, Süße.“

„Ich meinte deine Haut.“ Wie Seide über Stahl. Ich bewegte die Hand hin und her, erst unsicher, dann immer entschlossener.

Seine Finger hielten mich auf. „Pepper, hör jetzt auf.“

Ich schaute ihn an. „Aber das gehört doch zu meinem Unterricht.“

In seinem Hals zuckten Muskeln und Sehnen, so sehr versuchte er, sich zu beherrschen. Das hätte mir vielleicht zu denken geben sollen, aber mir verlieh es ein Gefühl von Macht. Ich dachte nicht eine Sekunde daran, dass er die Kontrolle verlieren und zu weit gehen könnte. Ich vertraute ihm.

„Du musst nicht …“

„Ich will aber.“

Er ließ meine Hand los. Jetzt konnte ich ihn wieder streicheln.

„In Ordnung“, sagte er schließlich. „Dann nenn es beim Namen.“

Fragend blickte ich ihn an.

„Sag es. Ständer. Schwanz“, half er mir aus. „Hab keine Angst vor dem Wort.“

Ich hielt in der Bewegung inne. Mein Gesicht brannte, und ich schüttelte den Kopf. „Das kann ich nicht sagen.“

„Aber anfassen kannst du ihn? Sag es. Schwanz.“

Das Wort wollte mir nicht über die Lippen kommen. Ich begann wieder mit dem sanften Auf- und Abgleiten und sprach dann langsam das Wort aus, wobei ich mich verrucht und mutig zugleich fühlte. „Schwanz.“

Er machte die Augen zu. Seine Brust hob und senkte sich unter seinem keuchenden Atem. Als würde allein dieses Wort aus meinem Mund ihn erregen.

Ich schaute ihm ins Gesicht. Keine Ahnung, was mich mehr faszinierte. Meine Finger um seine Erektion oder sein Gesichtsausdruck. Er sah fast aus, als hätte er Schmerzen.

„Pepper, bitte … Hör auf." Er verspannte sich unter mir.

Ich hörte nicht auf ihn, sondern bewegte meine Hand schneller und fester.

„Gott", keuchte er und erzitterte, und schon erreichte er den Höhepunkt. Sein ganzer Körper schien vor Spannung zu explodieren.

Ganz allmählich beruhigte sich seine Atmung. Er schob einen Arm vors Gesicht und murmelte schließlich: „Das sollte nicht passieren."

Ich beugte mich über ihn und lächelte. „Du hattest wohl etwas anderes geplant?"

Er nahm den Arm weg und blickte mich an, strich mir eine Haarsträhne hinters Ohr. „Mit dir läuft kein Plan glatt, befürchte ich."

Immer noch lächelnd stand ich auf. Ich holte ein kleines Handtuch, warf es ihm hin und griff mir selbst auch eins.

Er wischte sich ab. Als ich so dastand, ohne Oberteil und in geöffneten Jeans, spürte ich die alte Verlegenheit wieder. Ich schnappte mir rasch ein T-Shirt aus dem Schrank und schlüpfte hinein. Dann drehte ich mich um und spielte mit dem Bündchen, weil ich nicht wusste, was ich jetzt tun sollte.

Reece setzte sich auf. Er hatte seine Jeans noch nicht wieder angezogen. Für mich verkörperte er puren Sex. Seine golden schimmernde Haut. Schlank und muskulös. Ein Sixpack, das mehr einem Eightpack ähnelte. Unfassbar. Und das Tattoo, das sich über Arm und Brust schlängelte, war das i-Tüpfelchen.

Plötzlich war meine Kehle ganz trocken, und ich schluckte. „Was jetzt?"

„Na ja. Wenn wir nur eine Affäre haben, ist das der Zeitpunkt, sich zu verabschieden."

„Oh." Ich nickte. Aber das war keine Affäre. Es war nicht einmal das. Es war etwas, das wir uns beide nur vormachten. Weil ich einen anderen Plan verfolgte.

Er legte eine Hand auf sein Knie und blickte mich fragend an. „Soll ich hierbleiben?"

„Willst du bleiben?"

Da war es wieder, sein Lächeln. „Wenn ich hierbleiben soll, sag es. Das wäre dann aber mehr als eine Affäre. Das würde man eher machen, wenn man wirklich zusammen wäre."

Wenn man wirklich zusammen wäre. Die Worte irritierten mich und passten so gar nicht zu der Vorstellung, die ich von ihm und mir hatte. Doch natürlich war es richtig, dass er mich an unsere Abmachung erinnerte.

Ich holte tief Luft. „Ja. Dann solltest du bleiben."

Ich versuchte, zuversichtlich zu klingen. Nach allem, was wir – was ich – gerade getan hatten, dürfte das nicht allzu schwierig sein.

„Du hörst dich nicht gerade sehr begeistert an. Das ist ein bisschen abtörnend."

Ich musste die Sache wissenschaftlicher angehen. Das war nichts Persönliches. Das war ein reines Experiment. Reece war ein superattraktiver Mann, der mich an seinen sexuellen Erfahrungen teilhaben ließ, um mich in die Geheimnisse des Vorspiels einzuweihen. Ich fühlte mich auch schon ein bisschen erfahrener. Zum Beispiel konnte ich jetzt richtig küssen. Und mehr als das. Ich war sicher noch keine Expertin in Sachen Vorspiel, aber ich konnte mich zumindest sehen lassen. Dank Reece war ich nun bereit für Hunter. Mein Magen zog sich zusammen bei der Vorstellung, dass ich solche Dinge vielleicht schon bald mit Hunter machen würde.

Ich schnappte mir mit zitternden Händen meinen Kulturbeutel vom Regal neben dem Schrank. Mir war gerade klar geworden, dass ich die Zeit mit Reece viel zu sehr genoss. Ich genoss ihn. Das war nicht geplant gewesen. „Bin gleich wieder da."

Im Bad wusch ich mir das Gesicht und putzte mir die Zähne. Ich drückte mit der Bürste so fest auf, dass ich Blut schmeckte. Ich spülte mir den Mund aus und betrachtete mich im Spiegel. Das war jetzt also die neue Pepper. Die, die ihr Bett mit einem anderen Mann als Hunter teilte. Schwer nachzuvollziehen.

Als ich wieder in mein Zimmer kam, lag Reece unter der Decke und hatte den Kopf auf einen Arm gebettet. Ich knipste die Lampe aus, sodass der Raum nur noch von dem bisschen Licht erhellt wurde, das durch die halb geschlossene Jalousie hereindrang.

Ich zog meine Hose aus, und Reece hielt mir die Decke hoch, damit ich neben ihn schlüpfen konnte. Er sah wirklich sehr einladend aus.

Ich krabbelte zu ihm. Als er mich an sich zog, seufzte ich. Sein warmer weicher Körper ließ mich schon wieder ganz kribbelig werden. Seine Männlichkeit, seine Größe, seine Stärke – ich war ganz atemlos.

Alles kribbelte. Und diese gewisse Sehnsucht war auch schon wieder da.

Er schlang den Arm um meine Hüfte, seine Hand ruhte auf meinem Bauch. Kurz löste er sich noch mal von mir, um mein Haar beiseitezuschieben, damit es ihm nicht in den Mund fiel. Ich spürte seinen warmen Atem auf meinem Nacken. Mein Gott! Diese Sehnsucht. Ich presste meine Schenkel zusammen, als ob ich sie damit verscheuchen könnte. Wie sollte ich so nur schlafen können?

„Dieser Freund von dir, dieser Hunter …", meinte Reece da.

„Ja?", fragte ich leise.

„Wenn er abhaut, nachdem du mit ihm rumgemacht hast, bedeutet es ihm nichts. Bedeutest *du* ihm nichts. Hast du verstanden?“

Ich zuckte zusammen. Schließlich war es genau das, was ich mit Reece vor Kurzem erst getan hatte. „Es tut mir leid, wenn …“

„Ich sage das nicht, damit du dich mies fühlst, Pepper. Ich sage es dir nur, weil ich nicht möchte, dass dich irgendein Mann, sei es dieser Hunter oder ein anderer, jemals ausnutzt.“

Wieder spürte ich seinen Atem auf meinem Nacken. Seine Lippen waren ganz nah. Ich drehte mich auf die Seite und blickte ihn im Halbdunkel an. Unsere Nasenspitzen berührten sich fast.

„Danke.“ Beinahe hätte ich hinzugefügt: „Danke, dass du dich um mich sorgst“, aber das wäre wohl des Guten zu viel. Also schwieg ich.

Er lachte leise. „Das ist kein völlig selbstloser Akt, Pepper. Ich habe Spaß, wenn ich mit dir zusammen bin. Ganz klar.“ Er streichelte meine Wange sanft, nur mit den Fingerspitzen. Sofort flatterten die Schmetterlinge in meinem Bauch. Meine Wangen brannten, da ich daran denken musste, wo ich ihn gerade berührt hatte.

„Mir macht es auch Spaß mit dir.“ Ich küsste ihn, und diesmal war es ein romantischer, zärtlicher Kuss. Natürlich blieb es nicht lange so – wie immer. Das Blut begann in meinen Ohren zu rauschen. Ich umfasste sein Gesicht und legte den Arm um seinen Hals, sodass wir eng aneinandergepresst waren. Nach einer Weile mussten wir Luft holen.

Schwer atmend lehnte er die Stirn an meine. „Wir sollten vielleicht besser schlafen.“

Ich musste lachen. Ich konnte mir nicht vorstellen, wie das gehen sollte.

„Komm her.“ Er zog mich an sich, bettete meinen Kopf

auf seiner Brust. Ich hörte seinen Herzschlag. Er streichelte meine Haare und war ganz vorsichtig, wenn sich seine Finger verhakten. „Du hast schöne Haare."

Ich lächelte und wandte mein Gesicht zu ihm, sodass er mein Lächeln bemerkte. Er sollte wissen, dass ich mich über sein Kompliment freute. „Mit diesen Haaren kann ich dich auf Meilen entfernt sehen. Sie sind wie eine lodernde Flamme. Tausend verschiedene Farben."

„Ein poetischer Barkeeper", murmelte ich und schmiegte eine Hand auf seinen Brustkorb.

„Honey, jeder Barkeeper ist ein Poet."

„Ich schätze, du bekommst eine Menge mit von der Welt in deinem Job."

„Ich bekomme genug mit. Ich habe dich bekommen."

Immer noch lächelnd kuschelte ich mich an ihn. Es machte mich angenehm schläfrig, wie er meinen Kopf streichelte. „Erzähl mir mehr", forderte ich ihn auf.

„Du willst doch nur hören, wie schön du bist."

Ich gab ihm einen Klaps auf den Arm. „Nein!"

„Du weißt aber, dass du schön bist. Ich muss es nicht extra sagen."

„Woher sollte ich das wissen?", fragte ich ernst.

„Guck doch mal in den Spiegel! Und bemerkst du nicht, wie die Blicke dir folgen, wenn du einen Raum betrittst?"

Darauf wusste ich keine Antwort. Irgendwie war mir diese Vorstellung unangenehm. Ich begann, mit dem Finger kleine Kreise auf seine Brust zu malen.

„Hunter wird dir nicht widerstehen können. Ich begreife gar nicht, wieso ihr nicht schon längst zusammen seid."

Meine Finger erstarrten.

Plötzlich wurde ich wütend. Wieso musste er dauernd von Hunter anfangen? Wenn wir beide so eng zusammen waren? Das fühlte sich irgendwie … Keine Ahnung … falsch an.

„Danke“, murmelte ich. Ich schloss die Augen und nahm mir vor zu schlafen, um meiner Wut zu entfliehen, um ihm zu entfliehen. Doch natürlich gelang mir das nicht. Ich spürte Reeces Anwesenheit überdeutlich, und das raubte mir den Schlaf. Vermutlich würde ich wach liegen, bis es Zeit zum Aufstehen war.

Das war mein letzter Gedanke, ehe mir die Augen zufielen.

19. KAPITEL

Ich warte im Badezimmer, bis die Geräusche jenseits der Wand verstummt sind. Irgendwann sind die Stimmen nicht mehr zu hören, und ich zähle bis zehn, warte darauf, dass Mommy kommt und mich holt. Sie kommt nicht. Also warte ich weiter und fange wieder an zu zählen. Dieses Mal bis zwanzig.

Ich ziehe die Knie an die Brust und lehne mich gegen das Handtuch, mit dem ich die Außenseite der Wanne gepolstert habe. Hoffentlich muss ich nicht wieder die Nacht im Bad verbringen.

Ich drücke meinen lilafarbenen Bären, ich spiele mit seinen weichen ausgeleierten Ärmchen. Sie waren mal ganz fest, mit einer dicken Füllung gepolstert. Irgendwie ist die Füllung verschwunden, sodass seine Arme jetzt einfach violette Stoffwürste sind.

Die Tür geht auf, und ich luge hinter dem Vorhang vor. Ich freue mich auf Mommy und hoffe, dass ich endlich zu ihr ins Bett krabbeln kann.

Aber es ist nicht Mommy.

Da steht ein Mann mit langen Haaren, die feucht wirken. Sein kariertes Hemd schlabbert um seine schmalen Schultern. Es ist ganz aufgeknöpft. Sein weich aussehender Bauch ist so weiß wie das Stück Seife neben mir.

Er geht zur Toilette. Jetzt fummelt er an seinem Reißverschluss, und ich verstecke mich schockiert hinter dem Duschvorhang. Hoffentlich beeilt er sich und verschwindet schnell wieder. Mommys Gäste bleiben nie lange. Aber offensichtlich habe ich ein Geräusch gemacht, denn plötzlich wird der Vorhang weggeschoben.

Der Mann hat sich vor mir aufgebaut. „Na, wen haben wir denn hier?“

Ich zucke vor ihm zurück und presse meinen lilafarbenen Teddy fest an mich.

Seine Knie knacken, während er sich vor die Wanne kauert. „Bist du Shannons kleine Tochter?“

Ich nicke.

Seine dunklen Augen mustern mich, er betrachtet meine nackten Beine, die unter Mommys T-Shirt hervorlugen. Er beugt sich nach vorn und schaut in die Badewanne, als wollte er kein Stückchen von mir verpassen.

„Gar nicht mehr so klein, was? Ich finde, du siehst schon aus wie ein großes Mädchen.“

Seine Finger liegen auf dem Rand der Badewanne, und sie erinnern mich an die eines Skeletts, so lang und dünn und weiß. Er trägt viele Ringe. Mein Blick bleibt an einem Ring in Gestalt eines Totenschädels hängen.

Ich drücke meinen lila Bären noch enger an mich und schlinge meine Arme ganz fest um seinen weichen Körper. Mommy hat gesagt, der Stoffbär würde mich immer beschützen. Der violette Teddy würde auf mich aufpassen, wenn sie nicht da ist.

„Wie heißt du denn?“

„Wo ist meine Mommy?“

„Sie schläft.“ Mit zwei knochigen Fingern streichelt er über mein Knie. Ich zucke zusammen und ziehe mein Bein weg.

Er grinst mich an. Seine Zähne sind braun und pelzig.

Ich will Mommy rufen, doch er hält mir schnell die Hand vor den Mund und erstickt meine Stimme. Ich kriege keine Luft mehr.

Ich rieche nur den Gestank seiner Hand. Ich habe Angst.

Mit einem unterdrückten Schluchzen wachte ich auf und saß senkrecht im Bett. Sofort waren zwei starke Hände da, griffen nach meinen Armen. Ich schrie und schlug auf die Person ein, die mich festhielt.

„Pepper! Was hast du?“

Seine Stimme drang nicht zu mir durch. Ich war immer noch gefangen in dem Badezimmer, erstickt von der faulig riechenden Hand. *Mommy! Mom!*

„Pepper!“ Jemand schüttelte mich. „Pepper, du träumst. Es ist alles in Ordnung.“

Ich blinzelte im dämmrigen Morgenlicht. „Reece?“

„Ja.“ Er strich mir eine Haarsträhne aus dem Gesicht. „Kein schöner Traum, was?“

Ich nickte nur.

„Du weinst ja.“ Er wischte mir eine Träne ab.

Ich lachte unsicher und fuhr mir mit der Rückseite meiner Hand über die Wangen, die sich feucht anfühlten. „Muss wohl am Essen liegen.“ Wie konnte ich nur so dumm sein? Die Albträume kamen immer ohne Vorwarnung. Ich hätte darauf vorbereitet sein sollen, dass so was passieren würde.

„Du kriegst von Essen Albträume?“ Er klang skeptisch. „Was hast du denn geträumt?“

„Weiß ich nicht mehr.“

„Du hast nach deiner Mutter gerufen.“

Mein Herz krampfte sich zusammen, was mir regelrecht körperliche Schmerzen verursachte. „Wirklich?“

„Ja.“

Ja. Ich hatte nach ihr gerufen. In jener Nacht. Und danach. An dem Abend, als sie mich bei Gram ablud, weinte ich. Ich schrie nach ihr. „Was hast du sonst noch gehört?“

Er schaute mich an, seine Augen leuchteten. „Willst du darüber reden?“

„Nein“, zischte ich ihn an, ohne es zu wollen. „Ich will nicht darüber sprechen, wie meine Mutter mich im Stich gelassen hat. Mich auf der Türschwelle meiner Grandma abgelegt hat, als wäre ich die Tageszeitung."

Er rührte sich nicht. Er hielt still, hatte immer noch die Hände auf meine Schultern gelegt. „War das so?"

Ja, dachte ich. *Das war so.* Und da gab es noch ein paar andere Dinge, über die ich nie mit jemandem sprechen würde. Und noch nie gesprochen hatte. Dass meine Mutter mich verlassen hatte, war allerdings kein Geheimnis. So viel konnte ich ihm aus meiner unrühmlichen Vergangenheit verraten. Doch den Rest nicht.

Ich nickte, denn meine Stimme schien irgendwie verschwunden zu sein.

Zärtlich sah er zu, wie ich mich in die Kissen zurückfallen ließ, und schlang dann den Arm um mich. Ich betrachtete mein Zimmer im dämmernden Morgenlicht und wünschte mir, es würde sich nicht so gut anfühlen, mit ihm hier zu liegen. Denn das hatte ich nicht vorgehabt. Das war nicht Teil des Plans.

„Jetzt weißt du Bescheid über meine kaputte Familie."

Er schwieg eine Zeit lang, wobei er meinen Arm streichelte. „Mit so was kenne ich mich auch ganz gut aus."

Ich schaute ihn an. „Okay. Dann bist du jetzt dran."

Er stöhnte. „Muss das sein?"

„Komm schon. Ich hab dir von mir erzählt. Jetzt du." Irgendwie war mir das wichtig. Von Logan hatte ich ja bereits einiges gehört, doch ich wollte, dass Reece sich mir anvertraute.

„Mal gucken. Dass meine Mutter starb, als ich acht war, habe ich ja schon erzählt."

„Ja."

„Sie ist an einer Überdosis Schmerztabletten gestorben. Nicht absichtlich. Sie litt an Migräne … Und an diesem Tag hat sie gleich mehrere Pillen genommen. Offensichtlich zu viele.

Sie erlitt im Schlaf ein Leberversagen. Am nächsten Morgen ist sie nicht mehr aufgewacht." Er berichtete davon in nüchternem Tonfall, allerdings bemerkte ich in seinen Augen die Traurigkeit. Wie das wohl für ihn war? Aufzuwachen und die eigene Mutter leblos im Bett zu finden. Tot.

„Oh Gott!"

„Mein Vater war nie der weiche, warmherzige Typ, aber danach …"

Ich nickte, denn ich verstand.

„Wir haben wohl etwas gemeinsam", fügte er hinzu.

Ich legte mein Kinn auf seine Brust. In ein paar Minuten mussten wir aufstehen, doch bis dahin konnten wir uns noch ein bisschen festhalten. Die Bedeutung seiner Worte wurde mir jetzt erst bewusst, und plötzlich hatte ich einen Knoten im Magen. *Wir haben wohl etwas gemeinsam.* Ja. Wir waren zwei Menschen, die absolut keine Ahnung davon hatten, wie sich eine normale liebende Familie anfühlte.

„Da hast du recht."

Ich rannte quer über den Campus, musste aber an einer Ampel warten. Nervös trat ich auf der Stelle, die Hände tief in den Jackentaschen vergraben. Ich würde es nicht rechtzeitig zu meiner Statistikvorlesung schaffen.

„Hey, Pepper! Warte mal!"

Ich drehte mich um und sah Hunter auf mich zulaufen. Er umarmte mich zur Begrüßung. Ich schloss die Augen und genoss es.

„Hi! Wie geht's dir?"

„Gut." Er deutete mit dem Kopf auf die andere Straßenseite. „Musst du auch da lang?"

„Ja. Kensington."

„Gut, ich bring dich hin. Ich komme gerade aus der Vorlesung."

Gemeinsam liefen wir über die Straße. Nervös umklammerte ich den Träger meines Rucksacks.

„Ich freue mich schon so auf Thanksgiving. Ich brauche dringend Ferien."

„Ja, ich auch", erwiderte ich. „Und ich kann es kaum erwarten, Lila zu treffen."

Er verdrehte die Augen. „Sie wird uns natürlich alles von ihrem neuen Freund erzählen."

„Sei nicht so. Der ist nett."

„Wie – ‚sei nicht so'? Ich meine, sie wechselt ihre Freunde wie andere Leute die Socken!"

„Wir können schließlich nicht alle auf immer einem Einzigen verfallen sein", entgegnete ich.

Verwundert starrte er mich an. „Erstens, meine letzte Beziehung hat maximal zwei Jahre gedauert. Maximal." Er wedelte mit zwei Fingern vor mir herum. „Und ich bin jetzt wieder Single, falls du das vergessen hast."

Ich grinste und spürte seinen Blick auf mir. Mein Herzschlag beschleunigte sich, da ich bemerkte, wie er mich ansah. Als hätte er mich noch nie zuvor gesehen.

„Was ist eigentlich mit dir? Hast du jemanden?" In diesem Moment passierten zwei Dinge. Erstens tauchte unwillkürlich Reeces Gesicht vor meinen Augen auf, von dem ich seit einer Woche nichts mehr gehört hatte, seit der gemeinsamen Nacht bei mir. Zweitens begriff ich, dass Hunter gerade herauszufinden versuchte, ob ich auch gerade Single war. Er hatte mich noch nie gefragt, ob ich einen Freund hätte. Wahrscheinlich hatte es ihn früher nie interessiert. Das war jetzt offensichtlich anders.

„Nein. Nicht wirklich."

„Hmmm", murmelte er. „Das klingt reichlich unentschlossen. Also ist da sehr wohl jemand. Und jetzt wirst du rot. Ich habe recht!"

Ich hielt die Hände vors Gesicht. „Nein, das stimmt nicht, das ist nur die Kälte."

„Du hast also einen Freund." Er grinste.

„Hör auf damit! Hab ich nicht!" Wir blieben vor den Stufen des Kensington-Gebäudes stehen. Ich stellte mich an die Seite, um die Flut von Studierenden, die durch die Doppeltüren hinaus- und hineinströmten, vorbeizulassen. Da ich auf der untersten Stufe stand, war ich beinahe auf Augenhöhe mit Hunter.

Er lächelte, auf seiner linken Wange erschien das Grübchen, das ich so sehr liebte. „Vielleicht seid ihr noch nicht zusammen. Aber es gibt auf jeden Fall jemanden. Das erkenne ich an deinen Augen."

Dich gibt es, wollte ich schreien. *Es hat immer nur dich gegeben.*

Er musterte mich von oben bis unten. „Du siehst gut aus, Pepper. Hast du irgendwas mit deinen Haaren gemacht?"

„Oh, danke." Ich strich mir mit einer Hand durchs Haar und war froh, dass ich es heute nicht zu einem Pferdeschwanz zusammengebunden hatte. „Ja. Ein paar Strähnchen." Zum Glück hörte sich meine Stimme normal an. Als wäre ich es gewohnt, dass ich Komplimente erhielt. Wieder dachte ich an Reece. *Du bist wunderschön.*

Ich warf einen Blick über meine Schulter. „Ich glaube, ich komme zu spät."

Hunter nickte. „Ja, entschuldige bitte. Ich meld mich per SMS. Geht es für dich klar, wenn wir am Mittwoch fahren?"

„Klingt gut."

„Super." Er tat ein paar Schritte rückwärts, bevor er sich umdrehte und im Strom der Studenten verschwand.

Ich folgte ihm mit meinen Blicken, weswegen ich mich nun wirklich verspäten würde. Hatte Hunter mir schon jemals ein Kompliment gemacht? Ich versuchte, mich zu erinnern. Er war zwar immer nett zu mir gewesen, aber noch nie hatte er mich so angesehen wie eben. Als würde er in mir auf einmal jemand anderen sehen als nur die beste Freundin seiner kleinen Schwester.

Als würde er mich sehen.

20. KAPITEL

Emerson kam in mein Zimmer, während ich am Schreibtisch vor meinem Laptop saß, und fing an, eine Banane zu essen. „Kein Reece heute Abend?"

Mit ihrer Frage traf sie einen wunden Punkt. Warum schienen alle anzunehmen, dass wir zusammen waren, nur weil wir ein paar Nächte miteinander verbracht hatten? Oder war ich es, die falschlag?

Am liebsten hätte ich sie angeschrien und ihr gesagt, dass ich seit einer Woche nichts von ihm gehört hatte. Wieso also ging sie davon aus, dass ich ihn noch mal treffen würde? Außerdem brauchte sie nicht zu wissen, dass ich ihn unbedingt wiedersehen wollte. Betont lässig antwortete ich also: „Nein. Ich muss endlich mal was tun. Diese Hausarbeit muss ich am Donnerstag abgeben, doch morgen muss ich in die Tagesstätte, deshalb muss ich sie heute fertig kriegen." Ich schaute sie an.

„Hmm", murmelte sie und biss ein Stück Banane ab.

Ich lehnte mich in meinem Stuhl zurück. „Was?"

„Na ja, du hast ihn nicht mehr gesehen, seit du dich um ihn gekümmert hast, weil er krank war? Oder?"

Ich hatte Georgia und Emerson nur erzählt, dass ich an diesem Tag bei ihm geblieben war. Die darauffolgende Nacht hatte ich ihnen gegenüber nie erwähnt. An dem Abend, an dem Reece mit dem Cupcake vor meiner Tür auftauchte, war Georgia bei Harris gewesen. Und als Emerson heimkam, hatten Reece und ich schon längst geschlafen. Sie hatte nichts von uns mitbekommen, nicht mal am nächsten Morgen, dass er ging.

Ich runzelte die Stirn. „Ich habe mich nicht um ihn gekümmert. Wie hört sich das denn an?"

Als ich Emerson berichtet hatte, dass ich die Krankenschwester gespielt hatte, hatte sie mich verblüfft angestarrt. Offensichtlich verstand sie nicht, was ich bei ihm wollte, wenn wir nicht miteinander rummachen konnten. Der Fairness halber musste ich zugeben, dass mich das selbst auch verwirrte. Georgia schien es dagegen zu begreifen, denn sie hatte verständnisvoll genickt. Allerdings traute ich mich nicht, sie zu bitten, es mir zu erklären. Ich wollte nicht, dass die beiden bemerkten, wie hilflos ich mich fühlte.

Fragend blickte Emerson mich an.

„Ich habe ihm nur Medikamente vorbeigebracht", behauptete ich. *Und mich an ihn gekuschelt, bis sein Fieber vorbei war.*

„Ach wirklich?" Sie sah mich amüsiert an. „Als Georgia das letzte Mal krank war, habe ich mich von ihr ferngehalten, damit sie mich bloß nicht ansteckt. Und wir sind die besten Freundinnen." Sie neigte den Kopf zur Seite. „Und was tust du? Noch dazu für einen Typen, den du gerade erst kennengelernt hast?" Sie zeigte anklagend mit dem Finger auf mich. „Du pflegst ihn wie die wahre Florence Nightingale!"

Ich zuckte mit den Schultern. „Ich habe ein gutes Immunsystem." Nicht gerade die beste Antwort, aber etwas Überzeugenderes fiel mir nicht ein.

Da vibrierte mein Handy. Ich griff danach und spürte, wie sich mein Magen zusammenzog. Wenn man vom Teufel spricht!

Reece: Hey. Wie geht's dir?

Na so was. Hatte er etwa gespürt, dass ich gerade an ihn gedacht hatte?

„Von wem ist die?"

„Nur meine Laborpartnerin“, antwortete ich. Keine Ahnung, warum mein erster Impuls war zu lügen. Ich legte das Smartphone mit dem Display nach unten.

Emerson glaubte mir und fuhr fort: „Also hast du nicht vor, ihn wiederzusehen? Du gehst dieses Wochenende nicht ins Mulvaney's?“

„Nein.“ Ich wich ihrem Blick aus, wandte meine Aufmerksamkeit wieder dem Bildschirm zu und fing an zu tippen. „Wir sind nicht zusammen, Em. Das weiß ich, und er weiß es auch.“ Ich betrachtete mein Handy. *Aber warum schickt er mir dann eine SMS?*

„Na klar.“ Das klang nicht sehr überzeugt. „Doch solche Freunde mit gewissen Vorzügen können sich auch zum Problem entwickeln.“

„Wir sind nicht mal das.“

„Egal, wie du es nennst.“ Sie winkte ab. „Willst du mir sagen, dass du mit ihm fertig bist?“

Ich tippte weiter. „Ja. Vermutlich. Ich habe noch nicht wirklich darüber nachgedacht – also, über ihn.“ *Nur die ganze Zeit.* „Ich hab viel um die Ohren. Und außerdem hat er ja meine Nummer.“ Wieder schielte ich auf mein Smartphone.

„Ach so. Du wartest darauf, dass *er* dich anruft.“

Schon bereute ich meine Worte. „Ich warte überhaupt nicht darauf, dass er etwas tut.“

„Okay, okay.“ Sie warf ihre Bananenschale in meinen Mülleimer. „Ich wollte ja nur mal fragen, das ist alles.“

„Danke, aber alles bestens, Mom. Ich fahre über Thanksgiving mit Hunter nach Hause. Und genau darum ging es bei der ganzen Sache mit Reece. Schon vergessen?“

„Nein, hab ich nicht.“ Sie nickte.“

„Ich war nur neugierig, ob *du* das nicht vergessen hast.“ Mit dieser Bemerkung verließ sie den Raum.

Ich tippte ungerührt weiter und versuchte, mich darauf zu

konzentrieren, den Absatz zu Ende zu schreiben. Schließlich gab ich auf und schob den Stuhl zurück. Ich stand auf, rieb mir das Gesicht und begann, zwischen Bett und Schreibtisch auf- und abzutigern.

Das Gespräch mit Emerson war keine große Hilfe gewesen. Meine Gedanken wanderten ständig zu Reece. Vor allem, seit er sich mir gegenüber geöffnet und von seiner Mom erzählt hatte. Wir waren beide ohne Mutter aufgewachsen. Nur hatte sich meine damals bewusst dazu entschlossen zu gehen und sich für ihre Sucht entschieden. Reece hatte recht. Wir hatten einiges gemeinsam. Deswegen beschloss ich, auf seine SMS zu antworten. Einen Moment zögerte ich noch, dann schrieb ich. *Hey. Was geht?*

Ich zögerte, las die unverfängliche Message noch mal und fragte mich, was ich ihm wirklich sagen wollte. Nicht zu viel und nicht zu wenig. Nein, das ging so. Zufrieden drückte ich auf „senden".

Danach setzte ich mich wieder hin und las den letzten Abschnitt, den ich verfasst hatte, noch mal. Ich wollte jetzt endlich diese Hausarbeit zu Ende bringen.

Im selben Moment vibrierte mein Handy erneut. Ich riss es hoch.

Reece: Mir geht's gut. Seit diese hervorragende Krankenschwester sich vor ein paar Tagen um mich gekümmert hat, geht es mir besser denn je.

Grinsend schrieb ich zurück.

Ich: Du Glückspilz.
Reece: Sie schmeckt auch gut. Wie Cupcakes.

Ich wurde knallrot.

Ich: Dann muss ihr wohl jemand Cupcake zu essen gegeben haben.
Reece: Sie bräuchte nur noch eins von diesen sexy Krankenschwester-Outfits, dann wäre meine Fantasie perfekt.

Ich lachte.

Ich: Kommen in deiner Fantasie Kotzen und Magenverstimmung vor???
Reece: Nein, du.

Mein Lächeln verschwand. *Verdammt*. Obwohl er nicht mal hier war, wurden mir die Knie ganz weich, und meine Finger zitterten. Wie sollte ich darauf reagieren? Da bemerkte ich, dass er noch online war und weiterschrieb. Ich wartete, bis seine Nachricht ankam.

Reece: Wann sehe ich dich wieder?

Mein Herz hüpfte. Bei mir? Oder bei ihm? Nachdenklich kaute ich auf meiner Unterlippe.

Reece: Vielleicht Lunch am Mittwoch?

Ich blinzelte. Lunch? Also nicht bei ihm oder bei mir. Was sollte das denn? Man ging mit seinen Freunden Mittagessen. Oder als Paar. Da wir kein Paar waren, waren wir ja vielleicht Freunde. Oder war das zu abwegig?

Reece: Hallo?
Ich: Ja. Mittwoch passt.
Reece: Ist das Gino's okay?

Bei Gino's gab es die beste Pizza und die leckerste Calzone der Stadt. Der Laden war nicht weit weg vom Mulvaney's.

Ich: Klingt gut. Wie viel Uhr?
Reece: Ich hol dich um 12 ab, okay?

Ich runzelte die Stirn. Abholen? Das fühlte sich ja an wie ein Date.

Ich: Es ist nur zum Lunch. Treffen wir uns da.
Reece: Ich hol dich ab.

Ich starrte aufs Display und überlegte, ob ich noch einen Abwimmelversuch probieren sollte. Doch ich ließ es und schrieb nur ein Okay.

Reece: Bis dann.

Ich legte mein Handy weg und blickte rüber zur Verbindungstür. Fernseherlärm dröhnte aus dem Zimmer nebenan. Emerson war also am Lernen. Sie büffelte immer bei eingeschaltetem Fernseher. Ich wollte schon rübergehen, dann zögerte ich. Nein, ich würde ihr nichts von der Verabredung erzählen. Nach der Inquisition eben wäre das für sie nur die Bestätigung dafür, dass ich Reece vermisste und ihn unbedingt wiedersehen wollte oder irgend so ein Unsinn.

Aber darum ging es gar nicht. Ich wollte einzig und allein meine Kenntnisse erweitern. Dieses Pseudo-Date war ein weiterer Probelauf in Sachen Hunter. Für mein erstes Date mit ihm. Falls es jemals dazu kommen würde. Was ich schwer hoffte.

Nein, das Date mit Reece war nur Mittel zum Zweck. Aber irgendwas stach in meiner Brust. Ich rieb mir die Stelle, damit dieses Gefühl von Enge verschwand. *Es war nur Fake.* So wie alles andere zwischen uns. Es war nicht mehr. Nichts Echtes.

21. KAPITEL

Er klopfte ein paar Minuten vor zwölf Uhr. Ich sah ein letztes Mal in den Spiegel. Ich hatte ewig gebraucht, um mich zu entscheiden, was ich tragen sollte. Es war Mittag, und wir gingen Pizza essen. Da zieht man sich anders an als für ein Date am Abend.

Meine Wahl fiel auf Skinny-Jeans und ein tailliertes langärmeliges Oberteil. Und Stiefeletten statt der Sneakers, die ich sonst immer anhatte. Die Haare ließ ich offen und hatte sie mithilfe des Diffuser-Aufsatzes von meinem Föhn und reichlich Schaum und Spray zu bändigen versucht. Das war ein riesiger Aufwand. Aber den nahm ich gerne auf mich, denn Reece fand meine Haare schön, und ich wollte seine Erwartungen erfüllen. Irgendwie war es schon traurig, dass ich so viel Bestätigung von anderen für mein Selbstbewusstsein zu brauchen schien. Offensichtlich unterschied ich mich also doch nicht so sehr von den anderen Mädchen. Endlich! Ich hatte mir immer gewünscht, normal zu sein. Am Tisch der Coolsten zu sitzen, weil ich eben ich war – und nicht, weil ich Lila Montgomerys beste Freundin war.

Kaum hatte ich die Tür geöffnete, traf mich fast der Schlag. *Mein Gott!* Würde das ewig so weitergehen? Wie viele Küsse noch, bis er nicht mehr diesen umwerfenden Effekt auf mich hatte?

„Hey." Okay. Warum klang meine Stimme so, als hätte ich gerade einen halben Liter Helium eingeatmet?

„Hey." Er musterte mich von oben bis unten. „Du siehst echt hübsch aus."

„Danke." Auch ich betrachtete ihn ausgiebig. Er trug Jeans und ein eng anliegendes graues Thermoshirt, das seine breiten Schultern betonte. Es war nicht ganz hauteng, aber die

Konturen seines Oberkörpers zeichneten sich deutlich ab. „Du auch."

Er grinste.

„Also, nicht hübsch", korrigierte ich mich. „Gut. Du siehst gut aus." *Meine Güte!* Der erste Fauxpas.

„Danke. Wollen wir?"

Ich nickte, schnappte meine Tasche, hängte sie mir um und zog die Tür zu. Um diese Uhrzeit waren jede Menge Leute auf dem Flur unterwegs oder lümmelten sich in dem kleinen Sitzbereich gegenüber vom Lift. Sie starrten uns unverhohlen an, während wir auf den Aufzug warteten. Eine Studentin lehnte sich so weit nach hinten, um einen besseren Blick auf Reece zu erhaschen, dass sie beinahe von ihrem Stuhl gekippt wäre.

Garantiert bemerkte er das auch, allerdings sagte er nichts. Vielleicht beachtete er es aber auch gar nicht. Möglicherweise war er es gewohnt, abgecheckt zu werden, und ihm fiel so was gar nicht mehr auf. Er winkte mich in den Lift. Auf der Fahrt nach unten und auf dem Weg zu seinem Wagen sprachen wir kein Wort. Er öffnete mir die Beifahrertür, was mich noch mehr irritierte. Tat denn ein Freund so was für seinen Freund? Was hatte er mit mir vor? Das war doch kein echtes Date!

„Ich sterbe vor Hunger", verkündete er, als wir losfuhren.

„Ich auch." Fünf Minuten später kamen wir auf dem Parkplatz vom Gino's an. Da es in der Nähe des Campus war, traf man hier auch immer jede Menge Studenten.

„Tja. Ich hätte wohl besser was vorgeschlagen, wo es nicht so voll ist", meinte Reece, nachdem uns die Bedienung vertröstet hatte, es würde ein paar Minuten dauern.

„Die Leute bleiben aber meistens nicht lange. Die meisten müssen ja wieder zur Vorlesung oder zur Arbeit."

Er nickte und blickte sich im Restaurant um. Er wirkte ein wenig nervös.

„Musst du heute Abend arbeiten?", erkundigte ich mich.

Er sah mich an. „Ja."

„Wenigstens hast du tagsüber frei."

„Sagen wir so: Ich kann mir meinen Tag ziemlich gut einteilen, aber abends bin ich gern da, wenn es voll wird. Vor allem am Wochenende. So voll ist es ja unter der Woche nie. Gary kennst du ja. Der Typ mit dem Schnurrbart?"

„Ja."

„Er hat schon im Mulvaney's gearbeitet, als ich noch in Windeln rumrannte. Er kommt auch ohne mich zurecht."

Ich nickte. „So ein Geschäft zu führen ist doch sicher eine ganz schöne Verantwortung."

„Aber ich find's gut. Ich habe ein paar Ideen. Zum Beispiel würde ich gern expandieren und einen zweiten Laden eröffnen. Was Wahnsinn ist, wenn man bedenkt, dass ich eigentlich nichts mit der Bar zu tun haben wollte. Ich habe es immer gehasst, in den Semesterferien nach Hause fahren und dort arbeiten zu müssen. Der Laden war das Ding meines Vaters. Nicht meins. Und ich mochte es auch nicht, dauernd unter seiner Fuchtel zu stehen. Ich habe eigentlich BWL studiert. Doch dann musste ich abbrechen, um auszuhelfen. Und so kam das alles."

„Willst du deinen Abschluss nicht noch machen?"

Er zuckte mit den Schultern. „Ich führe jetzt ein Geschäft. Ich lerne nach dem Trial-and-Error-Prinzip. Wenn ich wieder zurück ans College gehe, wird mein Vater das Mulvaney's verkaufen. Aber das könnte ich nicht zulassen, es war zu lange in Familienbesitz. Und mir liegt dieses Leben wohl doch im Blut."

Man rief uns auf, und wir wurden zu einem Zweiertisch gleich neben dem Fenster zur Straße geführt. Wir nahmen Platz und schlugen die Speisekarten auf.

„Welche Pizza isst du denn gern?", fragte er.

„Am liebsten nehme ich die mit Oliven und Schafskäse und Gyrosfleisch. Meistens bestelle ich mir ein oder zwei Stücke …“

„Das ist auch eine von meinen Lieblingsvarianten. Lass uns doch eine große nehmen.“ Er klappte seine Speisekarte zu und fügte grinsend hinzu: „Ich bin ein guter Esser.“

„Ich weiß. Ich sag nur: Pfannkuchenberge.“ Ich hielt eine Hand über den Tisch.

Er nickte. „Stimmt genau.“

„Und vierzehn Fleischbällchen.“

„Damit hast du mich drangekriegt. Du hast mir, glaube ich, nur fünf gegeben.“

Ich schüttelte den Kopf. „Das ist so unfair. Offensichtlich haben alle Typen einen Superhelden-Stoffwechsel.“

„Du solltest mal sehen, was Logan alles verdrückt. Er isst eine große Pizza allein und dazu noch Chicken Wings und eine Calzone gefüllt mit Hackfleisch.“

„Jungs“, grummelte ich.

„Ja, und weil er so viel Sport treibt, findest du an seinem Körper kein Gramm Fett.“

Das war das Stichwort. Mein Blick wanderte zu Reeces Brustkorb und Oberarmen. Er war selbst total durchtrainiert und schlank. Oh Gott, wie hatte ich mich nur vor ihm ausziehen können?

Rasch verdrängte ich die Erinnerung. „Und dein Bruder ist ja auch nachts sehr aktiv.“

Kaum hatte ich den Satz ausgesprochen, wurde ich knallrot. Warum hatte ich seinen Bruder nicht gleich als Callboy bezeichnet? Und dieser überflüssige Hinweis darauf, wie wir uns überhaupt kennengelernt hatten – weil ich Reece für den berüchtigten Barkeeper gehalten hatte, der mit jedem Mädchen schlief, das sich ins Mulvaney's verirrte.

Zum Glück fühlte er sich nicht angegriffen, sondern lachte nur. Die Kellnerin kam, um unsere Bestellung aufzunehmen, und sowie sie Reece anschaute, leuchteten ihre Augen auf.

„Was kann ich euch bringen?“, fragte sie ihn, ohne mich auch nur eines Blickes zu würdigen. Das konnte ich ihr nicht einmal übel nehmen. Ich würde ihn am liebsten auch die ganze Zeit anstarren.

Er schenkte ihr sein wunderbares Lächeln, und sie schmolz dahin. Nachdem er unsere Pizza geordert hatte, dauerte es einen Moment, bis sie den Blick von ihm losreißen und sich auf ihren Block konzentrieren konnte. Sie fummelte mit dem Stift herum und sagte dann: „Hervorragende Wahl. Das ist meine Lieblingspizza.“

Reece schaute mich an, und mir wurde ganz warm ums Herz. „Unsere auch.“

Die Bedienung sah mich an und schien sich erst jetzt daran zu erinnern, dass hier ja noch jemand saß. Ich grinste dümmlich und betrachtete meine auf dem Tisch gefalteten Hände. *Unsere.* Das Wort rotierte in meinem Kopf. Das hörte sich gut an. Albern, ich weiß. Doch ich fand es schön.

Sie fragte nach unseren Getränkewünschen, und ich klinkte mich ein und bestellte selbst.

„Bringe ich sofort.“ Sie strahlte Reece an und lächelte mich scheu an. Als wüsste sie, dass *ich* wusste, dass sie sich Reece gerade nackt vorgestellt hatte.

Dann waren wir wieder allein.

Reece beugte sich zu mir, und er wirkte so entspannt, dass auch ich ruhiger wurde. „Das mit meinem Bruder hast du gerade ernst gemeint, oder?“

„Sorry.“ Ich zupfte an meiner Serviette, und mit der eben noch empfundenen Leichtigkeit war es schon wieder dahin.

„Schon in Ordnung. Er hat sich seinen Ruf redlich verdient. Anfangs habe ich versucht, ihn daran zu hindern, aber inzwischen ist er achtzehn. Im Herbst geht er aufs College. Ich kann ihm nicht mehr vorschreiben, was er zu tun und zu lassen hat. Das muss er jetzt selbst herausfinden." Er lächelte mich an, und wieder schlug mein Herz Purzelbäume. „Wollen wir hoffen, dass er nicht schon vor seinem zwanzigsten Geburtstag Daddy wird." Er lachte, doch ein Funken Ernsthaftigkeit schwang dabei mit. Seine Stimme erfüllte mich durch und durch. Er strich sich mit der Hand übers Haar. „Verdammt. Jetzt klinge ich selbst wie ein Vater."

Das stimmte – und warf mich total aus der Bahn. Denn er war alles andere als der oberflächliche Typ, für den ich ihn zuerst gehalten hatte. „Ist klar. Wahrscheinlich warst du immer mehr für ihn als nur sein Bruder."

Die Unbeschwertheit verschwand aus seiner Miene. Einen Moment schwieg er, schließlich sagte er: „Er war noch so klein, als unsere Mutter starb. Und ich habe dir ja schon mal erzählt, dass unser Vater nicht gerade einer von der Sorte ist, der sich um seine Kinder kümmert und sie tröstet, wenn sie traurig sind. Also habe ich Logan die Eltern ersetzt." Er zuckte die Achseln. „Aber seit er volljährig ist, habe ich beschlossen, mich etwas zu bremsen."

Die Kellnerin brachte unsere Getränke und eilte wieder davon. Ich blickte Reece an und fragte mich, wie viele achtjährige Jungs sich dieser Aufgabe gestellt und für ihren Bruder die Verantwortung übernommen hätten. „Ich bin mir sicher, dass es gut war, was du für ihn getan hast."

Erneut hob er die Schultern. „Tja. Immerhin weiß er, dass ich mir Sorgen um ihn mache und dass er nicht allein ist."

Und nur darum geht es. Ich dachte an meine Mutter. Ich konnte nicht einmal sagen, ob sie sich je um mich wirklich gekümmert hatte. Vielleicht irgendwann mal. Bevor ihre Sucht ihr wichtiger wurde als ich.

Als ahnte er, dass auch ich gerade wenig angenehmen Gedanken nachhing, schlug er vor: „Lass uns über was anderes reden.“

Ich nickte. Wenn wir über seine Familie sprachen, wurde ich einfach zu sehr an meine eigene erinnert. Das war vielleicht der Nachteil daran, dass wir einiges gemeinsam hatten. „Gerne.“

„Pepper?“

Sowie ich meinen Namen hörte, blickte ich auf – und da stand Hunter vor mir, den ich zuerst aber gar nicht wahrnahm. Es war seltsam, ihn zu sehen, wo mir gleichzeitig Reece gegenübersaß. Da prallten zwei Welten aufeinander, die sich niemals hätten begegnen sollen.

„Hunter.“ Ich lehnte mich in meinem Stuhl zurück. Erst da fiel mir auf, dass ich halb über dem Tisch gehangen haben musste, um Reece ganz nahe zu sein. „Hallo“, fügte ich wenig einfallsreich hinzu.

„Hey, alles klar?“ Er schaute erst mich an, dann Reece, dann wieder mich. Er schien auf etwas zu warten. Mir fiel partout nicht ein, was ich hätte sagen sollen, obwohl ich ja eigentlich nur die beiden einander vorstellen musste.

„Hallo, ich bin Reece.“ Zum Glück wusste einer von uns beiden, wie man sich benahm. Er schüttelte Hunter die Hand.

„Hunter Montgomery. Ich war zusammen mit Pepper auf der Highschool.“

„Ach ja.“ Reece lächelte freundlich. „Ist schön, wenn man am College jemanden von früher kennt.“ Er tat ganz unschuldig, gab nichts preis – als hätte ich Hunters Namen nicht x-mal erwähnt. *Gott sei Dank!*

„Das stimmt.“ Hunter schaute mich an, während er sich mit Reece unterhielt.

„Wir haben uns erst vor ein paar Wochen kennengelernt“, erklärte Reece und fixierte mich mit seinem Blick. Diese blauen Augen, so bohrend und intim. Als wollte er mich gern wieder nackt sehen. „Doch es fühlt sich an, als würden wir uns schon viel länger kennen. Kennst du das?“

Ich schoss ihm einen wütenden Blick zu und trat ihm unter dem Tisch gegen das Schienbein. Wieso erweckte er den Anschein, als wären wir ein Paar? Ich meine, waren wir ja eigentlich auch. Irgendwie. Oder auch nicht. Ich hatte auch keine Ahnung, was wir waren, jedenfalls war es unnötig, Hunter den Eindruck zu vermitteln, ich wäre vergeben.

„Ja klar“, murmelte Hunter und runzelte die Stirn.

Ich kriegte immer noch keinen Ton heraus. Mein Gesicht glühte und war sicher so rot wie das Rot in der karierten Tischdecke.

„Tja. War schön, dich zu treffen.“ Reece lächelte immer noch freundlich, allerdings schwang in seiner Stimme ein abweisender Unterton mit. Es war eindeutig. *Hau endlich ab.*

„Bis dann, Hunter“, murmelte ich und winkte ihm zu. Auch ich wollte, dass er verschwand, aber nicht etwa, weil ich so verliebt in mein Gegenüber war, dass ich mit ihm allein sein wollte, sondern um diese Peinlichkeit zu beenden. Hunter sollte ja nicht auf den Gedanken kommen, ich wäre mit Reece zusammen, nur weil wir zusammen eine Pizza aßen.

„Ja.“ Hunter nickte mir zu und ging. Er lief wieder zu seinem Platz an der Bar und zu seinen Kumpeln. Mit einem von ihnen hatte ich ihn schon mal auf dem Campus gesehen. Ich hielt ihn für seinen Zimmergenossen.

„Das ist also der berüchtigte Hunter.“

Ich wandte meinen Blick Reece zu. „Das war keine gute Idee.“

„Was?“

„Du. Wir. Diese Show, die wir hier abziehen.“ Reece war still, und ich schaute wieder rüber zu Hunter. „Musste das sein?“

„Was? Dass ich dafür gesorgt habe, dass er dich begehrenswert findet?“ Er starrte mich fassungslos an. „Du müsstest mir eigentlich dankbar sein!“

„Wie bitte? Wieso das denn?“

„Ich habe gerade dafür gesorgt, dass du in seiner Wahrnehmung um mehrere Punkte nach oben gerutscht bist. Von der Kategorie ‚Die habe ich mir noch nie nackt vorgestellt‘ in die Kategorie ‚Ich wüsste gern, wie sie im Bett ist‘.“

Ich blinzelte und sagte erst mal nichts mehr, da unsere Pizza serviert wurde. Die Kellnerin platzierte sie in der Mitte zwischen uns und stellte uns zwei Teller hin.

„Oh“, murmelte ich, nachdem ich seine Worte verarbeitet hatte.

„Jetzt guck nicht rüber zu ihm, sondern glaub mir einfach: Er hört nicht auf, dich anzusehen.“

Ich beugte mich nach vorn. „Wirklich?“

„Ja. Und gleich wird es noch besser.“

Ich lehnte mich noch näher zu ihm, und die heiße Pizza dampfte unter meinem Gesicht. „Wie, besser?“

Bevor ich reagieren konnte, beugte Reece sich zu mir und drückte mir seinen Mund auf die Lippen. Ich vergaß, dass man sich so eigentlich nicht an einem öffentlichen Ort benahm. Sein Mund war zu warm und weich, und der Kuss fühlte sich zu herrlich an. Zu schön, um widerstehen zu können. Wir küssten uns mit Zunge, und die Welt um mich herum hörte auf zu existieren. Da waren nur noch meine Lippen und seine Lippen. Ich streckte die Hände nach ihm aus, fand sein Gesicht, berührte es nur ganz sanft mit den Fingerspitzen. Als hätte ich Angst, er könnte verschwinden.

Neben uns zerbrach ein Teller, und ich erschrak. Reece machte sich vorsichtig los. Den Mund dicht an meinen, murmelte er: „Sehr schön. Das müsste reichen.“

Ich sank in meinen Stuhl zurück. „Was?“

„Jetzt kann Hunter den Blick gar nicht mehr von dir abwenden. Du solltest mal sein Gesicht sehen! Nein, guck nicht hin! Ich wette darauf, dass er dich morgen anruft."

Ich hatte gar keine Lust, rüber zu Hunter zu blicken. Das war das Schlimme. Ich wollte lieber Reece anschauen und ihn weiterküssen.

War ich jetzt eigentlich vollkommen bescheuert? Ich musste mich mal zusammenreißen! Schließlich war nicht Reece der Auserwählte. *Mein* Auserwählter.

Ich holte tief Luft und faltete die Hände im Schoß. „Oh." Was war davon zu halten? Hatte er mir diesen Kuss wirklich nur aus Showzwecken gegeben? Während wir uns küssten, hatte ich keine Sekunde an Hunter gedacht. Wie mies! Doch hatte Reece dann überhaupt etwas empfunden bei unserem Kuss?

„Glück gehabt, was?"

„Ich verstehe nicht." Besonders glücklich fühlte ich mich gerade nicht.

„Dass wir ihn hier getroffen haben."

„Ja." Ich nickte und schaute zu, wie Reece jedem von uns ein Stück Pizza auf den Teller legte.

„Iss jetzt." Er hatte schon reingebissen.

Ich tat es ihm nach, damit sich endlich der Knoten in meinem Magen wieder entwirrte.

Reece stöhnte hingebungsvoll – und dieses Geräusch brachte ich gleich mit anderen Dingen in Verbindung. „Besser geht's nicht."

Am liebsten hätte ich ihn geohrfeigt. „Absolut richtig", meinte ich.

„Hey." Er drückte meine Hand. „Es wird funktionieren, garantiert. Du kriegst deinen Kerl."

Mein Herz zog sich zusammen. Plötzlich war ich mir nicht mehr so sicher, wer mein Kerl war.

22. KAPITEL

Hunter rief tatsächlich am nächsten Tag an – genau wie Reece es prophezeit hatte. Ich hatte es allerdings schon wieder vergessen oder verdrängt. Jedenfalls fiel ich fast vom Stuhl, sowie ich Hunters Namen auf dem Display meines Handys las. Ich stand auf, holte tief Luft und nahm ab. Ich klang erstaunlich ruhig.

Ja. Es war schön, dich gestern zu sehen.

Ja, mir geht's gut.

Ja. Ich freue mich auch auf Thanksgiving. Kein Problem. Wir können am Mittwoch um acht los. Mein Prof lässt die Nachmittagsvorlesung auch ausfallen. Das hört sich super an.

Es war eine ganz normale Unterhaltung, und dennoch schwang ein ganz anderer Unterton mit. Hunter lachte zu schnell und zu viel. Er klang irgendwie nervös und vergewisserte sich gleich mehrfach, ob es mich auch wirklich nicht störte, schon so früh aufzubrechen. Er war höflich wie immer, aber irgendwas war eindeutig anders.

Der inszenierte Kuss hatte also allem Anschein nach seine Wirkung nicht verfehlt. Natürlich verlor Hunter kein Wort darüber. Dafür war er zu höflich. Obwohl er auch mit keiner Silbe Reece erwähnte, schwebten er und dieser Kuss im Raum, vor allem in den kurzen Augenblicken, wenn wir nichts sagten. Reece hatte recht gehabt. Nun wendete sich alles zum Guten. Wenn ich je eine Chance auf Hunter gehabt hatte, dann jetzt. Eine zweite würde es nicht geben. Das hier war sie.

Am Montag vor Thanksgiving fuhr ich auf dem Nachhauseweg von der Arbeit wie selbstverständlich zum Mulvaney's. Ich redete mir ein, das machte ich nur, um Reece mitzuteilen, dass sein Plan aufgegangen war. Dass seine Kuss-Show die gewünschte Wirkung gehabt hatte. Ich wollte mich nur rasch bei ihm bedanken, das war alles. Mehr nicht. Er hatte mir seit unserem Pizza-Date ja nicht mal mehr eine SMS geschickt.

Es war drei Uhr nachmittags und der Laden wie ausgestorben. Meine Schritte hallten durch den Raum. Reece fand ich hinter der Bar, wo er gerade mit der Inventur beschäftigt war. Er sah mich nicht hereinkommen.

„Hi." Ich stützte mich mit den Ellbogen auf den Tresen.

Er blickte auf und grinste. Jetzt war ich doch froh, hier zu sein. „Hey. Wo hast du die ganze Zeit gesteckt?" Er legte sein Klemmbrett hin und wandte seine volle Aufmerksamkeit mir zu. Ich freute mich, weil er mich anscheinend auch ein wenig vermisst hatte.

„Ich habe in den vergangenen Tagen jeden Abend gearbeitet. Bei den Campbells und bei einer anderen Familie." Denn ich brauchte Geld, vor allem nach der ungeplanten Wagenreparatur.

„Ach so. Emerson hab ich nämlich gesehen."

„Du weißt doch, wie sie ist. Sie lässt keine Gelegenheit zum Feiern aus."

Wir schwiegen einen Moment. Rasch räusperte ich mich. „Ich wollte mich bei dir bedanken."

„Ach ja? Wofür denn?"

„Hunter. Er hat mich tatsächlich gleich am nächsten Tag angerufen. Und schickt mir seitdem fleißig SMS."

„Na bitte." Er lächelte wieder, allerdings nicht ganz so enthusiastisch wie vorher. Oder bildete ich mir das nur ein? Mein Ego wollte, dass er sich nicht nur für mich freute, sondern auch ein bisschen eifersüchtig war. „Ich hab dir ja gesagt, er meldet sich."

„Stimmt." Ich nickte. „Also. Noch mal danke."

Er sah sich um, als suchte er nach einem geeigneten Gesprächsthema. „Hast du vielleicht Hunger? Möchtest du einen Burger oder so was?"

„Was zu essen könnte ich schon vertragen."

„Dann komm." Er ging mit mir nach nebenan und rief über die Theke: „Macht ihr mir bitte einen Cyclone Monster und eine Portion Pommes Tijuana?"

Jemand antwortete ihm aus der Küche und bestätigte die Bestellung.

Ich riss die Augen auf. Nachdem er sich wieder zu mir umgedreht hatte, meinte ich zu ihm: „Das ist doch hoffentlich nicht alles für mich?!"

Er grinste mich an, und sofort schlug mein Magen Purzelbäume. „Wir teilen."

Wir setzten uns an einen der hinteren Tische. Zusammen auf eine Bank, sodass sich unsere Schultern berührten. Es war mir plötzlich unangenehm, ihm so nahe zu sein, weil ich nicht wusste, ob das jetzt noch in Ordnung war. Sich zu berühren und zu küssen, wie wir es so häufig getan hatten, erschien mir plötzlich unangebracht. Zum einen, weil wir hier in der Öffentlichkeit waren, und zum anderen, weil das doch alles nicht echt war. Endlich – *hoffentlich* – tat sich zwischen mir und Hunter etwas, und das musste ich erst einmal verdauen.

„Du fährst also am Mittwoch mit Hunter nach Hause?"

Ich nickte. „Ja. Wir haben eine Strecke von vier Stunden vor uns."

„Dann habt ihr ja schön viel Zeit füreinander." Er blickte rüber zur Küche. Ich betrachtete sein Profil und stellte fest, dass ein Muskel an seinem Kiefer zuckte.

Wieder nickte ich. „Ja, und ich werde auch ziemlich viel Zeit bei den Montgomerys verbringen, denn Lila ist ja auch da. Normalerweise treffen wir uns nach dem Thanksgiving-Dinner und hängen gemeinsam ab. Gucken Filme und so. Hunter ist meistens auch da, außer er trifft sich mit ein paar alten Kumpeln ..."

„Diesmal wird er garantiert da sein", unterbrach Reece mich.

„Ach ja? Wieso?"

„Weil du da bist." Er drehte sich zu mir um. Sein linker Arm lag auf dem Tisch. Rechts von mir war die Wand, links von mir sein Arm. Plötzlich fühlte ich mich bedrängt. „Und wenn seine Schwester euch verkuppeln will …"

„Das will sie."

„… dann wird sie eine liebe Schwester sein und eine gute Freundin und sich etwas einfallen lassen, weswegen sie plötzlich dringend wegmuss."

Ich schüttelte den Kopf. „Nein, so läuft das nicht."

„Wart's ab."

Ich musterte ihn. „Hunter trifft seine alten Freunde nicht so oft. Vielleicht wollen sie, dass er mit ihnen loszieht."

„Er wird viel lieber bei dir bleiben."

Mir schnürte es die Brust zusammen, während er mich jetzt anschaute, und ich hörte mich fragen: „Würdest du das tun?"

Er starrte mich an. Ich wartete und wusste selbst nicht, wieso seine Antwort so wichtig für mich war.

„Ich hätte überhaupt nicht so lange auf dich gewartet. Ich hätte in dem Moment vor deiner Zimmertür gestanden, in dem mir klar wurde, ich will dich. Und wäre nicht wieder gegangen, bevor ich dich nicht davon überzeugt hätte, dass wir zusammengehören."

„Oh." Mein Herz zog sich zusammen, und ich stellte mir die Szene bildlich vor. Reece vor meiner Tür. Entschlossen. Sexy. Mit überzeugenden Argumenten – in Wort und Tat. „Vielleicht glaubt er ja gar nicht, dass wir zueinanderpassen."

„Doch, das tut er. Ich habe seinen Gesichtsausdruck bemerkt, als wir im Gino's waren. Er will dich."

Plötzlich fiel mir auf, wie nah wir uns gekommen waren. Wir berührten uns zwar nicht, aber sein Atem streifte mich.

„Scheiße", fluchte er, und dann küsste er mich plötzlich, als hätten wir uns seit einer halben Ewigkeit nicht mehr gesehen und nicht erst seit letzter Woche. Aber hatte sich diese Woche nicht wie eine halbe Ewigkeit angefühlt? Oh, wie ich das vermisst hatte! Wie ich ihn vermisst hatte! Er vergrub eine Hand in meinen Haaren und zog mich an sich, bis unsere Lippen sich aufeinanderpressten. Gierig küssten wir uns.

„Bitte schön."

Ich erschrak und machte mich los. Zwei Teller mit leckeren ungesunden Sachen wurden vor uns auf den Tisch gestellt, doch der Koch war schon wieder verschwunden. Vielleicht hatte ihn unser Benehmen schockiert.

Meine Brust hob und senkte sich so wild, als wäre ich einen Marathon gelaufen. Reeces Augen strahlten wieder so hell und durchdringend blau – er war scharf auf mich, das wusste ich. Ich warf einen Blick auf die Essensberge und hoffte, er würde vorschlagen, das Essen Essen sein zu lassen und ihn nach oben zu begleiten.

Mein Körper schien nicht mehr mir zu gehören. Er bestand nur noch aus pulsierenden Nervenenden, die sich beinahe schmerzhaft nach dem Höhepunkt sehnten, der zwangsläufig auf das Vorspiel folgte.

Mein Körper schrie nach ihm. Dieses Verlangen musste befriedigt werden. Aber das konnte ich ihm unmöglich sagen. Damit würde ich zu weit gehen. Und wie immer hatte ich Angst davor, den sicheren Pfad zu verlassen.

Mit dem Ergebnis, dass gar nichts passieren würde. Außer Knutschen und Rummachen. Es war zum Haareraufen.

Reece klatschte freudig in die Hände. „Dann lass uns mal reinhauen!"

Oh ja. Das Essen.

Ich griff nach einer mit Käse überbackenen Pommes.

Reece nahm sich gleich drei. Er legte den Kopf nach hinten und warf sie sich in den Mund. Entgeistert starrte ich ihn an. „Mmmm."

„Wie kann man so aussehen und gleichzeitig solche Essmanieren haben?"

Er grinste verwegen und beugte sich zu mir, sodass ich seine Wärme spürte. „Wie sehe ich denn aus?"

Ich zerknäulte eine Serviette und schmiss sie nach ihm. „Vergiss es! Du weißt, dass du supersexy bist! Der absolute Wahnsinn!"

Er grinste zufrieden und schnappte sich noch mehr Pommes. „Es gefällt mir, wenn du das sagst. Denn du bist nicht leicht zu beeindrucken."

Ich runzelte die Stirn. „Was soll denn das heißen? Etwa, dass ich kompliziert bin?"

„Nein. Das hat was damit zu tun, dass du dich auf einen Typen eingeschossen hast, den du seit deiner Kindheit vergötterst. Normalerweise bemerkst du gar keine anderen Männer. Und dir scheint es völlig gleichgültig zu sein, was andere von dir denken."

Da irrte er sich. Denn es war mir ganz und gar nicht gleichgültig, was *er* von mir dachte. Immerhin war er der Einzige gewesen, der für mich in Sachen Vorspiel-Nachhilfe infrage gekommen war.

Ich beschloss, das Thema ruhen zu lassen. Hungrig musterte ich den Burger. „Wie soll man dieses Teil denn bitte essen?"

„Einfach drauflos. Anders geht es nicht."

Ich umfasste den riesigen Burger mit zwei Händen und biss kraftvoll hinein.

Reece lachte, während ich mit vollem Mund kaute und nach einer Serviette griff, um mir die Soße vom Gesicht zu wischen.

„Sehr gut", lobte er mich und küsste mich. Einfach so. Ganz beiläufig. Mein Herz raste.

Ich schluckte den Bissen runter und schüttelte den Kopf. „Sag mir bitte, dass du nicht jeden Tag dieses Zeug isst. Sonst stirbst du an einem Herzinfarkt, noch bevor du dreißig bist."

„Nein, nicht jeden Tag. Und ich treibe ja auch Sport. Ich habe Fußball gespielt, bis ich das Studium schmeißen musste."

„In einer Collegemannschaft?"

Er nickte und wich meinem Blick aus, indem er den Burger in Angriff nahm. Ich dachte wieder daran, was er mir über seinen Vater erzählt hatte. Dass er seinetwegen nach Hause zurückgekehrt war. Er hatte sein Studium und seinen Sport aufgegeben, um sich um seinen Vater und das Geschäft zu kümmern. Weil er loyal war – und sich schuldig fühlte.

„Ich spiele immer noch. Ich bin Trainer einer Jungenmannschaft, wir trainieren zwei Mal die Woche. Und ich spiele jeden Sonntag in einem gemischten Team. Außerdem jogge ich jeden Morgen." Er blickte mich bewundernd an. „Und was ist mit dir? Du siehst auch fit aus."

Ich schnaubte verächtlich. „Ich laufe täglich über den Campus und renne Kleinkindern in der Kita hinterher. Was Schweißtreibenderes gibt es nicht."

„Du kannst ja mal mit mir laufen gehen."

Normalerweise hätte ich über einen solchen Vorschlag laut gelacht, aber ein Blick in seine blauen Augen riet mir, dass ich es ja mal probieren könnte.

Ich nahm mir noch eine Pommes und nickte. „Ja, warum nicht?"

„Es wird dir Spaß machen. Und wenn du richtig drin bist und es dann mal einen Tag nicht schaffst, wirst du es vermissen."

In diesem Moment hörten wir die Hintertür. Ich sah erschrocken auf. Ein lautes Gepolter dröhnte durch den Raum. Ein Mann im Rollstuhl kam in Sicht. Reece erstarrte neben mir.

Der Mann hatte lange Haare und sah sehr ungepflegt aus. Er trug ein schwarzes Pink-Floyd-T-Shirt, und seine Beine wirkten selbst in der Jeans dünn und untrainiert. Die Muskeln seiner tätowierten Oberarme waren dagegen kräftig. Er rollte auf uns zu.

Reece stand sofort auf und schritt ihm entgegen. „Dad."

Wütend funkelte sein Vater ihn an. „Da bist du ja, kleiner Wichser."

Ich erschrak bei seinen Worten, als hätte er mich gemeint.

Reece war plötzlich ganz angespannt. Kein Wunder, bei dieser Begrüßung.

„Ich freu mich auch, dich zu sehen, Dad. Was tust du denn hier?"

„Du hast wohl gedacht, du kannst mich zu Hause einsperren? Hast geglaubt, ich würde es nicht mehr hierher schaffen? Aber Logan hat mich hergefahren. Er parkt gerade den Wagen."

Reece warf mir einen Blick zu, den ich nicht deuten konnte. Vielleicht wollte er, dass ich gehe, denn ganz sicher war ihm dieser Auftritt peinlich. Doch ich konnte mich nicht rühren.

„Wenn du was gesagt hättest, hätte ich dich mitgenommen."

„Na klar." Sein Vater streckte ihm einen Zettel hin und wedelte damit durch die Luft. „Was ist das, du kleiner Scheißer?"

Hatte er keine andere Anrede für seinen Sohn auf Lager als Beschimpfungen? Ich sank in mir zusammen. Das erinnerte mich doch sehr an meine eigene Kindheit. Damals konnte ich auch nicht fliehen. Ich konnte mich nur an meinem lilafarbenen Teddy festklammern, die Augen schließen und so tun, als wäre ich woanders.

„Sieht aus wie der Flyer für unsere Dienstagsaktion. Jeder Chicken Wing für zehn Cent."

„Du verschenkst das Essen. Damit ruinierst du uns."

Ich hörte Reece seufzen. „So was nennt man Marketing, Dad. Damit haben wir die Gästezahl am Dienstagabend verdreifacht. Was wir an Getränken verkaufen, macht das locker wett.“

Mr Mulvaney zerknüllte den Flyer und warf damit auf seinen Sohn. Er traf ihn auf der Brust. „Du hast solche Entscheidungen mit mir abzustimmen, du kleiner Wichser!“

Reece ballte die Fäuste, aber sonst rührte er sich nicht. In diesem Moment betrat Logan die Bar. Als er die Szene sah, verlangsamte er seine Schritte.

„Logan hat mir erzählt, du willst expandieren.“ Logan riss die Augen auf und schaute Reece entschuldigend an. „Wie willst du das machen, Collegeboy?“, stieß er verächtlich hervor. „Von mir kriegst du das Geld nicht.“

„Ich will dein Geld nicht.“ Reece war jetzt weiß vor Wut. „Ich habe in den letzten zwei Jahren den Umsatz in diesem Laden verdreifacht. Wenn dich das nicht davon überzeugt, dass ich …“

„Du glaubst wohl, du wärst besser als ich, du Hurensohn! Du meinst, du könntest den Laden besser führen als ich!“

„Nein, Dad.“ Reece klang plötzlich vorsichtig. Ich wollte aufstehen und zu ihm gehen, ihn trösten, aber ich blieb lieber, wo ich war. Reece war es sicher nicht recht, wenn ich in diesem Moment die Aufmerksamkeit auf mich lenkte. Das war alles sehr unangenehm, sehr hässlich. Und erinnerte mich an all das, vor dem ich davonrannte. An all das, was ich hinter mir lassen wollte.

„Gut so. Also denk dran: Du weißt einen Scheißdreck. Und ich bin noch nicht tot. Ich bin immer noch da.“ Sein Dad schlug sich mit einer Hand auf die Brust. „Das hier ist immer noch meine Bar.“ Sein Brustkorb hob und senkte sich schnell, und ganz offensichtlich zufrieden mit sich drehte Mr Mulvaney sich zu seinem jüngsten Sohn um. „Ich bin hier fertig. Komm.“ An Logan vorbei rollte er die Rampe herunter.

Logan rieb sich den Nacken, dann ging er zu seinem Bruder. „Es tut mir leid, wenn …“

„Schon in Ordnung. Geh lieber, sonst brüllt er gleich wieder rum.“

Nickend folgte Logan seinem Vater.

Langsam wandte sich Reece um. Er kam zu mir, setzte sich aber nicht wieder hin, sondern blieb stehen. Er strich mit der Hand über den Tisch und vermied es, mich anzuschauen. „Ich muss jetzt weiterarbeiten.“ Seine Stimme klang sehr beherrscht.

„Reece, es …“

Er sah mich an. „Was? Willst du sagen, es tut dir leid?“

Ja. Es tat mir leid um ihn. Denn ich wusste, wie es sich anfühlte, wenn jemand, den man liebt, einen beleidigt und fertigmacht.

„Wieso gibst du dir die Schuld daran?“ Ich deutete mit dem Kopf auf die Stelle, wo eben noch sein Vater gewesen war.

„Weil es nicht passiert wäre, wenn ich zu Hause gewesen wäre.“

„Es war ein Unfall. Du musst nicht dein Leben lang dafür bezahlen.“

Er schnaubte verächtlich. „Es gibt keine Unfälle, kapiert? Wir treffen alle unsere Entscheidungen, so sieht’s aus. Und alles, was geschieht, ist das Resultat dieser Entscheidungen.“ Er warf mir einen kalten Blick zu. „Du hast *deine* Entscheidung ja auch getroffen. Du willst mit diesem Hunter zusammen sein. Ich bin nur dein Zeitvertreib, bis es endlich mit euch klappt.“

Seine Worte trafen mich. Das klang hässlich. Als würde ich ihn benutzen. Im Prinzip tat ich das zwar, aber ich war von Anfang an ehrlich zu ihm gewesen, und er hatte sich darauf eingelassen. Ich dachte, wir würden unsere gemeinsame Zeit beide genießen. Das hatte ich mir zumindest eingeredet. Außerdem war er es doch, der die ganze Sache ins Rollen gebracht hatte, in dem er mich an diesem ersten Abend mit in seine Wohnung genommen hatte.

„Nein, das stimmt nicht", flüsterte ich, obwohl ich nicht wusste, was ich eigentlich abstreiten wollte. Dass Hunter mein Ziel war? Das war er immer noch. Anders konnte es nicht sein. Die letzten sieben Jahre hatte ich darauf gehofft.

Aber Reece nur als Zeitvertreib zu bezeichnen fiel mir genauso schwer. Er war mehr für mich. Doch was genau, konnte ich auch nicht sagen. Mehr jedenfalls.

Plötzlich sah er sehr müde aus. Er deutete mit der Hand Richtung Tür. „Geh bitte. Du hast keine Ahnung von allem. Du kennst mich nicht."

Ich atmete tief durch und verzichtete darauf, ihm zu erklären, dass ich gerade dabei war, ihn kennenzulernen. Seit ich ihn zum ersten Mal gesehen hatte, als er mir bei meiner Wagenpanne geholfen hatte, hatte ich das Gefühl, ihn zu kennen und zu verstehen. Aber das behielt ich für mich. Denn offensichtlich legte er gar keinen Wert darauf, dass ich ihn besser kennenlernte. Das machte mir seine harte Linie um den Mund sehr deutlich.

„Okay", murmelte ich. „Bye." Ich ließ das Essen stehen und stand auf. Dann verließ ich die Kneipe, fest davon überzeugt, dass ich nie mehr hierherkommen würde. Reece wollte mich nicht haben. Was ich wollte, spielte keine Rolle.

23. KAPITEL

Ich stieg wieder ein und reichte Hunter seine Limo und die Chips. Er besaß einen schicken BMW mit Ledersitzen. Eindeutig Luxus, damit nach Hause zu fahren. Deutlich bequemer als mein Toyota. Und ich brauchte nicht selbst hinterm Lenkrad zu sitzen.

„Du isst Bugles?", stieß ich verwundert hervor und schüttelte lächelnd den Kopf, als er die Tüte aufriss. „Das hätte ich gar nicht gedacht."

Er grinste. „Dann hast du die Dinger nie probiert."

„Doch, hab ich. Ich glaube, ich war damals sieben Jahre alt." Während ich noch bei meiner Mutter lebte, ernährten wir uns sehr häufig von Zeug aus dem Automaten.

„Dann weißt du ja, wie fantastisch so ein kleiner Bugle ist." Er hielt einen Maischip hoch, als wäre es der Heilige Gral. „Los, probier mal."

„Nein danke. Echt nicht."

„Wenn du ihnen widerstehen kannst, hast du sie noch nie versucht."

Kichernd griff ich in die Tüte und nahm mir ein paar Chips. Mit den salzigen, mit Käsepulver bestreuten Chips im Mund sagte ich: „So. Bist du jetzt zufrieden? Ich habe sie probiert und bleibe trotzdem standhaft."

„Dann bist du kein menschliches Wesen."

Erneut schüttelte ich den Kopf und trank einen Schluck von meinem Wasser, um den Geschmack von dem Zeug loszuwerden.

„Du hast bestimmt auch keine Ahnung, dass ich Beef Jerkys mag."

„Das gibt's nicht! Du? Wow. Aber so was gibt's doch im Country Club gar nicht", zog ich ihn auf.

„Da war ich schon ewig nicht mehr. Ist nicht mehr mein

Ding, weißt du?“

Nein, wusste ich nicht. Obwohl ich Hunter schon mein Leben lang kannte, hatte ich nicht den blassesten Schimmer, was er in seiner Freizeit gerne machte. Abgesehen davon, dass er fleißig für sein Medizinstudium büffelte und zwei Jahre mit der anspruchsvollen Paige zusammen gewesen war.

Wir verließen die Tankstelle und bogen auf den zweispurigen Highway. Schon bald hatten wir die Stadt hinter uns gelassen und fuhren durch eine wunderschöne Herbstlandschaft. In wenigen Wochen würde hier Schnee liegen, aber noch leuchteten die Blätter der Bäume in den herrlichsten Gold-, Rot- und Gelbtönen.

Wir waren schon zwei Stunden unterwegs, aber mir kam es überhaupt nicht so vor, denn die Fahrt machte Spaß. Wir erzählten uns Geschichten von Lila aus unserer Kindheit, sprachen über unsere College-Kurse und unsere Zukunftspläne. Hunter war ganz aufgeregt, als ich ihm berichtete, dass ich mit dem Gedanken spielte, ebenfalls Medizin zu studieren, wenn ich meinen Abschluss in Psychologie hatte. Zumindest wäre ein Medizinstudium eine sinnvolle Ergänzung für das, was ich vorhatte.

Mein Handy vibrierte. Es war in meiner Tasche, die vor mir auf dem Boden lag, und ich holte es heraus. Wahrscheinlich war es nur eine weitere SMS von Emerson, die sich darüber beklagte, dass sie den Tag mit der neuen Freundin ihres Vaters verbringen musste, die nur fünf Jahre älter war als sie. Mit Shopping.

Aber die SMS war nicht von Emerson.

Reece: Tut mir leid.

Ich erstarrte. Ich hatte nicht damit gerechnet, jemals wieder von ihm zu hören. Oder gar ihn wiederzusehen. Höchstens per Zufall, irgendwo auf der Straße. Und jetzt meldete er sich von sich aus.

Ich: Schon okay.
Reece: Ich war bescheuert. Ich hätte dich nicht wegschicken dürfen. Ich wollte, dass du bleibst.

Ich musste lächeln.

Ich: Schon klar. War sicher, weil dein Dad dich runtergeputzt hat.
Reece: Tja. Wenigstens hätte ich dich aufessen lassen können.
Ich: Du hast mich damit vor dem Herzinfarkt gerettet, den ich ganz sicher nach dieser Mahlzeit erlitten hätte.
Reece: Heulsuse.
Ich: Ich lauf halt nicht jeden Morgen einen Halbmarathon so wie du.
Reece: Aber irgendwann kommst du mal mit.

Ich überlegte. Das war eine versteckte Aufforderung, sich zu treffen. Ich schrieb.

Ich: Ich dachte, das war's mit uns?
Reece: Wär dir das lieber?

„Alles klar?", fragte Hunter.

Ich erschrak. Irgendwie hatte ich ganz vergessen, dass ich nicht allein im Auto saß. Hatte ihn ganz vergessen. „Oh, tut mir leid. Ich wollte nicht unhöflich sein." Schnell tippte ich. *Ich muss los. Ich meld mich später.*

Dann zwang ich mich zu einem fröhlichen Lächeln und wandte meine Aufmerksamkeit wieder voll und ganz Hunter zu. Mein Handy war erst mal tabu.

Thanksgiving bei Gram brachte eine ganze Flut von Erinnerungen zurück. Ich wurde umarmt und lächelte so viel, dass meine Wangen schon anfingen zu schmerzen. Die Bewohner des Chesterfield-Seniorenzentrums waren meine Familie. Dieser Ort war mein ungewöhnliches Zuhause.

Ich war noch total satt vom Truthahn, der Soße, dem Kartoffelbrei, den Yamswurzeln und all den anderen Köstlichkeiten, mit denen man sich an Thanksgiving vollstopft, als ich mir um acht Uhr abends den Wagen von Mrs Lansky lieh, die nebenan wohnte und kaum noch selbst Auto fuhr, und mich auf den Weg zu den Montgomerys machte.

Ich brauchte nicht zu klingeln, denn bei meinem Eintreffen stand die Haustür weit offen, und Lila fiel mir mit einem Freudenschrei um den Hals.

Anschließend musterte sie mich von oben bis unten. „Verdammt, siehst du gut aus! Du hast jetzt Strähnchen! Super!"

Sie zog mich ins Haus, in die Eingangshalle mit der beeindruckenden Gewölbedecke. Dann hakte sie sich bei mir unter und ging mit mir in die Küche. Obwohl niemand in der Nähe war, flüsterte sie mir ins Ohr. „Was auch immer du mit Hunter veranstaltest – es funktioniert. Er hat mich den ganzen Tag gelöchert, wann du denn hier aufschlagen würdest."

„Ach ja?", murmelte ich. Mein Nacken wurde ganz warm.

„Ja. Er wartet in der Küche."

Aus dem Raum erklangen Stimmen, und ich wusste schon, was mich erwarten würde – Lilas Eltern und Großeltern beim Monopoly-Spielen. Hunter stand neben der Kücheninsel, vor sich ein Stück Kürbiskuchen, und schaute ihnen zu.

Alle begrüßten mich begeistert. Hunter richtete sich auf und schenkte mir sein strahlendes Lächeln, während sämtliche Familienmitglieder mich einer nach dem anderen herzlich umarmten. Ich wurde ausgequetscht, wie es am College lief und wie es meiner Großmutter ging, danach musste ich ein

Stück Kuchen essen, bevor sie sich wieder ihrem Spiel widmeten. Lila, Hunter und ich verzogen uns nach oben, um einen Film zu gucken.

Ich wurde rot, sowie Lila verkündete, sie wollte den Platz außen auf der großen gemütlichen Couch, sodass ich neben ihrem Bruder sitzen könne. Wahnsinnig feinfühlig, meine Freundin.

Wir sahen die Blu-rays durch und entschieden uns am Ende für den neuesten James-Bond-Film.

„Will jemand was zum Knabbern?“, fragte Hunter, kaum dass wir die Blu-ray eingelegt hatten.

Ich stöhnte und rieb mir den Bauch. „Ich kann garantiert einen Monat nichts mehr essen.“

„Für mich gerne“, meinte Lila und drückte auf Pause, als Hunter sich auf den Weg nach unten machte. Sie blickte mich direkt an. „Also, was ist der Plan?“

Ich zuckte die Achseln. „Was für ein Plan?“

„Soll ich Kopfschmerzen vortäuschen, damit ihr zwei allein sein könnt?“

„Nein, nicht nötig. Ich will ja auch Zeit mit dir verbringen.“

„Wir gehen doch morgen zusammen shoppen und Mittag essen. Wir haben den ganzen Tag für uns. Jetzt ist die einzige Gelegenheit, wo ihr allein sein könnt, bevor ihr am Sonntag wieder zurückfahrt.“

„Echt nicht nötig, wirklich“, entgegnete ich leise, da ich Hunter die Treppe heraufkommen hörte.

„Da ist er“, meinte Lila flüsternd, zwinkerte mir wissend zu und rutschte zurück auf ihren Platz. Danach machte sie den Film wieder an.

Ich schüttelte den Kopf, um sie davon zu überzeugen, dass sie keine Ausrede zu erfinden brauchte, um mich mit ihrem Bruder allein zu lassen.

Eine halbe Stunde später stöhnte sie laut auf. „Boah, bin ich müde. Muss an den Truthahnbergen liegen, die ich heute in mich reingestopft habe." Sie streckte ihre langen Tänzerinnenbeine aus und erhob sich geschmeidig. „Ich geh ins Bett. Ich brauche meinen Schönheitsschlaf, vor allem, wenn wir uns morgen in den Schlussverkauf stürzen. Ich hol dich um sieben ab, Pepper. Ist das okay?"

Ich funkelte sie wütend an, weil sie uns zuwinkte und verschwand.

Hunter lächelte mich an. Ich zwang mich dazu, sein Lächeln zu erwidern, als könnte dadurch mein Unbehagen verschwinden. Rasch wandte ich meine Aufmerksamkeit wieder dem Film zu, aber ich kriegte nichts davon mit. Nur flackernde Bilder, die mein Gehirn nicht verarbeiten konnte.

Hunter legte seinen Arm hinter mir auf die Couch. Ich konnte es spüren, seine Finger berührten sacht meine Schulter. Auf der Digitalanzeige des Blu-ray-Players sah ich die Minuten verrinnen. Zehn Minuten. Er rutschte näher an mich heran, jetzt befand sich seine Hand auf meiner Schulter. Fünfzehn Minuten. Er begann, meine Schulter zu streicheln.

Mein Magen verkrampfte sich. Ich wusste nicht, ob ich es genießen oder wegrennen sollte. Wartete er auf eine Einladung von mir? Ich fragte mich, was Reece jetzt tun würde. Wahrscheinlich läge er schon längst auf mir. Oder ich auf ihm. Wir wären halb ausgezogen, und seine Hände wären überall. Mein Herz klopfte heftig bei dem Gedanken daran, wie es mit ihm war.

Ich ertappte mich dabei, wie ich Hunter anschaute und sein Profil betrachtete. Obwohl er mich streichelte, verfolgte er aufmerksam den Film. Doch dann bemerkte er meinen Blick und drehte sich zu mir. Wir sahen uns an.

„Pepper?", fragte er zögerlich und etwas unsicher.

Da küsste ich ihn. Presste meinen Mund auf seine Lippen und wünschte, ich könnte durch diesen Kuss die Gedanken an Reece verscheuchen.

Einen Moment lang bewegte er sich nicht, aber schließlich erwiderte er meinen Kuss. Er küsste gut, das stellte ich gleich fest. Mit einer Hand hielt er meine Wange, als wäre ich etwas ganz Einzigartiges, etwas ganz Zerbrechliches. Doch diese brennende Sehnsucht wie bei Reece verspürte ich nicht.

Mich durchflutete überhaupt kein besonderes Gefühl. Mit Reece war alles viel intensiver gewesen. Ganz genau. *Gewesen.* Es war ja nicht mehr.

Ich war verzweifelt, wollte, dass ich etwas – *irgendetwas* – für Hunter empfand. Also setzte ich mich auf seinen Schoß, ohne unseren Kuss zu unterbrechen.

Er schien überrascht, hielt einen Augenblick inne. Als ich an seiner Lippe saugte, stöhnte er. Er ließ die Finger an meinem Rücken entlanggleiten.

Ich küsste sein Kinn, seinen Hals, knabberte an ihm.

Hunter vergrub eine Hand in meinem Haar. „Meine Güte. Pepper. Was machst du mit mir?"

Das Gleiche fragte ich mich. Was machte ich da eigentlich?

Die Antwort schrillte wie eine Alarmglocke in meinem Ohr. Ich benutzte ihn. Ich suchte verzweifelt nach dem, das ich bei Reece immer fühlte.

Aber ich fand es nicht. Es war nicht da.

Ich unterbrach meine Kussorgie und sah ihn an. Erschüttert. Erschrocken. Er blinzelte und erwiderte meinen Blick. Voller Lust. „Pepper? Alles klar?"

Ich schüttelte nur den Kopf, konnte nicht sprechen.

„Hunter! Lila! Pepper!", rief Mrs Montgomery von unten. „Es gibt noch Nachtisch! Wollt ihr welchen?"

Hunter wirkte verärgert über die Unterbrechung. „Nein danke, Mom!" Er schaute mich an und strich über meine Wange. „Pepper?"

„Ich … Ich muss nach Hause."

„Jetzt?"

Ich nickte und löste mich aus seiner Umarmung. „Ja. Ich muss morgen früh aufstehen, Lila und ich sind verabredet."

Er erhob sich ebenfalls und streckte eine Hand nach mir aus, unsicher, ob er mich berühren sollte. „Wirklich alles okay?"

Ich schob mir eine Haarsträhne hinters Ohr und wich seinem Blick aus. Er klang ernsthaft besorgt. „Ja, alles gut."

„Ist es wegen des Typs aus dem Gino's? Diesem Reece?"

„Wie kommst du denn darauf?"

„Ich habe gesehen, wie ihr zusammen wart."

„Wir sind nicht zusammen", zischte ich, etwas zu schnell.

„Ihr seid aber auch nicht nur Freunde. So viel habe ich erkannt."

„Nein", behauptete ich. „Das stimmt nicht."

Er nickte langsam, als versuchte er, mir zu glauben. „Okay. Gut. Dann …" Er verstummte und fuhr sich mit den Fingern durchs Haar. „Dann würde ich uns beiden gern eine Chance geben, Pepper. Ich habe in den letzten Wochen viel an dich gedacht. Ich weiß, es ist ein bisschen kompliziert, weil du so gut mit Lila befreundet bist, aber dieses Risiko würde ich eingehen."

Da war es also. Endlich. Darauf hatte ich mein Leben lang gewartet. Die Chance, mit Hunter zusammen zu sein. Ganz bestimmt würden die Schmetterlinge im Bauch noch kommen. Etwas anderes wollte ich nicht glauben.

„Ich auch", sagte ich langsam, und dabei zerbrach etwas in mir. *Was war bloß los mit mir?* Wo war die Euphorie?

„Also dann. Lass es uns probieren. Ich werde dich umwerben, Pepper."

„Um mich werben?"

„Ja. Wie du es verdienst."

Mein Gott. Das war ein Traum. Diese Worte. Von Hunter. Zu mir.

Was sollte ich dazu sagen? „Oh", stammelte ich.

Er lächelte, offensichtlich unbeeindruckt von meiner mangelnden Begeisterung.

Hand in Hand schritten wir nach draußen, zu Mrs Lanskys Wagen, den ich in der Einfahrt geparkt hatte. Ich entriegelte die Tür.

„Ich hol dich am Sonntagmorgen ab. Ist acht Uhr okay?"

Ich nickte und ließ mir zum Abschied einen Kuss auf die Lippen drücken.

Er öffnete mir die Tür, und ich stieg ein. Während ich den Gurt anlegte, ließ ich den Motor an und winkte ihm noch einmal zum Abschied zu.

„Pepper, du bist ja schon zu Hause!" Gram steckte den Kopf in mein Zimmer. Ich empfand es als unnötig, ihr mitzuteilen, dass ich vor über einer Stunde heimgekommen war und es auch schon halb zwölf war. Ich wusste nicht genau, was sie wach hielt – das Alter, ihre Arthritis oder die Trilliarden Medikamente, die sie nehmen musste.

„Ja, Gram. Ich bin schon ein bisschen länger zurück."

Sie stand in ihrem altmodischen Hausmantel da. Ich hatte keine Ahnung, welches Geschäft so was noch verkaufte, doch Gram schien einen unerschöpflichen Vorrat an den Dingern zu besitzen.

Ihr faltiger Mund zuckte, bevor sie zum Sprechen ansetzte und sich mit der Zunge über die Lippen strich. Ich hatte sie einmal gefragt, wieso sie das immer machte, und sie meinte, von den Medikamenten sei ihr Mund immer so trocken. „War es schön bei den Montgomerys?"

„Ja, sehr, Gram. Frohes Thanksgiving soll ich dir von allen wünschen."

„Wie nett! Vielen Dank. Dann schlaf gut, mein Schätzchen." Gram ließ mich wieder allein und schlurfte durch den Flur. Ich starrte an die Decke und betrachtete die rotierenden

Flügel des Ventilators. So viele Jahre hatte mich dieses Geräusch in den Schlaf gelullt. Jahre, in denen ich in diesem Bett gelegen und davon geträumt hatte, eines Tages Mrs Hunter Montgomery zu werden. Und jetzt würden wir miteinander gehen. Er wollte mich umwerben. Da habt ihr's, ihr blöden ehemaligen Cheerleader von der Taylor Highschool!

Ich drehte mich auf die Seite und kuschelte mich in mein Kissen. Es war kein Stofftier, aber ich umarmte es fest. Ich hatte nur wenige Plüschtiere gehabt seit meinem lilafarbenen Bären. Inzwischen war ich sowieso zu alt dafür, doch dieses Kissen fühlte sich gut an, beruhigend und vertraut.

Auf dem Nachttisch surrte mein Handy. Ich streckte die Hand aus, und mein Herz schlug schneller, als ich Reeces Namen las.

Reece: Frohes Thanksgiving!
Ich: Dir auch.

Ich überlegte, was ich noch schreiben könnte.

Ich: Hattest du einen schönen Tag?
Reece: Ja. Meine Tante Beth kam mit einem Truthahn vorbei. Dad hat sich fast wie ein Mensch benommen.
Ich: Sehr gut.
Reece: Und bei dir?

Ich starrte eine ganze Weile die Zeilen an, ließ den Tag Revue passieren, dachte an Hunter, wie ich ihn geküsst hatte und dass ich das unbedingt Reece erzählen müsste.

Reece: Wie geht's Hunter?
Ich: Gut.
Reece: Ihr habt euch geküsst.

Ertappt umklammerte ich das Telefon. Konnte er etwa Gedanken lesen?

Ich: Woher willst du das wissen?

Dennoch hatte ich nicht vor, ihn zu belügen.

Reece: Weil es das ist, was ich getan hätte. Was ich getan habe. Erinnerst du dich? Bei der erstbesten Gelegenheit.
Ich: Ehrlich gesagt, hab ich ihn geküsst.

Darauf kam eine Weile nichts, und ich war schon kurz davor, mir Sorgen zu machen, ob ich jemals wieder von ihm hören würde. Vielleicht hätte ich doch nicht ganz so ehrlich sein sollen.

Reece: Dann haben meine Nachhilfestunden wohl geholfen.
Ich: Scheint so.
Reece: Glückwunsch, Pepper. Du hast gekriegt, was du wolltest. Gute Nacht.
Ich: Gute Nacht.

Ich legte das Smartphone weg, drehte mich um und musste auf einmal heulen. Hemmungslos schluchzte ich in mein Kissen. Es waren nicht die ersten Tränen, die ich in diesem Zimmer vergoss, aber es waren eindeutig die sinnlosesten. Es gab nichts zu heulen. Ich war doch endlich an meinem Ziel angekommen.

24. KAPITEL

Am Sonntagnachmittag setzte mich Hunter vor meinem Wohnheim ab. Er küsste mich sanft zum Abschied und versprach, sich später per SMS zu melden. Nachdem ich ausgepackt hatte, ließ ich mich auf mein Bett fallen und wollte eigentlich noch ein bisschen an einer Hausarbeit schreiben, aber stattdessen schlief ich ein. Die vierstündige Autofahrt hatte mich wohl müde gemacht. Vermutlich, weil ich mich so bemüht hatte, fröhlich zu sein, obwohl ich mir nicht sicher war, was sich zwischen Hunter und mir demnächst abspielen würde.

Nach dem Nickerchen fühlte ich mich nicht viel besser. Ich zweifelte immer noch daran, ob es richtig war, mich auf Hunter einzulassen, und das erfüllte mich mit einer gewissen Panik. Jahrelang war ich davon überzeugt gewesen, er sei der Mann meines Lebens. Der Mann, mit dem es mir gut gehen würde. Bei dem ich Geborgenheit empfinden würde. Bei dem ich endlich ganz wäre.

Aber wenn dem nicht so war – was blieb mir dann?

Ich rieb mir mit den Händen das Gesicht, stand auf und setzte mich an den Schreibtisch. Ich schlug meine Notizen über klinische Psychologie auf und versuchte mir einzureden, dass ich trotz der mir im Kopf herumschwirrenden Gedanken lernen konnte.

In diesem Moment vibrierte mein Handy. Schnell lief ich durch mein Zimmer, um es zu holen, erfreut über die Ablenkung.

Reece: Hey. Bist du schon wieder zu Hause?

Ich lächelte und freute mich, dass er nicht den Kontakt zu mir abgebrochen hatte. Nach gestern war ich mir da unsicher gewesen.

Ich: Ja. Bin vor ein paar Stunden zurückgekommen.
Reece: Ich möchte dich sehen.

Ohne Umschweife. Ich zögerte, weigerte mich, ihm das spontane „Ja, gerne!" zurückzuschreiben. Darüber sollte ich lieber erst nachdenken. Logik statt impulsiven Handelns war gefragt, das nur leider immer die Oberhand gewann, wenn es um Reece ging.

Das Display wurde schwarz. Doch im selben Augenblick leuchtete es wieder auf und vibrierte. Eine weitere Nachricht von Reece.

Reece: Mach die Tür auf.

Ich drehte den Kopf und starrte meine Zimmertür an, als wäre sie lebendig. Mein Herz begann wie verrückt zu hämmern. Mit zwei Schritten stürmte ich zur Tür und riss sie auf. Reece stand vor mir, sein Telefon in der Hand, seine blauen Augen strahlten noch mehr als sonst. Er sah mich an.

Wir bewegten uns absolut synchron. Er betrat mein Zimmer, schloss die Tür hinter sich, während ich gleichzeitig einen Schritt nach hinten machte, damit er hereinkommen konnte. Nachdem die Tür zu war, blickten wir uns an, reglos wie zwei Statuen verharrten wir. Die Zeit schien stillzustehen. Als hätte jemand die Pause-Taste gedrückt. Ich hörte mein Herz laut klopfen.

Und dann setzte sich alles Bewegung.

Wir fielen förmlich übereinander her. Unsere Handys landeten auf dem Fußboden, unsere Lippen fanden sich. Wir lösten uns nur voneinander, als wir uns gegenseitig unsere Klamotten vom Leib zerrten. Wild. Verzweifelt.

„Ich hab dich so vermisst", murmelte er und streichelte

mein Gesicht. Er vergrub die Finger in meinem Haar und hielt meinen Kopf fest, während er mich küsste.

Ich suchte den Verschluss seiner Jeans, öffnete ihn und schob ihm die Hose herunter, während wir uns auf mein Bett sinken ließen. Er fluchte kurz, als er sie sich ganz ausziehen wollte und sie an seinen Schuhen hängen blieb.

Ich beobachtete ihn und genoss seinen Anblick, während ich gleichzeitig meine Yogahose und meinen Slip abstreifte. Alles.

„Verdammt", stieß er keuchend hervor, riss sich die Schuhe von den Füßen und wurde endlich seine Hose los.

Und dann war da nackte Haut auf nackter Haut. Er glitt zwischen meine Oberschenkel, und es fühlte sich so gut an. Wie zwei Puzzleteile, die zusammengehörten.

Er küsste meine Brüste, und ich wand mich vor Lust. Ich wollte mehr. Er begann, an meinen Brustwarzen zu saugen, ich stöhnte, umklammerte seinen Bizeps. Er verlagerte sein Gewicht, sodass ich seine Erregung fühlen konnte.

Ich keuchte, hielt seinen Nacken umklammert, drückte mich an ihn und zog ihn enger an mich heran. Mein Becken kreiste fast wie von selbst. Ich wollte ihn in mir spüren. Es erschien mir so notwendig wie Sauerstoff zum Überleben.

„Pepper, möchtest du das wirklich?"

Meine Güte, ja! Schwer atmend presste ich meinen Unterleib an ihn. „Ich will es. Ich will dich, Reece."

Seine Augen begannen zu strahlen. Er erhob sich und fing an, in den Taschen seiner auf dem Boden liegenden Jeans herumzufummeln. Es war fast schmerzhaft, die paar Momente ohne ihn zu sein. Ich fühlte mich kalt, leer.

Und endlich war er wieder da. Er spreizte meine Beine und öffnete die Kondompackung mit den Zähnen. Ich sah zu, wie er sich das Gummi überrollte, ganz fasziniert von diesem Anblick.

Dann schob er einen Arm unter meine Hüfte und presste mich dicht an sich. Er hielt mich fest, während er langsam in mich eindrang. Dabei schaute er mich die ganze Zeit an. Es war ein surrealer Moment. Ich sah ihn an, und gleichzeitig vereinigten wir uns.

Ich war bereit für ihn. Mein Körper dehnte sich. Es fühlte sich nicht unangenehm an, aber neu und komisch. Und spannend. Ich rang nach Atem.

Als ich dachte, er wäre jetzt vollständig drin, glitt er noch tiefer in mich.

Ich riss die Augen auf und zuckte zusammen. Das war nicht so angenehm. Sofort hielt er inne. „Alles klar bei dir?"

„Ja. Hör nicht auf. Mach weiter!"

Er verstärkte den Griff um meine Hüfte, sodass meine Brüste an seinen Brustkorb gedrückt wurden, und jetzt hatte er mich komplett erfüllt. Ich stöhnte. „Wow."

„Soll ich …?"

„Nein, mach weiter", befahl ich, während sich meine Fingernägel in seine Haut krallten. Er bewegte sich auf und ab, und ich schrie, presste mich an ihn.

„Verdammt, Pepper, du fühlst dich so gut an."

Je schneller er wurde, desto intensiver wurde mein eigenes Verlangen. Das fühlte sich an wie vorher, als er mich mit der Hand zum Orgasmus gebracht hatte. Nur besser. Viel intensiver.

Ich stemmte mich fest gegen ihn, ich wollte den Höhepunkt erreichen. Er schlang mein Bein um seine Hüfte und stieß noch einmal zu. Ich war wie von Sinnen. Die Empfindung war einfach Wahnsinn. So gut. Mein Blick verschwamm, da er weiter diesen einen Punkt reizte. Rhythmisch. Immer wieder. Ich strich ihm durchs Haar und genoss es, ihn berühren zu dürfen, ihn mit den Fingern zu liebkosen. Ich murmelte seinen Namen.

„Pepper“, hörte ich ihn neben meinem Ohr. „Komm für mich, Baby.“

Ich war gleich so weit. Ich erbebte und vergrub meinen Kopf in der Kuhle zwischen seinem Hals und seiner Schulter, um mein Stöhnen zu dämpfen. Er begann, mit einer Hand mein Gesicht zu streicheln, und blickte mich an, während er sich in mir bewegte. „Ich möchte dir zusehen.“

Wild nickte ich. Das bekannte erregende Gefühl sorgte dafür, dass ich meinen Körper noch enger an ihn schmiegte. „Ohh.“

„Jetzt, Pepper.“ Er schob sich kräftiger in mich, und ich schrie vor Lust auf. Meine Nerven waren bis aufs Äußerste gespannt – und dann war es vorbei. Er nahm mich fest in den Arm, seine Lippen fanden meinen Mund. Ich stöhnte laut und spürte, wie er jetzt auch kam. Wie er erbebte.

Gemeinsam sanken wir in die Laken, er immer noch in mir. Obwohl er schwer war, wollte ich, dass er so liegen blieb. Für immer. Das wäre schön.

Für immer dauerte zwei Minuten. Dann küsste Reece mein Schlüsselbein, was mich erschauern ließ, und stand auf, um das Kondom zu entsorgen. Ich suchte in meiner Schreibtischschublade nach feuchten Tüchern und machte mich sauber. Der rötliche Fleck auf meinem Oberschenkel ließ mir bewusst werden, was ich gerade getan hatte. Mit Reece.

Schnell wischte ich das Blut ab. Mein Gesicht brannte, da ich bemerkte, dass er mich dabei beobachtete. Ich schmiss das Tuch in den Abfalleimer und spürte einen stechenden Schmerz zwischen den Beinen, als ich mich bewegte. Rasch schlüpfte ich in meinen Slip, sank aufs Bett und zog die Knie an die Brust. Dann schlang ich die Decke um mich.

„Geht es dir gut?“

Er setzte sich zu mir, die Beine auf beiden Seiten neben mir, sodass er mich ansehen und gleichzeitig umarmen konnte.

Ich nickte. „Es hat gar nicht so wehgetan."

Er strich mir eine Haarsträhne hinters Ohr. „Es wird mit jedem Mal besser."

Ich starrte ihn ungläubig an. „Wirklich? Ich fand es jetzt schon ziemlich erstaunlich."

Grinsend küsste er mich. „Das lag an dir, Baby."

Das bezweifelte ich. Allein war es für mich nie so schön wie mit ihm. Ich wollte auch nicht glauben, dass es mit jedem so schön sein könnte. Aber hey – da stimmte was nicht! Panik stieg in mir auf. Reece. *Das alles.* Das war nie der Plan gewesen!

„Hey. Mach nicht so ein Gesicht." Er berührte meinen Mundwinkel. „Ich schätze, ich will lieber nicht wissen, woran du gerade denkst."

Ich schluckte. „Wie kann das funktionieren, Reece?"

Sein Lächeln verschwand, das Strahlen seiner Augen verblasste. „Wow. Du verschwendest wirklich keine Zeit. Schickst du mich jetzt schon weg? Kein Kuscheln nach dem Sex?" Doch er blieb sitzen. Aber er umarmte mich nicht länger.

„Tut mir leid."

„Ja. Mir auch."

„Ich will nicht ..." Ich unterbrach mich, weil ich keine Ahnung hatte, wie ich es ihm sagen sollte. Da war so viel, was jetzt, in diesem Moment, nicht passieren sollte. *Ich will nicht, dass er mich hasst. Ich will ihn nicht verlieren.*

Er lachte harsch. „Du weißt einfach nicht, was du willst, Pepper. So viel steht fest."

Ich schüttelte den Kopf, und der Kloß in meinem Hals war so groß wie ein Golfball. „Doch, das tu ich. Das habe ich *immer* gewusst. Und deswegen ..." Ich deutete auf uns beide. „... kann das hier niemals sein."

„Ach ja? Dann tu mir bitte den Gefallen, und erklär mir

das. Wieso ist Hunter so wichtig für dich? Warum muss er es sein? Denn nur darum geht es, oder? Du schläfst mit mir, aber zusammen sein willst du mit ihm."

Ich zuckte zusammen und wandte den Blick ab. Dabei fielen mir die Bilder auf meinem Schreibtisch ins Auge. Das von mir und Lila und Hunter. Das sollte meine Zukunft sein – die Montgomerys. Hunter. Oder jemand wie er.

„Ich habe dir erzählt, dass meine Mutter mich verlassen und zu meiner Grandma abgeschoben hat."

Ich sah ihn an. Er nickte kurz, mit angespannter Miene, und wartete darauf, dass ich weitersprach. „Das war, nachdem ich drei Jahre allein mit ihr gelebt habe. Ein Jahr nach dem Tod meines Vaters hat sie das Haus verloren. Wir übernachteten erst mal bei Freunden. Aber das nervte irgendwann, und schließlich wollten sie das nicht mehr. Und meine Mom … Sie wurde immer schlimmer, baute immer mehr Mist. Sie hat alles, was gut war, verloren."

„Bis auf dich. Dich hat sie behalten."

Meine Augen brannten. Ich versuchte, die Tränen herunterzuschlucken. „Ja. Mich hat sie behalten. Plötzlich gab es nur noch uns zwei. Wir wohnten in Motels, manchmal schliefen wir auch im Auto. Sie tat, was nötig war, um ihre Sucht zu befriedigen."

Er streichelte mein Gesicht. „Was ist dir passiert, Baby?"

Ich holte tief Luft. „Nichts. Sie hat immer darauf geachtet, dass ich in Sicherheit war. Oder hat es zumindest versucht. Sie sperrte mich ins Bad oder in einen Schrank. Oder ich versteckte mich mit meinem Plüschtier in der Badewanne. Mit meinem lilafarbenen Bären. Ich hatte ihn schon als Baby." Ich lächelte. „Mein Vater hat ihn auf einem Jahrmarkt für mich gewonnen. Obwohl alles andere weg war, hatte ich immer noch meinen Teddy. Und Mom. Immer wenn sie mich in eine Badewanne oder in einen Schrank steckte, während sie sich mit einem ihrer Loser besoff, sagte sie zu mir, dass mein Bär auf mich aufpassen würde, bis sie wieder da wäre."

Ich hielt inne, denn ich konnte einfach nicht darüber reden, was dann geschehen war. Noch nie hatte ich mit jemandem darüber gesprochen.

„Aber er hat dich nicht beschützt, stimmt's?"

Ich schüttelte den Kopf und unterdrückte ein Schluchzen. „Nein."

„Was ist passiert?", fragte er erneut.

Meine Stimme war plötzlich ganz leise. „Er hat mich in der Badewanne gefunden." Ich presste mir die Hand vor den Mund. „Ich war nicht leise genug."

„Wer hat dich gefunden?"

Ich schüttelte langsam den Kopf und sah wieder den Totenkopf-Ring vor mir. „So ein Typ, Einer von Moms ... Freunden."

„Was hat er getan, Pepper?" Sein Flüstern stand in krassem Gegensatz zu seiner Miene, die hart wie Stein war, seine Augen – eiskalt.

Ich schaukelte hin und her und zog die Knie enger an die Brust. „Ich musste aus der Wanne steigen." Ich atmete tief durch. Tränen rollten über meine Wangen. Ich wischte sie ab und berichtete mit nüchterner Stimme von den Ereignissen in dieser Nacht – als wäre das alles einem anderen Mädchen widerfahren und nicht mir. Nachdem ich einmal angefangen hatte, musste ich alles loswerden. Endlich. „Und dann musste ich mein T-Shirt ausziehen."

Reece zog mich wieder an sich und umarmte mich fest. Seine Arme erschienen mir in diesem Moment das Einzige zu sein, was mich noch zusammenhielt, damit ich nicht zerbrach. Ich grub meine Finger in seine Oberarme und klammerte mich an ihn, während die Worte nur so aus mir herausströmten.

„Er ... er machte seine Jeans auf und fing an, vor mir an sich herumzumachen ... Dabei schaute er mich an. Er sagte zu mir, ich solle ihn anfassen, aber ich weigerte mich.“ Ich schüttelte den Kopf und presste die Lippen hart aufeinander, als ich mich an den Gesichtsausdruck des Mannes erinnerte. Wütend. Aber auch begeistert, dass ich mich ihm widersetzte. Er wollte, dass ich mich wehrte. „Er sagte, ich solle mich ganz ausziehen. Ich versuchte wegzulaufen. Doch er schnappte mich und versuchte, mir meine Hose runterzuschieben. Ich wollte mich losreißen, doch er lachte nur und schlug mich. Plötzlich ging alles drunter und drüber. Ich fing an zu schreien und wurde ein bisschen hysterisch.“ Ich suchte nach Reeces Blick und schüttelte den Kopf, wie um mich zu entschuldigen. Als hätte ich damals Ruhe bewahren müssen. „Ich war noch klein.“

Seine Augen sahen verdächtig feucht aus. „Und dann?“

Ich zuckte mit den Schultern, als wäre es unwichtig. „Mom kam rein und flippte aus. Die beiden fingen an zu streiten und zu kämpfen. Er hieb immer wieder auf sie ein, aber es gelang ihr, ihn loszuwerden und ihn aus dem Zimmer zu drängen. Danach kam sie zurück ins Bad und schaute mich an. So hatte ich sie noch nie erlebt. Nicht mal bei Daddys Beerdigung hatte sie so fertig ausgesehen. Wir packten sofort unsere Sachen und hauten ab. Ich schlief auf dem Rücksitz ein, und als ich aufwachte, waren wir bei meiner Grandma.“

Ich verstummte. Es war schwer gewesen, ihm zu erzählen, was in diesem Badezimmer vorgefallen war, aber der nächste Teil der Geschichte fiel mir noch schwerer. Denn die Erinnerung daran war für immer in mein Gedächtnis eingebrannt.

„Zuerst freute ich mich. Mom und Gram verstanden sich überhaupt nicht, also waren wir nicht oft bei ihr. Mom brachte mich zur Haustür. Sie umarmte mich und ... verabschiedete sich.“ Mir stockte der Atem. Das Gefühl, wie meine Mutter mich in die Arme genommen und mich angeschaut hatte, war auf einmal wieder da. Der Blick aus ihren grünen Augen in ihrem eingefallenen Gesicht. „Sie sagte, sie könnte nicht mehr auf mich aufpassen." Jetzt flossen meine Tränen ungehindert.

Reece seufzte. „Das war vermutlich das Beste, was sie machen konnte."

„Nein", fuhr ich ihn an. „Das Beste, was sie hätte tun können, wäre gewesen, sich endlich Hilfe zu holen. Um ihre Sucht in den Griff zu kriegen."

Er umschloss mein Gesicht mit den Händen. „Sie hat dich an einen sicheren Ort gebracht."

„Sicher?" Ich musste lachen. Es klang nicht schön. „Komisch, dass du das sagst."

Fragend schaute er mich an.

„Als sie ging, drehte sie sich noch einmal um. Sie rannte zu mir zurück und nahm mir meinen Teddy weg. Dann zerfetzte sie ihn, vor meinen Augen." Ich sah wieder die Stoffteile vor mir durch die Luft fliegen.

„Warum zum Teufel hat sie das gemacht?"

Verbittert fuhr ich fort. Damals empfand ich es so, als hätte sie einen Teil von mir getötet. „Sie meinte zu mir, mein Bär könnte nicht auf mich aufpassen. Genau wie sie. Und dass ich das bloß nicht von irgendjemandem erwarten sollte. Dass ich von jetzt an auf mich selbst aufpassen müsste und mich nie auf einen anderen Menschen verlassen dürfte."

Einen Moment lang schwieg er. „Sie wollte dir helfen."

„Ja klar. Sie wollte mir eine Lektion in Sachen Selbstständigkeit mit auf den Weg geben. In dieser Situation! Außerdem war ich noch ein Kind!"

Reece hielt mich fest und streichelte meinen Rücken. Ich ließ es zu. Für eine Weile jedenfalls ließ ich mich von ihm trösten, denn mir war klar, es würde das letzte Mal sein. Neben meinem Ohr flüsterte er beruhigende Worte.

„Ich weiß, dass man dir wehgetan hat“, sagte er leise neben meinem Ohr. „Mir auch. Vielleicht können wir uns gegenseitig dabei helfen, den Schmerz der Vergangenheit zu überwinden.“

Ich machte mich von ihm los und sah ihn überrascht an.

Er erwiderte meinen Blick. Ich sah einen Menschen, der genauso verletzt und traurig war wie ich. Niemand, der mit acht Jahren seine Mutter verloren hatte und mit einem Mann wie seinem Vater aufwachsen musste, konnte dies ohne seelischen Schaden überstehen.

Ich wandte mich ab und streifte mir mein T-Shirt über. Als ich ihn wieder anschaute, sagte ich: „Seit meine Mutter mich verlassen hat, hatte ich einen Plan. Dir mag er lachhaft vorkommen, aber Hunter ist Teil dieses Plans.“

„Was für ein Schwachsinn!“ Er erhob sich, schnappte sich seine Klamotten und fing an, sich anzuziehen. „Du hast um ihn herum eine Märchenwelt aufgebaut. Du hast aus der Erfahrung mit deiner Mutter absolut nichts gelernt.“

Ich zuckte zusammen. „Was meinst du damit?“

Er sah mich an. „Du willst gar nicht Hunter. Du suchst immer noch nach deinem lilafarbenen Bären. Nach jemandem, der dir Sicherheit bietet. Doch die findest du nicht. Die gibt es nämlich nicht im Leben. Deine Mutter mag in vielen Dingen falschgelegen haben, aber damit hatte sie recht. Schlimme Dinge passieren nun mal, und es ist nicht immer jemand da, der einen davor beschützt.“

Ich schüttelte den Kopf. „Und was soll das heißen? Soll ich einfach einen Schalter in meinen Kopf umlegen und mich von einer guten Sache verabschieden und mich etwas Neuem zuwenden?“

Ich blickte ihn an.

Dir.

Ich sprach es nicht aus, aber wir hörten es trotzdem beide. Reece verstand sofort. Er musterte mich, schaute mich eindringlich an. Und erfuhr in diesem Moment mehr über mich, als ich je jemandem anvertraut hatte. Er sah meine Fehler.

Er stieß einen Laut aus und schritt zur Tür. Als er sie geöffnet hatte, blieb er noch einmal stehen und blickte mich an. „Du kapierst es einfach nicht. Ich bin die größtmögliche Sicherheit, die du finden kannst."

Und damit ließ er mich allein.

Ich lag immer noch im Bett, als Emerson und Georgia hereinkamen. Sie sahen mein verheultes Gesicht und scharten sich um mich wie Glucken. Unter Tränen und Schluckauf erzählte ich ihnen, was passiert war. Bis auf meine beschissene Lebensgeschichte und wieso ich nicht mit Reece zusammen sein konnte.

„Das verstehe ich nicht." Georgia schob meine Haare über die Schultern und setzte sich im Schneidersitz mir gegenüber. „Wieso kannst du ihm keine Chance geben?"

„Du hast mit ihm geschlafen", sagte Emerson zu mir, als hätte ich das vergessen. „Dir muss doch etwas an ihm liegen."

Ich blickte die beiden hilflos an. Ich konnte nicht zweimal am selben Tag für jemand anderes mein Innerstes ausbreiten. Das ging nicht noch mal. „Glaubt mir einfach. Das würde nicht klappen."

„Okay." Georgia hielt meine Hände und nickte verständnisvoll. „Wir sind auf jeden Fall auf deiner Seite, ganz egal, wie du dich entscheidest. Wir sind für dich da."

„So sieht's aus", ergänzte Emerson. „Du sagst uns, wen wir in den Hintern treten sollen, und wir tun's."

Ich lachte und wischte mir meine Schniefnase ab. Mich wieder zum Lachen zu bringen war offensichtlich Emersons

Ziel gewesen, denn sie grinste. „Nein, ihr müsst niemandem in den Hintern treten."

Mein Handy vibrierte. Ich stand auf und guckte nach, wer es war, wobei mein Herz erwartungsvoll klopfte. Unsinnigerweise hoffte ich, die Nachricht wäre von Reece.

Offensichtlich brauchte mein Herz ein bisschen länger als mein Gehirn, um zu begreifen, dass er mir nicht schreiben würde. Wieso auch? Ich hatte gerade mit ihm Schluss gemacht. Also, nicht dass wir offiziell zusammen gewesen wären oder so, aber dennoch fühlte es sich genauso an.

Ich schaute aufs Display. Die Nachricht war nicht von Reece.

Hunter: Ich vermisse dich jetzt schon. Morgen Abend zusammen was essen?

Plötzlich plagten mich Schuldgefühle. Während er mich vermisst hatte, hatte ich mit Reece geschlafen. Ich schüttelte den Kopf. Hunter und ich hatten nicht darüber gesprochen, dass wir keine anderen treffen durften. Und es war ja nur dieses eine Mal gewesen. Jetzt war es vorbei. Zeit, in die Zukunft zu schauen.

Pflichterfüllt beantwortete ich seine SMS.

„Wer war das?", fragte Emerson, als ich mein Handy hinlegte und in meinen Drehstuhl sank.

„Hunter. Er wollte wissen, ob wir morgen Abend zusammen essen gehen."

„Was hast du ihm geschrieben?"

„Ja."

Emerson und Georgia tauschten einen Blick. Ganz eindeutig hielten sie mich für übergeschnappt, und ich konnte es ihnen nicht verdenken. Wieder kamen mir Reeces Worte in den Sinn. *Ich bin die größtmögliche Sicherheit, die du finden kannst.* Was hatte er damit gemeint? Ich kriegte Kopfschmerzen davon, all das verstehen zu wollen.

Meine Welt war aus den Angeln gehoben. Endlich hatte ich das, was ich wollte – den Mann, nach dem ich mich fast zehn Jahre lang gesehnt hatte. Und was tat ich? Ich dachte an einen anderen. An einen, der genauso kaputt war wie ich.

25. KAPITEL

Aus Tagen wurden Wochen. Es wurde kälter, und pünktlich in der ersten Dezemberwoche schneite es. Ich verlor mich in meiner Arbeit, in meinem Studium, in Hunter. Meistens trafen wir uns morgens im Java Hut. Wie er versprochen hatte, warb er um mich. Zum ersten Mal in meinem Leben hatte ich einen richtigen Freund.

Wir gingen zusammen aus, essen, ins Kino. Lernten zusammen in der Bibliothek. Er war der perfekte Gentleman. Und immer wenn ich fand, er wäre doch vielleicht ein kleines bisschen langweilig – beziehungsweise wir beide zusammen –, musste ich an Reece denken. Ich sollte die beiden nicht vergleichen, dennoch tat ich es. Sie waren so unterschiedlich. Reece stand für Leidenschaft. Reece stand für Risiko. Reece und ich? Nein, das würde nie passieren.

Abgesehen davon kam er sowieso nicht mehr vorbei. Auch sein Leben ging weiter. Wenn ich frustriert war, weil ich daran dachte, dass er sich jetzt mit einer anderen traf, tröstete ich mich damit, dass die Zeit alle Wunden heilt. Es würde schon irgendwann aufhören.

Emerson traf Reece in der Bar – und erinnerte mich unnötigerweise daran, wie heiß er war. Oder, um sie richtig zu zitieren: verdammt heiß. Er hatte sie bemerkt, vielleicht hatten sie miteinander gesprochen. Ich wusste es nicht. Ich wechselte schnell das Thema, denn ich hatte Angst davor zu fragen. Angst vor dem, was Emerson ihm erzählt haben könnte. So direkt, wie sie immer war, würde es mir sicher nicht gefallen.

Meine Schritte dröhnten auf dem Bürgersteig, weil ich mich so beeilte. Ich kam ein bisschen zu spät zu meiner Verabredung mit Hunter. Der Gehweg war geräumt worden, und nur eine dünne Pulverschneeschicht bedeckte das Gebüsch und die Rasenflächen.

Ich vergrub das Gesicht tief in meinem Lieblingskaschmirschal. Lila hatte ihn mir letztes Jahr zu Weihnachten geschenkt und damit mehr Geld für mich ausgegeben, als ich es je machen würde. Als ich um die Ecke bog, entdeckte ich Hunter, der draußen auf mich wartete. Er sah gut aus in seinem dunklen Wintermantel und dem grauen Wollschal, den er lässig um den Hals gebunden hatte. Er war einer dieser Männer, die mit Schal nicht albern wirkten. Einige Mädchen warfen ihm bewundernde Blicke zu, ihm allerdings schien das nicht aufzufallen. Er hatte nur Augen für mich.

„Hey", begrüßte ich ihn, wobei ich kleine Atemwölkchen ausstieß.

„Na du." Er küsste mich auf die Wange.

„Warum wartest du denn draußen? Du frierst ja hier noch fest!"

Er hielt mir die Tür auf, und ich betrat den warmen Raum, in dem es verführerisch nach Espressobohnen und frisch Gebackenem roch. Leise Weihnachtsmusik erklang, und es war alles schon weihnachtlich dekoriert.

Ich stellte mich an und zog meine Handschuhe aus.

„Lass mich raten. Milchkaffee und Scone – wie immer?", fragte Hunter.

„Bin ich so durchschaubar?" Ich grinste und blickte ihn gespielt böse an. „Das ist nicht gut. So lange sind wir doch noch gar nicht zusammen."

„Aber wir kennen uns eine Ewigkeit", antwortete er.

„Stimmt auch wieder. Dabei heißt es doch immer, eine Frau muss geheimnisvoll bleiben."

Er sah mich an. „Oh, für mich bist du geheimnisvoll, Pepper." Mein Gefühl von Beschwingtheit verschwand in dem Moment, in dem ich seinen ernsten Blick bemerkte. Ich wusste, was er dachte. Es war nicht schwer, das herauszufinden.

Seit wir nach Thanksgiving zurückgekehrt waren – *seit Reece* –, hatten wir nichts Spannenderes getan, als uns zu küssen. Das war alles. Einmal hatte er seine Hand unter meinen Pullover gleiten lassen. Und wie hatte ich reagiert? Ich war von der Couch geflohen und hatte eine Ausrede erfunden, um schnellstens zu verschwinden. Man konnte sich leicht ausmalen, was er dachte: Warum ist sie so frigide?

Aber irgendwie fühlte es sich für mich zu früh an. Zu schnell.

Dabei war es mit Reece noch schneller gegangen. Ich schüttelte die ärgerliche innere Stimme ab und schaute mich um. Konnte es in diesem Laden nicht schneller gehen? Mir fiel ein Mädchen auf, das gerade bezahlt hatte und sich an die Seite stellte, um auf ihr Getränk zu warten. Sie war nicht zu übersehen.

Sie hatte langes blondes Haar bis zur Hüfte und war atemberaubend hübsch. Sie trug eine eng anliegende schwarze Lederjacke, Leggings und kniehohe Stiefel mit Absatz. Emerson würde für diese Jacke sterben. Auch für die Stiefel. Ich starrte die Frau immer noch bewundernd an, da tauchte Reece neben ihr auf.

Mein Reece. Nein, nicht meiner.

Oh Gott. Oh Gott. Oh Gott.

Alles um mich herum schien wie erstarrt. Bis auf die beiden. Reece und diese Schönheit. Offensichtlich hatte er bezahlt. Sie berührten sich nicht, aber ihre Körpersprache zeugte von einer gewissen Vertrautheit, so eng wie sie nebeneinanderstanden. Sie beugte sich zu ihm, während sie mit ihm sprach, und strich über seinen Arm.

Reece stand da wie immer, eine Hand in der hinteren Hosentasche, und hörte ihr zu. Dabei sah er sie an, wie er früher mich angesehen hatte. Aufmerksam und intensiv. Als wäre alles, was sie sagte, ungeheuer spannend.

„Pepper, es geht weiter." Hunter nahm meinen Ellbogen und führte mich vorwärts.

Meine Brust begann zu schmerzen. Plötzlich hatte ich das Gefühl, ich bekäme keine Luft mehr. Die beiden würden mich auf jeden Fall entdecken, wenn sie gleich den Laden verließen. Wir standen nur ein paar Meter von ihnen entfernt. Voller Panik wandte ich mich um.

Ich drehte durch, aber ich hatte auch niemals damit gerechnet, ihn noch einmal wiederzusehen. Wie dumm von mir! Ich dachte wohl, er verbrächte sein Leben in seinem Lokal. Aber natürlich tat er nicht nur das. Er joggte jeden Morgen. Er spielte Fußball und trainierte eine Jungenmannschaft. Er reparierte die Spüle der Campbells und alles andere, was bei ihnen kaputtging. Er war nicht vom Erdboden verschwunden, er lebte in derselben Stadt wie ich. Ich hätte darauf gefasst sein müssen, ihm über den Weg zu laufen. Nur weil ich nicht mehr ins Mulvaney's ging, hieß das nicht, er existierte nicht mehr.

„Pepper?" Hunter schaute mich besorgt und mit gerunzelter Stirn an. „Ist alles in Ordnung?"

Ich nickte und befahl mir, mich zusammenzureißen. „Ja." Ich wurde langsam wieder ruhiger, atmete tief durch und drehte mich um. Hoffentlich waren Reece und seine Schönheit inzwischen weg.

Doch plötzlich befand er sich genau vor mir. „Hallo, Pepper. Wie geht's denn so?"

Seine Stimme klang wie immer. Tief. Beruhigend. In seiner Miene deutete nichts auf die intensiven Emotionen unserer letzten Begegnung hin. Im Gegenteil: Er wirkte sehr entspannt aus. Höflich interessiert.

„Hey. Mir geht's gut. Und dir?" Versagte mir gerade die Stimme?

Er nickte. „Auch gut."

Sinnloses Geplapper.

Er streckte die Hand nach der Frau neben sich aus. „Das ist Tatiana."

Oh mein Gott! Ihr Name war Tatiana? So hießen nur Supermodels und russische Eisschnellläuferinnen. Was von beiden war sie?

„Hi." Sie lächelte mich freundlich an. Sie schien ohne Akzent zu sprechen.

Reece warf Hunter einen Blick zu und rief mir so ins Gedächtnis, dass ich nun dran war. „Du erinnerst dich an Hunter?"

„Ja klar. Hey." Die beiden schüttelten sich die Hand, und das erschien mir noch absurder als beim letzten Mal im Gino's. Hunter, mein neuer Freund, schüttelte dem Typen die Hand, den ich aus meinem Zimmer geworfen hatte, kurz nachdem ich durch ihn meine Jungfräulichkeit verloren hatte. Ich brauchte jetzt etwas Stärkeres als einen Milchkaffee. Einen Becher Gift vielleicht?

Erneut schaute Reece mich an. „Also dann. Mach's gut."

Ich nickte wie betäubt. „Ja. Fröhliche Weihnachten."

Er zögerte. „Dir auch, Pepper."

Und dann war er weg. Er hatte Tatiana eine Hand auf den Rücken gelegt und führte sie nach draußen. Ich konnte es nicht lassen, ihnen hinterherzublicken, als sie am Fenster vorbeiliefen. Sie waren ein schönes Paar, und allein diese Tatsache fand ich zum Kotzen.

Ich bemerkte, dass Hunter mich immer noch mit sorgenvoller Miene ansah.

Ich lächelte ihn an, als ich endlich an der Reihe war. Ich gab meine übliche Bestellung auf. „Siehst du", meinte ich zu Hunter, während wir uns an die Seite stellten, „wie gut du mich kennst."

„Ich wünschte, es wäre so."

Etwas in seiner Stimme ließ mich aufhorchen. Er betrachtete mich mit einem bohrenden Blick, als erwarte er, dass ich etwas sagte. Oder tat.

Ich presste meine Hand auf seinen Oberkörper und drückte Hunter einen Kuss auf die Wange. Zu meiner Überraschung zog er mich an sich und küsste mich leidenschaftlich, was er noch nie getan hatte. Vor allem nicht in der Öffentlichkeit.

Nachdem er mich wieder losgelassen hatte, erklärte er: „Ich möchte dich so gern kennenlernen. Wenn du es mir erlaubst."

Plötzlich hatte ich einen Kloß im Hals. Zum Glück war meine Bestellung fertig, und ich trat nach vorn, um sie abzuholen. Dabei fragte ich mich, ob ich Hunter das ehrlich versprechen konnte. Denn etwas wurde mir zusehends bewusst: Sosehr ich auch versuchte, mir etwas vorzumachen und es zu verleugnen, Reece hatte mich für alle anderen Typen versaut.

Kein anderer konnte mit ihm mithalten.

Ich schloss die Tür zu Madisons Zimmer und lief weiter zu Sheridans Zimmer gleich neben der Treppe. Die Siebenjährige schlief auch, mit dem Daumen im Mund. Es war ein ereignisreicher Abend für die beiden gewesen, und sie waren beide total platt. Wir hatten Candy Land gespielt und gemalt und danach noch Verstecken gespielt. Anschließend gab es Pizza und Rice-Krispies-Kekse in Form von Weihnachtsbäumen. Zufrieden ging ich wieder nach unten. Der neue Welpe der Campbells hatte seine großen Pfoten schon auf dem Couchtisch und kaute an meinem Notizbuch herum. Grinsend nahm ich das kleine Fellknäuel auf den Arm und knuddelte es, während ich den funkelnden Weihnachtsbaum der Familie bewunderte. „Da sind so viele glänzende Päckchen, und du gehst an meine Sachen? Was soll ich denn meinem Professor erzählen? Der Hund hat meine Hausarbeit gefressen?"

Der Welpe patschte mir mit einer Pfote auf die Nase und leckte mir das Gesicht.

„Versuch gar nicht, mich umzustimmen. Mrs Campbell hat gesagt, du kommst in dein Körbchen, wenn die Mädchen im Bett sind.“ Ich lief durch die Küche und den Flur in die Waschküche, wo die Hundebox stand. Kaum hatte ich ihn reingesetzt, fing der Kleine herzzerreißend an zu winseln.

Ich wedelte mit dem Finger vor dem Gitter. „Lass das. Du weißt, wie es ist.“

Dann zog ich die Tür zur Waschküche hinter mir zu, um das Geheule des kleinen Labradors nicht hören zu müssen, und ließ mich auf die Couch sinken. Es war die letzte Woche vor den Ferien, und eine Hausarbeit war fällig. Deswegen hatte ich den Babysitterjob gerne angenommen, als mich Mrs Campbell anrief. Hunter wollte, dass ich mit ihm und ein paar seiner Kumpel loszog, aber hier konnte ich wenigstens einen ersten Entwurf schreiben.

Meine Entscheidung hatte nichts damit zu tun, dass ich beschlossen hatte, mich von Hunter zu trennen. Versuchte ich mir jedenfalls selbst weiszumachen.

Ich seufzte schwer. Ich konnte es nur einfach nicht mehr ertragen. Er bedeutete mir immer noch viel. Er war so ein guter Mensch. Nur hatte ich nicht die Gefühle für ihn, die er verdiente. Ich wollte ihn nicht. Nicht so, wie ich Reece wollte.

Das zumindest konnte ich mir inzwischen eingestehen. Ich wollte Reece. So war es nun mal. Aber was spielte das für eine Rolle? Er war vergeben. Selbst wenn ich nicht so gemein zu ihm gewesen wäre, selbst wenn ich jetzt einfach zu ihm gehen würde, trotz aller Bedenken – da war inzwischen Tatiana.

Nein. Ich würde nicht mit Hunter Schluss machen, um Reece hinterherzurennen. Der Zug war abgefahren. Ich wollte mich von Hunter trennen, weil es ihm gegenüber einfach fair war. Hunter wollte mich. Er wollte mich ganz. Und das konnte ich ihm nicht geben. Ich konnte mich ihm nicht hingeben. Und deswegen musste ich es beenden. Ich musste nur den richtigen Zeitpunkt finden. Und die richtigen Worte.

Ich schob den Gedanken an Reece und Hunter beiseite und zwang mich, mich auf meine Unterlagen zu konzentrieren und zu arbeiten. Eine Stunde verstrich. Ich war gut vorangekommen, der Entwurf war zur Hälfte fertig. Ich gönnte mir eine kleine Pause und schloss die Augen. Nur eine Minute ausruhen. Wenn ich Glück hatte, wartete Reece in meinen Träumen auf mich.

Ich erwachte von einem entfernten Knall.

Ich erhob mich und brauchte einen Moment, um mich zu orientieren. Ich hustete und hielt mir die Hand vor den Mund, während ich überlegte, wieso das Zimmer so grau war. Nur die Lichter des Weihnachtsbaums funkelten.

Rauch.

Plötzlich klopfte mir das Herz bis zum Hals. Ich sprang auf die Füße und blickte mich hektisch um. Was war passiert?

Wieder hörte ich dieses Geräusch.

Es brannte.

Aus der Küche drang dicker Rauch. Ich rannte hin, spähte hinein und dachte, ich müsste mich beeilen und herausholen, was brannte.

Doch der Herd stand in Flammen, die bereits auf die Schänke übergriffen. Ich spürte die Hitze schon da, wo ich stand. Sofort verwarf ich den Gedanken, das Feuer allein löschen zu können. Ich wusste nicht mal, ob es hier einen Feuerlöscher gab.

Die Kinder. Das war das Einzige, woran ich denken konnte, während ich mich durch den Qualm die Treppe hinaufkämpfte. Ich hustete heftig, und mir fiel ein, dass man bei Feuer auf dem Boden kriechen sollte, wo der Rauch nicht so dicht war.

Aber die Mädchen waren im Obergeschoss. Ich hatte keine andere Wahl, ich musste nach oben.

Um Luft ringend rannte ich hinauf. In diesem Moment sprangen die Rauchmelder an, schrill und laut. Zum Glück war das System mit der Feuerwehrzentrale verbunden und nicht nur eins dieser Systeme, die nur die Bewohner eines Hauses warnten.

Zuerst stürmte ich in Madisons Zimmer und schnappte mir die Zweijährige. Sie wollte nicht, war noch ganz verschlafen und müde. Ich drückte sie fest an mich und sprach mit ihr. „Ich bin es, Maddy. Wir müssen nach draußen gehen."

Sheridan war schon von dem Alarm aufgewacht und saß mit schreckgeweiteten Augen im Bett. „Komm!" Ich fasste sie an der Hand und zog sie hinter mir her. Als wir an der Treppe standen, loderte unten schon wild das Feuer.

Sheridan versuchte ängstlich ihre Hand zurückzunehmen. Doch ich hielt sie ganz fest, ich durfte sie auf keinen Fall loslassen. „Wir müssen da jetzt durch. Lass nicht los!"

Vielleicht war es die Panik in meiner Stimme, aber sie umklammerte meine Hand. Madison vergrub ihr Gesicht in meinem Pullover und schlang ihre kleinen Ärmchen fest um meinen Nacken. Mit den beiden Kindern stieg ich die Treppe hinunter. Es waren nur noch ein paar Schritte bis zur Haustür. Wir würden es schaffen!

Irgendwie besaß ich die Geistesgegenwart, mir auch noch meine Tasche vom Tischchen neben der Tür zu greifen. Ich schloss auf und brachte uns nach draußen, raus aus der Hitze und dem Qualm.

Ein paar Meter vom Haus entfernt drückte ich Madison ihrer Schwester in die Hand. Meine Augen tränten so sehr, dass ich kaum noch etwas erkennen konnte, aber es gelang mir, mein Handy aus der Tasche zu holen. Ich wählte den Notruf, während beide Mädchen anfingen zu weinen. Wir waren nicht gerade mitten in der Stadt, es würde also dauern, bis die Feuerwehr eintraf. Ich hoffte nur, dass noch etwas vom Gebäude übrig war, wenn sie kamen.

Ich nannte der Notrufzentrale die Adresse, als Sheridan plötzlich laut zu schreien begann, sodass ich fast einen Herzinfarkt erlitt. Ich kniete mich vor sie und streichelte ihr über den Arm. „Was? Was ist los? Hast du dich verletzt?"

Sie deutete aufs Haus. „Jazz! Jazz ist noch drin!"

Entsetzt schaute ich zu dem brennenden Gebäude. Oh Gott! Der Hund. Ab diesem Moment funktionierte ich einfach nur noch. Ich gab Sheridan mein Telefon. „Ihr wartet hier! Und das meine ich ernst. Bleib bei deiner Schwester. Gleich kommt Hilfe."

Ich rannte zurück ins Haus, fest davon überzeugt, dass ich es schaffen würde. Ich hatte noch genug Zeit. Die Waschküche war auf der anderen Seite der Küche. Ich würde den Welpen retten können.

Ich robbte durch den Flur. Hustend erreichte ich die Waschküche und öffnete sofort die Käfigtür.

Der kleine Welpe zitterte vor Angst, tapste aber sofort zu mir. Ich stopfte ihn unter mein Sweatshirt und wollte wieder hinauskriechen, doch vor mir war plötzlich eine Feuerwand. Binnen Sekunden hatten die Flammen das Wohnzimmer eingenommen und liefen an den Wänden entlang wie ein rotoranger Fluss.

Oh Gott! War es das jetzt? Ich hatte mein Leben stillgehalten, weil ich mich fürchtete, eine falsche Bewegung zu machen. Und jetzt würde ich vor meinem zwanzigsten Geburtstag in einem Feuer umkommen?

Ich hatte mich also umsonst von Reece verabschiedet? Um jetzt so zu enden? Nein. *Auf keinen Fall.*

Entschlossen kroch ich über den Flur und rang nach Atem. Eine Hand nach der anderen. Der Hund rührte sich nicht, sein kleiner warmer Körper leblos unter meinem Pullover, und ich fragte mich, ob es zu spät für ihn war. War am Ende alles umsonst?

Mein Körper war schwer wie Blei, während ich mich durch den dicken schwarzen Qualm kämpfte. Ich röchelte und hatte rasende Kopfschmerzen. Ich brauchte dringend Sauerstoff. Plötzlich war ich verwirrt, drehte mich orientierungslos um. Wo war die Tür?

Oh Gott! *Es tut mir leid. Es tut mir so leid.* Bei wem entschuldigte ich mich? Bei mir selbst? Bei Gram? Bei meinen Freunden? Bei Reece?

Reece.

Ja. Ich wünschte, ich könnte ihm erklären, wie sehr ich es bereute. Dass ich vor ihm davongelaufen war. Vor uns. Vor allem, was er mir angeboten hatte. Das war mein größter Fehler gewesen – das wurde mir jetzt klar. Es war das, was ich am meisten bedauerte in meinem Leben. Dass ich vor seiner Liebe die Flucht ergriffen hatte. *Ich bin die größtmögliche Sicherheit, die du finden kannst.* Plötzlich verstand ich, was er mir damit hatte sagen wollen. Dass ich ihm am Herzen lag. Dass er mich vielleicht sogar liebte. Dass er alles war, was ich suchte. Und er war viel besser als jeder Plan oder jede Kleinmädchenfantasie, die in meinem Kopf herumspukte. Und ich Idiotin hatte ihn weggestoßen.

Meine Arme knickten ein. Ich sank auf den Teppich, kippte auf die Seite. Meine Augen brannten.

„Pepper!"

Ich erschrak.

„Pepper!"

Wie grausam mein Hirn mit mir spielte. Es war meine persönliche Hölle, in diesem Moment Reeces Stimme zu hören. So nah neben mir.

„Pepper!"

Ich zwang mich, den Kopf zu heben und durch den Rauch zu spähen. Da war die Silhouette einer Person, die sich durch Flammen und Rauch bewegte. Ein kurzer Augenblick, dann verschwand sie wieder. Doch die Stimme hatte ich erkannt. Reece …

„Hier!“, krächzte ich.

Plötzlich erfüllte mich neue Energie. Das war vielleicht meine letzte Chance. Ich schaffte es, mich wieder in die Hocke zu begeben.

Noch einmal rief ich: „Hier!“ Diesmal etwas lauter, allerdings reichte es immer noch nicht. Keuchend zwang ich mich, weiterzukrabbeln, und hoffte inständig, es wäre die richtige Richtung. Ich kam ganz gut voran, doch dann prallte ich gegen etwas Hartes. Ich kniff die Augen zusammen und erkannte die Standuhr der Campbells, deren oberer Teil lichterloh brannte. Plötzlich brach das ganze Ding in sich zusammen. Ich versuchte noch auszuweichen, aber die schweren Holzteile fielen auf mich herab und klemmten meine Hüfte fest. In wenigen Sekunden würden die Flammen sie verschlingen. Und mich dazu.

Hinter mir hörte ich eine Art Stöhnen und ein lautes Krachen. Ein Blick über die Schulter verriet mir, dass ein Teil der Decke heruntergekommen war. Wahrscheinlich würde es nicht mehr lange dauern, bis auch der Rest einstürzte. Ich würde verbrennen. Und Reece war irgendwo hier drin und suchte mich.

Auch er würde in den Flammen umkommen.

Ich legte den Kopf in den Nacken und schrie, meinem schmerzenden Hals zum Trotz, mit aller Kraft um Hilfe. Um Reece zu retten. Um mich zu retten. „Hier! Ich bin hier!“

Das war laut genug.

Reece tauchte vor mir auf, sich durch den Rauch kämpfend, mit schweißnassem und gerötetem Gesicht – dort, wo es nicht mit Ruß beschmiert war. Er kniete sich vor mich hin, befreite mich von den Holztrümmern und riss mich in seine Arme. Mich fest an sich gedrückt, rannte er mit mir zur Haustür. Um uns herum loderte das Feuer.

Endlich draußen. Die plötzliche Kälte war ein Schock für meine versengte Haut. Reece trug mich zu den Mädchen, die immer noch brav dastanden und warteten. Dort angekommen, sackte er erschöpft mit mir zu Boden.

Die Kinder sprangen um uns herum, schrien und weinten. Ich keuchte wie wild, sog die frische Luft in meine Lungen ein. Mir tat alles weh. Meine Lungen, meine Augen, meine Haut.

„Pepper." Reece drehte sanft mein Gesicht zu sich um und blickte mich prüfend an. „Alles in Ordnung?"

Ich nickte kurz, und selbst das schmerzte. „Und du?" Ich wollte ihn auch auf Verletzungen untersuchen, allerdings tränten meine Augen zu stark. Ich sah alles nur verschwommen.

„Mir geht's gut."

An meiner Brust regte sich etwas, und mir fiel der Welpe wieder ein. Ich hielt mein Sweatshirt hoch, und die Mädchen entdeckten Jazz. Sie quietschten vor Freude und nahmen ihn an sich.

Ich war immer noch nicht zu Atem gekommen und ließ mich völlig fertig auf den Rücken fallen.

Reece beugte sich über mich. „Pepper? Pepper?"

Er klang total panisch. Ich wollte ihm sagen, dass alles gut war. Dass es mir gut ging. Ich wollte ihm dafür danken, dass er mich gerettet hatte, dass er mir die Kraft gegeben hatte, durchzuhalten, zu kämpfen.

Das alles wollte ich ihm sagen – und noch viel mehr. Doch ich konnte nicht. Ich kriegte keine Luft mehr. Ich legte mir die Hand auf den Brustkorb, als gäbe es dort einen Schalter, den ich nur betätigen müsste, um meine unterversorgte Lunge mit Sauerstoff zu füllen.

Aber es gab keinen Schalter.

Mein Atem war rasselnd. Seltsame Geräusche drangen aus meiner Kehle, während ich panisch versuchte, endlich Luft zu bekommen. Vor meinen Augen begannen kleine Pünktchen zu tanzen. Ich hasste es. Plötzlich verschwamm alles. Ich konnte Reece kaum noch erkennen. Ich versuchte, mir sein Gesicht einzuprägen. So erhitzt und rußverschmiert erschien es mir als das Schönste, was ich je gesehen hatte.

Ich konnte jedoch hören, wie er meinen Namen rief, immer und immer wieder. Ich spürte seine Hände auf meinen Armen und auf meinem Gesicht.

Dann wurde alles um mich herum schwarz, und kurz bevor ich ohnmächtig wurde, presste ich noch zwei Worte heraus. Nur zwei Worte. Aber sie waren die richtigen. Ich hoffte, er würde sie hören.

„Liebe. Dich."

26. KAPITEL

A*ua.* Das war mein erster Gedanke, als ich wieder zu mir kam. Aua, und dann – *Mein Gott, mir tut alles weh.*

Ich stöhnte, und allein davon schmerzte meine Kehle noch mehr. Schnell ließ ich es bleiben.

„Du bist wach!“

Ich öffnete die Augen und entdeckte Reece, der aus einem Stuhl neben mir aufsprang. Ich versuchte, mich umzusehen. Lag ich etwa in einem Krankenhausbett?

„Wo bin ich?“, fragte ich mit rauer Stimme. Ich zuckte zusammen, und er hielt mir ein Glas Wasser an die Lippen. Ich trank einen großen Schluck und genoss es, das kühle Wasser über meine Zunge und durch meine Kehle fließen zu spüren.

„Du bist in der Notaufnahme.“

„Die Mädchen …“

„Ihnen geht es gut. Sie sind bei ihren Eltern. Aber das Haus ist vollständig abgefackelt wegen irgendeines Kabelbrandes in der Küche. Es war ein altes Haus. Sie hatten Glück, dass es nicht passiert ist, als alle daheim waren und schliefen. Dann wären sie vielleicht nicht lebend rausgekommen.“

Mein Kopf fühlte sich an, als wöge er zwei Tonnen. Aber ich wollte dennoch herausfinden, wie ich aussah, und blickte an mir herunter. Dabei bemerkte ich, dass mir Schläuche in der Nase steckten. Ich fasste sie an.

„Du bekommst Sauerstoff. Spiel nicht dran rum. Zuerst haben sie dir eine Sauerstoffmaske angelegt. Diese Schläuche müssen jetzt eine Weile drinbleiben, bis sich deine Lunge wieder erholt hat.“

Meine Hand sank nach unten. Ich leckte mir über die ausgetrockneten Lippen und traute mich nicht zu schlucken. Reece reichte mir noch mal den Wasserbecher. Ich nahm ihn, nippte dran und gab ihn ihm zurück. „Du warst da. Woher hast du es gewusst?“

„Ich hörte den Feueralarm bei uns. Und dann sah ich schwarzen Rauch aufsteigen. Ich hatte keine Ahnung, dass du im Haus bist. Erst, als ich die Mädchen im Garten entdeckte.“ Sein Kiefer verspannte sich, in seiner Wange zuckte ein Muskel. Er schaute mich strafend an. „Du bist wegen des Hundes noch mal zurückgelaufen? Was hast du dir nur dabei gedacht? Du hättest sterben können, Pepper! Ich habe gesehen, wie der Notarzt dich versorgt hat und ... Ich dachte ...“ Seine Stimme versagte. So hatte ich ihn noch nie gesehen. Nicht mal, als er mir von seiner Mutter erzählt hatte. Nicht mal, als sein Vater im Mulvaney's aufgetaucht war und ihn zur Schnecke gemacht hatte.

Ich schwieg und ließ seine Strafpredigt über mich ergehen. Ich hatte sie verdient. Für den heutigen Abend und für alles andere.

Er lehnte den Kopf an das Bett, als bräuchte er einen Moment Zeit, um sich wieder zu fassen – und mich nicht zu erwürgen. Ich streckte die Hand aus und streichelte ihm durchs Haar.

Da blickte er auf. Seine Augen waren feucht, und seine Stimme ganz leise, sowie er weitersprach. „Ich dachte, du wärst tot, Pepper. Es war schlimm genug, dich einmal zu verlieren, aber auf diese Art? Das hätte ich nicht ertragen.“

Ich versuchte, ein Schluchzen zu unterdrücken, aber es gelang mir nicht. Der Laut stieg in meinem wunden Hals auf und musste heraus. Ich schluchzte noch mal. „Du bist der Grund, warum ich noch lebe. Ich habe gehört, wie du meinen Namen gerufen hast, und da fing ich wieder an zu kämpfen. Du warst da, irgendwo. Das wusste ich. Ich musste zu dir finden.“

Während er seine Hand ausstreckte, um mein Gesicht zu berühren, fielen mir seine bandagierten Hände auf.

„Reece!“ Ich nahm sie vorsichtig in meine und sah ihn an. „Ist das von meiner Rettung?“

„Ich habe nur ein paar kleinere Verbrennungen. Weil ich die Uhr hochgehoben habe. Aber das wird schon wieder.“

Ich blinzelte sehr lang, und erst nach einer Weile konnte ich die Augen wieder öffnen. „Mein Gott, wir hätten beide heute Nacht sterben können. Und dann wäre alles vorbei gewesen.“ Erneut spürte ich, dass ich heulen musste, aber ich schluckte die Tränen herunter und befeuchtete meine Lippen. „Ich habe inzwischen verstanden, was du mir sagen wolltest. Mit den schlimmen Sachen, die nun mal passiert sind. Ich dachte, indem ich mir Hunter aussuche … Das wäre schlau.“ Ich schüttelte den Kopf. „Aber heute Nacht hat mir meine schlaue Wahl keine Sicherheit gebracht. Hab ich recht?“

Er wurde still. „Was meinst du?“ Seine Frage hing bedeutungsschwer in der Luft.

„Ich weiß ja, dass du jetzt mit Tatiana zusammen bist, aber …“

Erstaunt schüttelte er den Kopf. „Bin ich nicht.“

„Was?“

„Wir haben nur einen Kaffee zusammen getrunken. Wir sind alte Freunde.“

„Oh.“ Ich blinzelte.

„Aber du bist mit Hunter zusammen.“ Es klang ein bisschen wie eine Frage.

Tränen brannten mir in die Augen. „Aber es fühlt sich nicht richtig an. Weil du es nicht bist. Ich kann nicht … Ich konnte nicht …“ Ich holte tief Luft. „Ich kann nicht seine Freundin sein, wenn ich die ganze Zeit nur an dich denke.“

„Verdammt, Pepper!“ Er umfasste immer noch mein Gesicht und presste jetzt seine Stirn an meine. „Ich will das alles nicht noch mal durchkauen. Sonst rennst du wieder vor mir davon, weil du befürchtest, dass ich nicht dem entspreche, was du dir in deiner Vorstellung ausgemalt hast. Aber ich liebe dich. Ich bin schrecklich verliebt in dich. Trotzdem spreche ich es aus: alles oder nichts. Etwas anderes kommt für mich nicht mehr infrage."

Jetzt weinte ich wirklich. „Ich weiß. Ich will das auch. Es hat eine Weile gedauert, bis ich das kapiert habe, aber jetzt habe ich es erkannt. *Du* bist die größtmögliche Sicherheit, die ich finden kann." Ich wiederholte absichtlich seine Worte und sah ihn dabei fest an. „Weil du mich liebst. Und weil ich dich liebe."

Und dann küssten wir uns. Beide völlig am Ende. Ich hatte einen Sauerstoffschlauch in der Nase. Aber das war uns beiden egal.

Schließlich machte Reece sich los und schaute mich lange an, bevor er lächelte. „Das habe ich dich schon mal sagen hören. Doch diesmal ist es noch besser."

Ich blinzelte verwirrt. „Wie, schon mal?"

„Bevor du ohnmächtig geworden bist. Ich war mir nicht sicher, ob du es wirklich meinst. Es hätte ja auch an der Sauerstoff-Unterversorgung liegen können."

„Ich erinnere mich, dass ich es gesagt habe. Und ich meine es auch."

Er küsste mich noch einmal. „Ich liebe dich auch. Seit du das erste Mal im Mulvaney's warst und dabei ausgesehen hast, als wäre das der letzte Ort der Welt, an dem du sein wolltest." Er grinste. „Und seit du mir ganz nüchtern erklärt hast, dass du Nachhilfe in Sachen Vorspiel brauchst."

Stöhnend ließ ich mich in die Kissen zurücksinken. „Bitte. Erinnere mich nicht daran."

„Jetzt komm schon." Er küsste meine Wange. „Das ist doch cool. Eines Tages werden wir unseren Enkeln davon erzählen."

Ich hob den Kopf und schaute ihm in die Augen, und bei

seinen Worten wurde mir ganz warm ums Herz. „Ich würde ihnen lieber erzählen, wie ihr Großvater ihre Großmutter aus einem brennenden Haus gerettet hat."

Er grinste wieder, aber seine Augen blickten ernst, und ich sah in ihnen die Ewigkeit. „Auch nicht schlecht."

„Ich glaube, da werden uns ein paar Geschichten einfallen."

„Selbstverständlich. Langweilig wird es bei uns nie sein."

In diesem Moment platzten meine Mitbewohnerinnen herein. Sie zogen den Vorhang zur Seite, hinter ihnen eine hektische Krankenschwester. Sie rissen die Augen auf, da sie Reece neben mir sitzend entdeckten, der immer noch mein Gesicht streichelte.

„Hey." Ich begrüßte sie mit einem unbeholfenen Winken.

„Alles in Ordnung mit dir?", fragte Georgia und beugte sich über mich.

„Mir geht's gut."

„Und was ist das da?" Emerson deutete auf Reece. Er ließ mich los, ergriff aber dafür meine Hand. Wir verschränkten die Finger.

Er sah mich an und wartete darauf, dass ich antwortete. „Mein neuer Freund."

„Ich dachte, du hättest schon einen", murmelte Georgia.

„Der übrigens jeden Moment hier aufkreuzen wird", verkündete Emerson mit einem Blick auf unsere verschränkten Hände. „Wir haben ihn nämlich auf dem Weg hierher angerufen."

„Ich bin schon da."

Alle Blicke richteten sich auf Hunter, der auf einmal neben dem Vorhang stand, aber sehr gefasst wirkte. Er trat näher und musterte mich besorgt. Natürlich sah er auch, dass ich Reeces Hand hielt. „Geht es dir gut?"

Das war typisch Hunter. Immer als Erstes um mein Wohlergehen besorgt. „Ja, mir geht's gut."

Er entspannte sich und nickte, als wäre das genau die Antwort, die er hatte hören wollen. Danach wandte er sich Reece zu. Dieser umschloss meine Hand noch fester, als hätte er Angst, ich könnte ihn loslassen. Aber das würde ich nicht. Nie mehr wieder.

Hunter schaute ihn einen Moment lang an, als gälte es, eine Entscheidung treffen. „Wenn du ihr wehtust …"

„Das werde ich nicht", fiel Reece ihm schnell ins Wort, als ahnte er, was nun folgen würde.

Ich blinzelte überrascht. Was war los mit Hunter? Ich hatte ja nicht mal mit ihm Schluss gemacht. „Woher wusstest du …?"

„Das war mir die ganze Zeit über klar. Ich dachte nur, deine Gefühle würden sich vielleicht ändern – und du könntest vielleicht mehr für mich empfinden. Du wirktest so entschlossen, alles vergessen zu wollen, was du mit Reece erlebt hast – was auch immer es war."

Emerson schnaubte verächtlich. „Ist das wahr?"

Hunter warf ihr einen wütenden Blick zu, dann wandte er sich mit einem liebevollen Lächeln wieder mir zu. „Aber ich schätze, wenn es echt ist, verschwindet es nicht."

Ich schüttelte den Kopf. „Nein. Es verschwindet nicht." Auch wenn ich alles versucht hatte. „Es tut mir leid. Du hast was Besseres verdient."

„Das kommt schon noch." Erneut blickte er Reece an, dann mich. „Und danke dir. Jetzt weiß ich, wonach ich suche." Er beugte sich zu mir und küsste mich auf die Wange. „Bis dann, Pepper."

Ich nickte nur, als er ging. Denn ich wusste, dass wir uns wiedersehen würden. Natürlich. Er war Lilas Bruder, und er war immer noch mein Freund.

„Wow", meinte Emerson. „Was für ein Tag! Du hast zwei Kindern das Leben gerettet, wärst fast bei lebendigem Leib verbrannt, hast dich von deinem Freund getrennt und dir gleich den nächsten geangelt. Was kommt morgen?“

Ich lächelte Reece an. „Ich glaube kaum, dass ich da schon aufstehen darf.“

Zwei Wochen später …

Eine von Bing Crosbys Schnulzen erklang im Hintergrund, als Gram uns eine gute Nacht wünschte. Reece und ich lächelten uns an und setzten uns gemeinsam auf die Couch. Nachdem wir den ganzen Tag mit Gram und ihren Freundinnen verbracht hatten, waren wir endlich allein. Die alten Damen liebten Reece – was sie nicht so sehr von den jungen unterschied. Er flirtete auf Teufel komm raus mit ihnen, und sie genossen den Spaß und klapsten ihm auf den Po. Offensichtlich wollten sie auch gerne mal seinen knackigen Hintern anfassen.

Reece steckte eine Hand unter die Decke und massierte meine Füße.

„Oh, das fühlt sich gut an“, stieß ich wohlig hervor und ließ mich in die Sofakissen sinken.

„Das hast du dir verdient, nach all dem Kochen und Backen. Ich glaube, du hast zwanzig Leute verköstigt.“

„*Wir* haben zwanzig Leute verköstigt. Du hast mir ja geholfen“, erinnerte ich ihn.

„Das hat Spaß gemacht. Dabei wollte ich Weihnachten doch gar nicht mit dir feiern!“ Er sah mich an, als wäre das eine völlig verrückte Vorstellung.

Ich lächelte müde und kuschelte mich in die gemütliche Couch. Seine Fußmassage war sensationell. Schon glitten seine Finger unter meiner Pyjamahose nach oben, über meine Knie und Oberschenkel. Meine Haut begann zu kribbeln. Das fühlte sich mindestens genauso schön an.

Ich seufzte seinen Namen, als er mit den Fingern unter meinen Slip wanderte. Ich atmete schwer, reckte mich ihm entgegen. „Hey. Was tust du denn da?"

„Ich schlafe an Weihnachten mit meiner Freundin."

„Oh. Jetzt? Hier?" Ich warf einen Blick in den Flur. Gram war in ihrem Zimmer verschwunden.

Reece zog seine Hand aus meinem Höschen und war im nächsten Moment über mir, küsste mich und streifte mir die Hose ab. „Nach dem Tag heute wacht sie garantiert erst morgen früh wieder auf."

Ich stöhnte, sowie er mich auf sich setzte. Rasch entledigte er sich seiner eigenen Kleidung und drang in mich ein. Ich warf den Kopf nach hinten und genoss es, ihn in mir zu spüren. Ich hatte mir die Pille verschreiben lassen, also mussten wir nicht länger mit Kondomen hantieren. Ich ritt ihn, presste mich fest an ihn. Gemeinsam bewegten wir uns im Takt.

Er küsste sich an meinem Hals entlang.

Ich wurde schneller. „Ich liebe dich, Reece", flüsterte ich heiser, und schon kam ich.

Er drückte die Hand auf meine Hüfte und erreichte ebenfalls den Höhepunkt, wobei er, um den erlösenden Schrei zu dämpfen, sein Gesicht an meinen Hals schmiegte. Ich spürte das Beben seines Körpers. Danach lagen wir ganz still da, ineinander verschlungen, und gaben uns dem Moment hin.

Schließlich hob er den Kopf und sah mich an. „Ich liebe dich auch", sagte er lächelnd.

Ich streichelte ihm die Stirn und den Kopf, das kurze Haar, das sich so samtig auf meiner Handfläche anfühlte.

Ein verschmitztes Grinsen umspielte seinen Mund. „Warte hier." Er schlüpfte fix in seine Sachen und eilte den Flur hinunter. In der Zwischenzeit zog ich mir meine Pyjamahose wieder an. Bei seiner Rückkehr hatte er ein mit Weihnachtspapier eingewickeltes Päckchen dabei.

Ich deutete darauf. „Was ist das? Das ist gemein! Wir haben uns doch schon was geschenkt."

„Ich habe aber noch ein besonderes Geschenk für dich. Das wollte ich dir erst geben, wenn wir allein sind."

„Das geht doch nicht. Ich hab nichts mehr für dich."

Ernst blickte er mich an. „Doch, hast du. Du schenkst mir jeden Tag etwas."

Plötzlich hatte ich vor Rührung einen Kloß im Hals.

„Komm, mach es auf." Er reichte es mir.

Ich betrachtete das Päckchen, dann ihn. Er saß nervös da, tippte mit den Fingern wartend auf seine Knie. Ich lächelte und küsste ihn, immer noch voller Staunen, dass er in meinem Leben war. Und immer noch schockiert darüber, dass ich ihn beinahe hätte gehen lassen.

Schnell packte ich das Geschenk aus. Zum Vorschein kam ein schlichtes braunes Kästchen, wie man es in jedem Krimskramsladen finden kann. Ich drehte es um, klappte den Deckel auf und schaute hinein. Bedruckte Seiten. Ich zog sie heraus und betrachtete sie einen Moment verständnislos. Und dann begriff ich.

Ich ließ die Seiten sinken und sah ihn an. „Wir fahren über Neujahr nach Disney World?"

Er nickte. Ich stieß einen Freudenschrei aus. Wie die Kinder in der blöden Werbung flippte ich völlig aus. Ich schlang die Arme um seinen Nacken und erdrückte ihn fast.

Danach überschüttete ich ihn mit Küssen. „Wie …? Warum …?"

„Ich habe mich daran erinnert, dass die Montgomerys immer nach Disney World fahren und du noch nie da warst. Du hast dieses Micky-Maus-Poster in deinem Zimmer, da dachte ich mir, du würdest vielleicht gern mal hin."

„Und jetzt wird der Traum wahr! Mit dir!“ Ich schüttelte den Kopf, immer noch ganz gerührt. „Du bist der beste Freund, den man sich wünschen kann!“

Ja, er liebte mich wirklich. Voll und ganz. Obwohl er von meiner Vergangenheit und meinen Ängsten wusste. Schon allein das war fantastisch an ihm. Er verstand mich.

Er umfasste mein Gesicht und schenkte mir sein sexy Lächeln. „Und das von einem Mädchen, das nur Sex von mir wollte und sonst nichts.“

Ich küsste seine Handflächen. „Aber jetzt will ich auch alles andere von dir. Alles.“

Er zog mich auf seinen Schoß und legte die Arme um mich. „Gut. Denn das bekommst du auch.“

– ENDE –

Band-Nr. 65102
12,99 € (D)
ISBN: 978-3-95649-081-1
eBook: 978-3-95649-374-4
352 Seiten

Paige Harbison
Zur Hölle mit Bridget

Was Bridget will, setzt sie durch. Immer. Zuhause macht sie ihrer Stiefmutter das Leben zur Hölle, in der Schule tanzen alle nach ihrer Pfeife. Bis eine Neue auf die Winchester Prep kommt: Anna Judge – Judge wie Richterin. Und mit Anna ändert sich alles: Die Lehrer fallen nicht mehr auf Bridgets Masche rein, ihr Fan-Club verkleinert sich blitzartig. Als eines Tages sich auch noch ihr Freund Liam abwendet, baut Bridget, total irritiert, einen katastrophalen Unfall! Sie ist nicht tot – aber auch nicht lebendig. Stattdessen ist sie in einer Schattenwelt gefangen, in der ihr Anna Judge zeigt, was für eine Mega-Zicke sie war. Bridget hat genau eine Chance, das zu ändern und ins Leben zurückzukehren. Oder für immer zu gehen.

„Ein großartiges Teenie-Thema, witzig, klug und pointiert geschrieben!“

L. A. Times

Band-Nr. 65085
12,99 € (D)
ISBN: 978-3-86278-848-4
eBook: 978-3-86278-903-0
304 Seiten

Hannah Harrington
Speechless

Neuigkeiten verbreiten, über andere reden – Gossip-Girl Chelsea liebt es. Als sie auf einer Party Zeugin einer intimen Situation wird, erzählt sie natürlich allen davon. Mit schrecklichen Folgen: Ihr Freund Noah wird so zusammengeschlagen, dass er im Koma landet; die Polizei ermittelt, und Chelsea wird von allen gemieden. Um ihren Fehler nicht zu wiederholen, legt sie ein Schweigegelübde ab, genau wie der buddhistische Mönch, über den sie gelesen hat. Einen Monat will sie schweigen, in der Schule und zu Hause. Manche hassen sie dafür – aber plötzlich öffnen sich in ihrer stillen Welt Türen: zu einem wunderbaren Jungen, zu Menschen, die ihr verzeihen könnten. Vorausgesetzt, sie kann sich selbst verzeihen.

„Ein erstaunliches Jugendbuch über Toleranz, Vergebung und darüber, was wir in unserer geschwätzigen Welt sein wollen und tatsächlich sind."

The Examiner